벗을 보내다 送友人

푸른 산은 북쪽 마을에 가로누워 있고
흰 물살은 동쪽 성을 감아 흐른다
여기서 한 번 이별하면
외로운 다북쑥처럼 만 리를 떠돌 테지
떠가는 저 구름은 나그네 마음
지는 이 해는 오랜 벗의 정
손을 흔들며 이제 떠나가니
쓸쓸하다 외로운 말의 울음소리여

青山橫北郭, 白水遠東城
比地一爲別, 孤蓬萬里征
浮蘽遊子意, 落日故人情
揮手白玆去, 蕭蕭班馬鳴

豪華君臨步

Fantastic Oriental Heroes

호회
군림보

호화군림보 2

고명윤 新무협 판타지소설

초판 1쇄 찍은 날 § 2005년 8월 29일
초판 1쇄 펴낸 날 § 2005년 9월 9일

지은이 § 고명윤
펴낸이 § 서경석

편집장 § 문혜영
편집 § 장상수 · 서지현 · 최하나

펴낸곳 § 도서출판 청어람
등록번호 § 제1081-1-89호
등록일자 § 1999. 5. 31
어람번호 § 제2-0684호

주소 § 경기도 부천시 원미구 심곡1동 350-1 남성B/D 3F (우) 420-011
전화 § 032-656-4452 팩스 § 032-656-4453
http://www.chungeoram.com
E-mail § eoram99@chollian.net

ⓒ 고명윤, 2005

ISBN 89-5831-699-3 04810
ISBN 89-5831-697-7 (세트)

고명운 新무협 판타지 소설

Fantastic Oriental Heroes

2

□ 愛鍊

목차

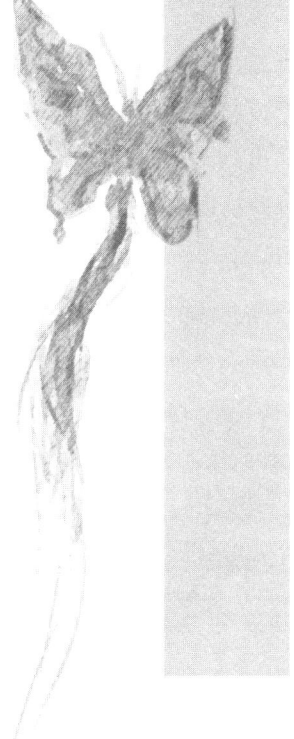

第一章

과거의 인연

과거의 인연

비마(飛魔) 모원형(茅元炯)은 불타 무너지는 군마맹을 바라보며 이를 악물고 울분을 억눌렀다.

세력을 얻은 사파십이연합이 군마맹을 향해 대대적인 공세를 가할 것은 예상하고 있었지만 이토록 빠르고 강력하게 급습을 가할 줄은 생각지도 못했다. 외곽만 경비하고 있다가 본거지를 털린 꼴이다.

맹주와 육대거마가 목숨을 걸고 대항했지만 사파의 공세는 상상을 초월했다.

지난날 천마신군에 의해 박살당하던 사파가 아니었다.

그 빠르고 격렬한 공격도 그렇고, 개개인들이 지닌 무공도 달랐다. 제대로 방비했다 해도 막지 못할 전력이었다. 맹주와 육대거마들의 희생이 아니었다면 몰살을 당하고도 남았을 것이다.

이곳에서 머뭇거릴 시간도 없다.

지금쯤 비마가 도망쳤다는 사실을 알았을 것이고, 추살령이 발동되었을 것이다.

비마 모원형은 서둘렀다.

"가자."

옆에 있던 소년이 두 주먹을 불끈 쥐고 몸을 떨었다.

"정말 이대로 갑니까? 마군과 다른 장로님들을 두고……!"

"그들은 이미 죽었다!"

모원형이 소년을 돌아보며 호통을 쳤다.

"이미 죽은 자들은 돌아보지 않는다. 그들이 무엇 때문에 살기를 포기했는지 네놈은 벌써 잊었단 말이냐?"

"……."

소년은 갑자기 할 말을 잃고 말았다.

마군과 장로들이 목숨을 걸고 비마를 탈출시킨 것은 오로지 소년 때문이었다. 소년이 지닌 특별한 자질을 알아보았기에 후일을 기약하며 도주조차 포기했던 것이다.

"시찬아."

"……."

"네가 그들의 마음을 안다면 해야 할 일이 무엇인 줄도 짐작할 수 있을 것이다. 우리가 할 일은 따로 있는 것이다. 가자."

"네."

소년, 나시찬(羅時燦)은 힘없이 돌아섰다. 하지만 움켜쥔 두 주먹은 결코 풀지 않았다. 소년은 터져 나오려는 울음을 억지로 참으며 부지런히 모원형을 좇았다.

산등성이 하나를 넘어 반대쪽 계곡에 당도한 모원형은 또 한 번 낙담하고 말았다.

"이럴 수가!"

계곡 안쪽의 풍경은 완전히 변해 있었다.

나지막한 절벽과 작은 개울, 그 사이에 두 채의 모옥은 눈을 씻고 보아도 찾을 수 없었다. 그 대신 무지막지한 흙더미가 계곡을 매워 버렸다. 흙더미 위로 벌써 잡초들이 자라고 있었다.

"아아, 천마신군의 자취마저 산사태가 삼켜 버렸구나. 군마맹의 운명은 벌써 결정되어 있었단 말이냐!"

군마맹의 몰락은 천마신군 철무극이 물러나면서부터 이미 시작된 것인지도 몰랐다.

강호를 제패한 군마맹은 권력에 안주한 채 무공 연마에 신경 쓰지 않았다. 더 이상 적수가 없다고 자만하며 뒷일을 걱정하지 않았다. 폐인이 되어 스스로 물러난 천마신군을 제대로 돌봐주지도 않았다.

군마맹을 천하에 우뚝 세운 장본인이 산사태에 깔려 죽었다는 사실조차 모르고 있었으니 사파연합에 밀려 패망한들 누구를 원망할 것인가. 혹시나 하는 마음에 찾아왔건만 자책감만 얻었다.

천마신군에 대한 희망조차 사라져 버렸다.

"시찬아, 가자. 복수를 할 수 있다면 십 년을 기다리지 못하겠느냐! 내가 기필코 너를 천마신군에 못지않은 고수로 키워내고 말 테다."

"어디로 가시게요?"

"강남으로 가자. 고소산에 영물이 출현했다는구나. 그걸 얻어 너의 공력을 높여주겠다."

"영물의 내단을 먹으면 정말 공력이 높아집니까? 듣기로는 누군가 벌써 영물을 차지했다던데요?"

"누가 차지했든 먹어 없애지만 않았으면 된다. 빼앗으면 그만 아니냐!"

"군마맹의 장로가 남의 것을 강탈합니까?"

"야, 이놈, 시찬아!"

"네, 칠장로. 마군의 후계자로 지목된 이상 때리는 것은 물론 욕도 안 하시겠다 맹세해 놓고 벌써 잊으셨군요!"

나시찬의 당당한 지적에 비마 모원형은 연신 헛기침을 해댔다.

"에헴, 험험, 그야 그렇지. 너를 발견하고 기른 사람이 비록 나지만 일단 마군의 후계자로 지목된 이상 함부로 할 수는 없는 게다. 때리는 것은 물론 욕도 해서는 안 되지."

"물론이죠. 누구든 일단 한 번 약속했으면 목에 칼이 들어와도 지켜야 하는 겁니다."

"그래, 너의 말이 옳다. 하지만 이놈아, 지금이 어느 때냐! 마군과 육 대장로가 싸그리 죽어버리고 남은 사람이라고는 고작 몇몇 고수들과 나와 너뿐이다. 비상시국인만큼 때에 따라 응하는 것이 유리하단 말이다. 너를 강하게 키우기 위해서라면 욕은 물론 두들겨 패는 것을 마다할 줄 알았더냐? 아니, 시국이 시국인만큼 더욱 매섭게 다그칠 것이다!"

"또 예전처럼 마구 두들겨 팰 거란 말입니까? 나도 이제는 다 컸는데……."

"커흠, 그렇다는 얘기지. 그만큼 어려움이 많을 거란 말이다. 육순이 넘어서 겨우 너를 찾았는데 내가 그토록 함부로 대하겠느냐? 뭘 하든 다 너 잘되라고 하는 일이라고 알아둬라."

"네."

"알았으면 됐다. 저놈들 기승이 워낙 심하니 어서 가자. 눈에 띄기라도 한다면 일난다."

비마 모원형이 앞장서자 나시찬도 한숨을 내쉬며 부지런히 좇았다.

누산(樓山)을 벗어난 모원형은 곧장 중경(重慶)으로 향했다.

중경에 도착한 모원형은 만약을 위해 변장부터 했다. 평범한 시골 노인과 손자로 변장한 두 사람은 곧 마도의 보물을 찾았다.

쌍둥이 미인으로 알려진 마도의 자랑거리는 군마맹의 본거지가 습격당하는 동안 이미 몸을 숨겼는지 찾을 수 없었다.

"다행이다. 그들마저 당했다면 마도는 다시 일어서기 힘들 것이다. 그들은 마도의 구심점과 같거든."

모원형이 가슴을 쓸어내리는 모습을 보고 나시찬이 시큰둥한 표정으로 한마디 했다.

"고씨(高氏) 누나들만 중요하단 말입니까? 아야, 왜 때려요!"

"질투할 것이 따로 있지! 이놈아, 그 애들은 너와 달라. 너는 마군의 후계자로 중요한 거고, 그 애들은 마도인들을 하나로 모을 수 있는 끈이란 말이다. 그 애들이 있어야만 졸개들이 흩어지지 않고 한곳으로 모일 수 있는 게다. 너는 그들을 다스릴 수 있는 권위를 배워야 한다! 잔소리 말고 어서 가자. 갈 길이 멀다."

"네. 그런데 고씨 누나들은 어디로 갔을까요?"

"걱정되냐?"

"네, 저한테 잘해줬잖아요."

"살아 있으면 만나게 되겠지. 보통 영악한 것들이 아니니 자기 한 몸 충분히 지킬 수 있을 것이다."

모원형은 그 특유의 빠른 걸음으로 날 듯 걷기 시작했다. 비마천리(飛

魔千里)라는 경공술을 쓰는 것이다.

나시찬은 아직 경공술에 능하지 못하여 헉헉 숨을 몰아쉬며 겨우 따라붙었다.

중경 나루터에서 탄 배는 곧장 강남을 향해 출발했다.

사천의 그 흉흉한 가세와는 달리 강남은 여전히 평화로웠다. 사람들은 여전히 밝고 활기찼으며, 바쁘고 즐거웠다.

일찍 객잔을 잡고 여독을 푼 모원형은 하루가 지난 다음에야 거리를 돌며 소문을 주워 모았다.

발도 없는 말은 참으로 빠르다.

군마맹의 본거지가 박살났다는 사실은 이미 천하에 퍼졌으며, 각지의 분타들마저 번번이 대항조차 못해보고 줄행랑을 치거나 항복하여 사파의 노예로 전락하고 말았다.

모원형은 그러한 소문들을 나시찬에게까지 전하지는 않았다. 젊은 혈기에 복수부터 하겠다고 나선다면 목숨을 잃기 십상이다.

"고소산의 영물은 얼마 전에야 사람 손에 잡혔다는구나. 이런 저런 허황한 말들이 많아 어느 말이 진실인지 가려내기 힘들지만, 영물이 사람에게 잡힌 것은 분명한 모양이다. 영물을 잡은 그자가 소주성으로 들어간 것 같다는 소문이다. 노리는 자들이 많으니 어서 찾아봐야겠다!"

"정말 영물을 강탈할 겁니까?"

"이 녀석이, 심약한 소리 하지 말랬지! 복수를 할 수 있다면 무슨 짓이든 할 수 있다고 네놈 입으로 말하지 않았더냐. 네놈이 무슨 정파의 호걸이랍시고 사사건건 딴지를 걸고 나서?"

"그래도 군마맹의 장로와 마군의 후계자가 남의 물건을 강탈한다면 체면 문제 아닙니까! 영물이 없다고 내공을 연마할 수 없는 것도 아니고요."

"이 녀석아, 그 많은 인간들이 왜 옳지 못하다고 알려진 마도에 몸을 의탁하여 한세상을 사는지 네가 아느냐?"

"제멋대로 설치며 하고 싶은 일만 하고 싶어서란 말입니까?"

"당연하지! 그게 아니라면 왜 손가락질 받으면서 마도의 무리가 되겠느냐? 사람들을 억압하는 기존의 질서를 거부하고 마음껏 활개치기 위해 마도인이 되는 것이다. 자신을 위해서라면 뭐든지 하는 것들이 바로 마도, 사파의 무리들이야. 살인, 강간, 방화, 강탈 등을 일삼으면서 양심의 가책을 받는다면 어떻게 마도인 노릇을 할 수 있겠느냐? 네 녀석도 그렇게 살고 싶다고 그 어린 나이에 나를 좇아 군마맹으로 왔던 것 아니냐!"

"그건 그렇지만, 그래도……."

"시끄럽다. 네놈이 배가 좀 불렀다고 딴소리 할 테냐? 한번 마도인이 되었으면 죽을 때까지 그렇게 살아야지!"

"……."

"마군과 육대장로의 복수를 하고 싶다면 어떻게든 더 높은 무공을 깨우쳐야지! 수단 방법을 가릴 때가 아니다. 다시 나갔다 올 테니 무공이나 수련하고 있어. 마도 무공은 함부로 내보이지 마라."

"네."

모원형은 나시찬이 무공 수련에 들어가는 모습을 보고서야 밖으로 나섰다.

활개치고 다니는 자들은 거의 모두 사파의 무리들뿐이다. 군마맹까지 박살 낸 사파인들은 더 이상 무서운 것이 없었다.

모원형은 더욱 조심스럽게 행동하며 영물을 차지했다는 자를 찾았다.

간혹 정파의 인물들도 눈에 띄었다.

용문협의 철기대원들이 천사교 졸개들과 부딪쳐 싸움을 벌이는 것도 보았고, 낙양(洛陽) 숭무관(崇武館)의 젊은 영웅이라고 불리는 허자의(虛子義)도 보았다.

"모두들 영물을 찾고 있군. 사파의 정예들이 보이지 않는 것은 다행이지만, 손에 넣기가 쉽진 않겠어."

저녁 무렵이 되어서야 객잔으로 돌아온 모원형은 그만 깜짝 놀라며 급히 몸부터 감췄다.

나시찬이 무공을 수련하고 있어야 할 객잔의 후원에 다른 자들이 있었다.

이십대 초중반의 젊은이들이 이 장 거리를 두고 대치한 상태였으며, 당장이라도 손을 쓸 것처럼 긴장감이 넘쳤다. 대단한 고수들이 분명했다.

어떤 자들인지 궁금하긴 했지만, 중요한 것은 나시찬의 안위였다. 군마맹의 마지막 희망인 나시찬이 잘못된다면 모원형은 살아갈 의욕마저 잃고 말 것이다. 그는 서둘러 주위를 살폈다.

"장로님……."

낮은 목소리가 들렸다.

모원형은 크게 반가워하며 급히 고개를 돌렸다. 나시찬이 객잔 안에서 쪼르르 달려 나왔다.

모원형이 낮은 목소리로 호통부터 쳤다.

"장로라는 호칭은 쓰지 말라고 하지 않더냐! 누가 듣기라도 한다면 당장에 우리 정체가 발각될 수 있다고 그토록 주의를 줬건만! 그냥 할아버지라고 부르란 말이다."

"네……."

"무사하니 일단 다행이다. 무공 수련하는 것을 들키지는 않았겠지?"

나시찬이 말을 못하고 우물쭈물 뒤통수만 긁적였다. 모원형이 인상을 찡그리며 급히 물었다.

"누구에게 들켰단 말이냐? 저자들이야?"

"네, 저 사람이 다가와 보고 있는 것도 몰랐어요. 무공이 형편없다고 놀리던걸요."

모원형이 벌컥 화를 터뜨렸다.

"누가? 저 젊은 놈이 감히 군마맹의 무공을 형편없다고 했단 말이지. 너의 무공 어디가 형편없다고 하더냐?"

"기본도 모르는 것이 겉멋만 들었다고……."

"뭣이!"

더욱 화가 치민 모원형은 당장이라도 달려나가 젊은 놈을 두들겨 팰 듯 두 주먹을 불끈 쥐었다.

사파연합에 밀려 모든 것을 잃었지만, 군마맹의 무공까지 형편없다는 소리는 도저히 인정할 수 없었다. 더욱이 나시찬은 그 나이에 비해 상당한 무공을 깨우친 상태다. 결코 형편없다고 욕먹을 정도가 아니다.

"이놈 새끼를 당장……. 가만, 저자가 너의 무공을 알아보았단 말이냐? 군마맹의 무공을?"

"네. 제가 역혈수라마공(逆血修羅魔功)을 운용하여 수라권(修羅拳)을 펼칠 때 나타났어요."

"그럴 리가! 저자가 어찌 마군의 독문무공을 알아볼 수 있단 말이냐? 장로들 중에서도 역혈수라마공을 알고 있는 자가 드물거늘. 외인이 어떻게 그걸 알아봐?"

"그건 나도 몰라요. 역혈수라마공의 삼단공도 수련하지 못한 채 수라권을 펼치게 되면 역혈기공의 장점을 잃고 오히려 폐단에 빠지게 된다고 하더라고요. 정말 그런가요?"

"그건 옳은 소리다. 하지만 너의 역혈수라마공은 이미 삼단공을 지났어. 그래서 수라권을 가르쳤던 것이 아니겠느냐! 저놈이 비록 역혈수라마공을 알아보긴 했지만 너의 성취에 대해서는 제대로 평가하지 못했구나."

"그게 아니라……."

"뭐가 또 아니란 말이냐?"

"저도 그렇게 말했어요. 하지만 잘못 판단한 것은 제게 무공을 가르친 자들이라고 오히려 화를 내던걸요?"

"저런 쳐죽일 놈! 감히 나와 마군 좌경(左鯨) 어르신의 안목을 비웃었단 말이지. 내 당장 저놈 새끼를 쳐죽여야 분이 풀리겠다!"

당장 달려나가 젊은 놈을 쳐죽이려던 모원형은 일순 흠칫하며 몸을 사렸다.

"찻!"

짧고 날카로운 기합과 함께 대치하고 있던 어린 청년이 손을 쓰기 시작했던 것이다.

"억!"

청년의 한 수를 보고 놀란 사람은 모원형이었다.

"호접표, 당문의 암기가 출현했구나!"

팔랑팔랑 허공을 가로질러 날아가는 나비 모양의 암기는 사천의 당문에서 자랑하는 호접표(胡蝶鏢)가 분명했다.

호접표는 당문의 사대 비밀 암기에 속하며, 그런 비밀 암기를 사용할 수 있는 인물은 많지 않다. 더욱이 저토록 어린 청년이 호접표를 사용할 수 있다면 신분이 결코 낮지 않다는 뜻이다.

당문의 암기는 군마맹의 고수들도 두려워할 정도이고, 호접표라면 모원형조차 함부로 대하기 힘든 암기이다.

"당문에 두 명의 인재가 있다는 소리는 들었지만 직접 보기는 처음이구나. 저 정도 솜씨라면 당문의 후계자 당표(唐豹)가 분명하다. 좀체 강호에 나서지 않는다는 당문의 후계자가 나섰다면 필시 중요한 일인게야. 혹시 영물 때문이 아닌지 모르겠다."

약물과 암기를 사용하는 당문이라면 영물에 대한 관심이 남다를 것이다.

"그렇다면 상대하는 청년은 또 누구지?"

당표의 상대는 더욱 대단했다. 당문의 암기를 마치 어린애 장난감 대하듯 여유만만했다.

모원형이 연신 고개를 갸웃거리고 있을 때, 당표를 상대하던 청년이 입을 열었다.

"오호, 이것이 바로 말로만 듣던 호접표라는 것이구나. 이리저리 날갯짓하는 모양이 예쁘기는 하다만 좋은 시력과 빠른 손을 지닌 사람에게는 별다른 위협이 되지 못하겠다."

상대 청년은 장난처럼 말하며 우수 오지를 날렸다. 다섯 개의 꽃잎처럼 활짝 펼쳐진 지력이 허공을 가로지르는 호접표를 튕겨냈다. 예리한 지풍에 맞은 호접표는 중도에서 힘을 잃고 땅으로 떨어졌다.

"헉! 오화혈살지!"

모원형은 청년이 펼쳐 낸 지풍을 한눈에 알아보았다.

너무 오래전이라 정확하게는 기억할 수 없지만, 모원형은 홍의문주가 펼쳐 내는 오화혈살지를 직접 본 적이 있었다. 그 무시무시하던 오화혈살지와 번천열양장법을 상대하는 천마신군 철무극의 파천황의 무위도 그때 단 한 번 볼 수 있었다. 그 후 누가 감히 천마신군에게 대적할 생각이나 했던가!

군마맹의 최고 전성기 때 보았던 오화혈살지를 이런 곳에서 보게 될 줄은 상상조차 하지 못했다.

"홍의문이 부활했단 말인가? 사파연합의 기세가 이토록 강해진 것이 모두 홍의문의 부활 때문일 수도 있겠구나!"

모원형의 놀람은 극에 이르고 말았다.

천마신군 철무극과 대적하던 홍의문이 부활했다면 복수는 도저히 불가능하다. 나시찬이 십 년을 더 수련해도 마찬가지일 것이다.

홍의문의 고수라면 나시찬이 펼쳐 낸 무공도 충분히 알아볼 수 있을 것이다. 당장 도망치지 않으면 살아날 길이 없다.

나시찬의 손을 잡고 급히 도망치려던 모원형은 문득 고개를 갸웃거렸다.

"저자, 어디서 본 듯한 얼굴인데……?"

무시무시한 오화혈살지를 펼쳐 내어 당문의 호접표를 단숨에 무력화시킨 청년의 모습이 어쩐지 낯익었다. 아니, 그가 가장 존경하고 경외하는 인물을 닮은 것 같았다.

"설마……."

천마신군 철무극은 은퇴할 당시 벌써 칠순이었고, 아들은커녕 제자한 명 남기지 않았다. 얼마 전에 확인했듯, 누구도 알아주지 않는 산골

짜기에서 산사태에 깔려 죽었다. 천마신군과 연결된 자가 세상에 남아 있을 리 없다.

"그냥 닮은 자겠지."

닮은 자 구경하다가 마군의 후계자를 위험에 빠뜨릴 수는 없다. 모원형은 서둘러 그곳을 벗어나려 했다.

"이런……."

모원형은 또 한 번 낙담하고 말았다.

객잔으로 향하는 길에 백의사내들과 홍의여인들이 가득했다. 놀라 살펴보니 객잔을 온통 둘러싼 채 사방을 경계하고 있었다.

"천사교와 적라산장! 이자들이 어떻게 알고……?"

그토록 조심하고 변장까지 했는데, 자신과 나시찬의 행방을 추적하여 여기까지 들이닥쳤다는 사실이 믿어지지 않았다. 모원형은 놀라 부르짖으며 급히 탈출구를 찾으려 했다.

그런데 이상했다.

사방을 둘러싼 천사교와 적라산장 졸개들은 한쪽만 노려볼 뿐, 갑자기 나타난 모원형과 나시찬에게는 신경도 쓰지 않았다. 객잔의 손님으로 여기는 듯 거들떠보지도 않았다. 극도로 긴장한 모습에는 공포심까지 엿보였다.

모원형은 연신 고개만 갸웃거렸다.

"이게 대체 무슨 일인지 모르겠구만. 저자들은 우릴 찾아온 것이 아닌 것 같다."

천사교와 적라산장의 졸개들은 박살난 군마맹의 생존자를 찾아온 것이 아니었다.

이들은 그 한바탕의 혈전에 참여한 자들도 아니다. 고소산에서부터 영물을 차지하려 했던 적라산장 안주인의 졸개들일 뿐이다.

모원형은 조심스럽게 움직여 객잔 한쪽에 숨었다.

곧 천사교의 둘째 제자 사마진충과 방정산의 두 시비가 후원을 향해 달려가는 것을 목격했다. 졸개들이 우르르 뒤를 좇았다.

나시찬이 물었다.

"사파인들이 당문의 후계자를 노리는 것일까요? 오화혈살지를 쓰는 그 사람을 돕기 위해 출동한 것 같아요."

나시찬의 추측에 모원형은 고개를 저었다.

홍의문도를 돕고자 나섰다면 이처럼 조심스럽게 행동할 이유가 없다. 더욱이 그 젊은 홍의문도의 무공은 결코 당표보다 못하지 않다. 두려워할 이유가 없는 것이다.

"뭔가 이상해. 좀 더 살펴보자."

정체가 발각되면 당장에 끝장날 수도 있지만 솟구치는 궁금증은 참을 수가 없었다. 나시찬 역시 같은 생각이었는지라 재빨리 고개를 끄덕였다.

홍의문도와 당표는 아직도 대결 중이었다.

엄밀히 말한다면 그건 대결도 아니다. 당표의 일방적인 공격과 홍의문도의 간단한 대응이 이어지고 있을 뿐이다.

마치 약속을 하고 대련을 하는 것 같았다. 당표의 그 매섭고 독한 암기를 어떤 식으로 막아낼 수 있는지 시범을 보여주는 것 같았다.

후원으로 뛰어든 사마진충과 방정산의 시비들은 결코 당표를 향해 덤벼들지 않았다. 홍의문도를 향해 다가가는 것도 아니었다.

그들은 한쪽 나무 밑에 웅크리고 있는 작고 귀여운 이상한 동물을 향해 번개처럼 달려들었다.

"여운데요?"

나시찬의 말에 모원형도 고개를 끄덕였다. 일반 여우와는 크기와 생김새가 조금 달랐지만 여우임은 분명했다. 그런 여우를 향해 목숨을 건 듯 달려드는 자들이 더욱 이상하게 보였다.

캬웅.

여우는 자신을 향해 달려드는 자들을 보며 귀찮다는 듯 신경질적인 울음을 토해냈다.

당표의 암기를 받아주던 청년이 문득 여우를 돌아보았다.

"백아(白雅), 살살해라. 함부로 사람을 죽이면 그 죄가 크다. 더 귀찮게 될 게다."

갸르릉.

여우를 향해 말하는 인간이나 더욱 귀찮다는 표정을 지으며 울음을 토해내는 여우는 확실히 이상했다. 하긴 여우를 향해 목숨을 걸고 달려든 자들이 있는데, 그런 인간들을 보며 귀찮아하는 여우가 있다고 황당할 것은 없다.

모두들 이상하고 황당하여 지켜보는 모원형과 나시찬은 서로를 바라보며 고개만 갸웃거렸다.

사미진충과 방정산의 두 시비가 삼각으로 나뉘어 커다란 그물을 들고 달려들었다. 그 뒤를 이십여 명의 졸개들이 사방을 경계한 채 따랐다.

캬릉.

백아라고 불린 여우가 갑자기 털을 곤두세우며 날카로운 울음을 토했다.

번쩍.

붉고 강렬한 기운이 번개가 내리치듯 달려드는 자들을 향해 쏘아졌다.

사마진충과 방정산의 두 시비만이 여우가 붉은 빛을 토하기 전에 재빨리 옷자락으로 눈을 가렸다.

"억!"

심장이 약하거나 겁이 많은 자들은 그 순간 풀썩 주저앉거나 몸이 굳어버린 듯 우뚝 멈추어 섰다. 모두 공포에 질려 움직이지 못하는 것이다.

사마진충과 방정산의 두 시비가 재빨리 정신을 가다듬고 그물을 던졌다. 그런 직후 칼과 단검까지 빼 들고 여우를 향해 달려들었다.

캬웅.

여우가 울음을 토하며 몸을 날렸다. 그 작고 귀여운 여우의 움직임은 실로 번개처럼 빨랐다. 그물은 공연히 허공만 옭아맸다.

사마진충과 방정산의 두 시비가 때를 맞추어 여우를 향해 칼과 단검을 후려쳤다.

팽글.

여우의 몸이 곡예하듯 공중제비를 돌았다. 땅에 내려서지도 않고 몸을 틀어 방정산의 두 시비를 향해 달려들었다. 시비들이 놀라 부르짖으며 몸을 날려 피했다.

"악!"

한 여인이 여우의 발톱에 목을 할퀴어 나뒹굴었다. 다른 여인이 급히 여우를 노리고 단검을 찔러갔다.

여우는 나뒹구는 여인의 몸을 차고 날아올라 단검을 향해 뛰어들었다. 단검이 여우의 몸을 꿰뚫을 것처럼 보였다.

스륵.

여우의 몸이 뱀처럼 미끄러지며 단검을 피해 여인의 팔뚝을 타고 올라섰다. 여인이 놀라 다급히 팔을 내저었다. 여우가 깡충깡충 여인의 팔을 타고 올라 단숨에 목을 물었다.

"아악!"

여인은 지레 겁을 먹고 비명부터 질렀다. 여우는 여인의 목을 가볍게 한 번 물어준 후 폴짝 땅에 내려섰다.

방정산의 두 시비가 순식간에 당하자 사마진충 역시 겁을 집어먹었다. 여우를 향해 칼을 날릴 생각도 못하고 몸을 돌려 뺑소니쳤다.

"백아, 그놈은 적당히 혼내서 잡아둬라."

캥.

여우는 사람의 말을 정확히 알아들은 듯 사마진충을 향해 몸을 날렸다. 허공을 날 듯 가로지른 여우는 단숨에 사마진충의 뒷목을 물어뜯으려 했다. 사미진충이 홱 몸을 틀며 칼을 내려쳤다.

확.

또 한 번 태양처럼 붉은 기운이 쏘아졌다.

여우의 눈빛과 마주친 사마진충은 골이 뒤흔들리는 충격을 느끼고 비틀거렸다. 내려친 칼은 그대로 땅에 박혀들었다.

"엄마……."

비틀거리던 사마진충이 갑자기 이상한 목소리로 엄마를 찾았다. 눈빛이 흐리멍덩하게 풀려 있고 입가에는 침이 흘러내렸다. 여우의 도술에 걸려 환상 속을 헤매는 것이다. 분명 어릴 때 헤어진 어머니의 환영을 보고 있을 것이다.

순식간에 사람들을 제압한 여우는 의기양양한 모습으로 나무 밑으로 걸어가 그 자리에 엎드렸다.

괴이한 여우의 놀라운 능력을 보고 입을 딱 벌리던 모원형은 옆에 서서 침 흘리고 있는 나시찬을 발견하고 깜짝 놀랐다. 직접 눈빛을 마주친 것도 아닌데, 나시찬까지 여우의 도술에 빨려든 것이다.

모원형은 급히 나시찬의 완맥을 잡고 기운을 불어넣었다. 급격하게 침투한 기운이 충격을 가해 나신찬의 정신을 일깨웠다.

"쉿."

모원형은 급히 나시찬의 입을 틀어막았다.

홍의문도만 무서운 것이 아니라 애완동물인 여우마저 저토록 무시무시할 줄은 몰랐다. 들키면 그대로 끝장날 판이다. 모원형은 함부로 움직이지도 못했다.

여우에게 당했던 방정산의 두 시비가 겨우 정신을 수습하고 도망치듯 그곳을 떠났다. 사마진충은 물론 자신들의 졸개들까지도 돌아보지 않았다. 나머지 졸개들도 곧 정신을 차리고 비명을 내지르며 도망쳤다.

사마진충만 남아서 환상에 빠져 있었다.

"에이, 이젠 더 보여줄 재주가 없는 거냐?"

당표와 싸우던 청년이 일순간 손을 내저었다. 번천열양장법의 맹렬한 기운이 태산을 무너뜨릴 듯 덮쳐 갔다.

당표가 크게 놀라며 급히 쌍장을 후려갈겼다. 당문의 배산장법(背山掌法)이었다. 공격보다는 방어에 강한 장력이다.

쿠르릉.

강력한 장력이 충돌했다.

당표는 힘을 감당하지 못하고 주르륵 뒤로 밀리다가 이내 엉덩방아를 찢으며 넘어졌다.

청년은 그 자리에 우뚝 서서 당표를 내려다보았다.

"네 무공이 제법 볼 만하다만, 그깟 것 믿고 함부로 날뛴다면 크게 혼난다. 엉덩이 몇 대 때려주려다 참는 것이니 그리 알아라. 나를 꺾어 보고 싶다면 몽혼이라는 그 여자애를 보내봐라. 소문만큼 실력이 있는지 보자꾸나. 네 이름이 뭐라고?"

"……."

당표는 패배의 울분을 참느라 입을 열지도 못했다. 독사처럼 날카로운 눈을 부릅뜨고 상대를 노려볼 뿐이었다.

청년이 눈살을 찌푸렸다.

"요즘 것들은 왜 이렇게 버릇이 없는 거냐? 에이, 귀찮은 것들."

청년은 홱 몸을 돌려 객잔을 향해 걸어갔다.

"아참, 저놈은 잡아가야지."

아직도 환상 속을 헤매고 있는 사마진충에게 다가간 청년은 몇 군데 혈도를 쳐주었다. 사마진충이 부르르 몸을 떨더니 이내 제정신을 찾았다.

"까불면 맞는다. 얌전히 따라와."

"……."

사마진충은 한마디도 못하고 얌전하게 청년 뒤를 따랐다. 나무 밑에 웅크리고 있던 여우가 거들먹거리며 뒤를 좇았다.

패배의 쓴맛을 온몸으로 느끼던 당표는 곧 몸을 일으켜 그곳을 떠났다. 고소산의 영물을 차지하기 위해서는 아무래도 누나인 당청청을 내세워야 할 것 같았다. 부드득 이를 가는 모습이 어지간히 분한 모양이었다.

모원형과 나시찬은 그제야 안도의 한숨을 내쉬며 혀를 내둘렀다.

"사람과 짐승이 한결같이 황당하고 무시무시하구나!"

"장로… 할아버지, 저 사람의 정체가 뭘까요? 정말 홍의문의 후예일까요?"

"글쎄다. 홍의문도라면 천사교와 적라산장 졸개들을 모를 리가 없다. 그런데 서로 적처럼 행동하니 그 이유를 모르겠구나. 좀 더 살펴봐야겠다. 너는 각별히 조심해라."

"네."

모원형은 여전히 고개를 갸웃거리며 객잔으로 향했다. 몸가짐이 더욱 조심스러웠다.

"너 이놈! 네놈이 지은 죄를 알렷다!"

철무극의 호통에 사마진충은 고개를 들지 못하고 몸을 떨었다.

영물에 욕심이 동한 당문의 후계자가 철무극을 찾고 있다기에 슬그머니 정보를 흘린 후, 틈을 노리고 영물인 백여우를 차지하려 했던 계획이 말짱 헛수고가 되었다.

여우한테 홀려 창피한 꼴을 보인 것은 고사하고 이 무시무시한 자의 손에 잡혔으니 살아나기는 틀린 것 같았다.

"몇 가지 물을 테니 똑바로 대답해라. 만약 거짓이 있을 시에는 가차없이 잘라 버릴 테다. 너, 장자경 알지?"

"……."

"그놈이 나한테 까불다가 어딜 잘렸는지도 알렷다? 까불면 네놈도 거기 잘린다."

깜짝 놀란 사마진충은 저도 모르게 사타구니를 감싸 쥐었다. 소중한 그것을 잘란다면 무슨 재미로 세상을 산단 말인가!

"네……"

기어들어 가는 목소리였지만 재빨리 대답했다.

"너 이놈, 입 벌려라."

"네? 아……"

시키는 대로 입을 벌리던 사마진충은 무엇인가 날아와 목구멍에 박혀드는 것을 느끼고 깜짝 놀랐다. 다급한 마음에 뱉어내려 했지만 오히려 그만 침을 꼴깍 삼키고 말았다. 딱딱한 물체가 침과 함께 뱃속으로 넘어갔다.

"으, 캑캑캑. 도도도, 독을…… 우웩, 왝!"

기겁을 한 사마진충은 손가락으로 목구멍을 쑤셔가며 마구 구역질을 해댔다. 하지만 독약이라고 여겨지는 물체는 이미 뱃속에서 녹아 없어졌는지 토해지질 않았다.

"칠칠의 사십구 일 동안 급하게 움직이지 말고 공력도 함부로 운용하지 마라. 그러다 혈맥이 터져 죽는다. 어떠냐, 벌써 뱃속이 후끈하게 달아오르지?"

철무극의 말대로였다.

대체 어떤 성분을 지닌 독약인지 모르겠지만 독환(毒丸)이 목을 넘어간 순간부터 후끈한 열기가 느껴졌다. 공력을 운용하여 그 열기를 불러일으켰다가는 정말로 혈맥이 터져 죽을 것 같았다.

철무극은 더욱 거만한 표정으로 말을 이었다.

"매일 새벽에 일어나 풀잎에 맺힌 이슬을 받아 마시면 죽지는 않을 것이다."

"으으으……"

"이후로 또 까불다가 걸리면 그땐 살아날 기회조차 얻지 못할 것이다. 그러니 알아서 기어. 알아들어?"

"네네……."

일단 죽지 않는다는 말에 안심하며 사마진충은 연신 바닥에 이마를 찧었다.

"자, 이제 말해 봐라. 네놈 사매인 구름이는 지금 어디에 있느냐? 설마 모르지는 않겠지?"

"사매, 그녀는 요사이 무슨 일인지 크게 상심하여 좀체 밖으로 돌아다니지를 않더군요. 네네, 대사형 사마정교의 안가(安家)에 머물고 있다는 것밖에는 모릅니다."

"네놈 사형이면 고소산에서 보았던 그놈이로구나. 그놈은 어디 있는고?"

"에, 우리 사형제들은 각자 개인적인 세력을 지니고 있기에 서로의 일에는 깊이 간섭하지 않습니다. 그래서 거처도 확실히는 모릅니다."

"그것도 모르는 놈을 살려둬서 무엇에 쓰겠느냐. 나는 필요없는 자는 살려두지 않는다!"

사마진충은 크게 놀라서 이마로 마구 바닥을 찧었다.

사매인 사마영문은 이자를 악마로 생각할 정도로 공포스러워했다. 그만큼 철저하게 당했음이 분명하고, 손속도 무시무시할 것이다. 필요없는 자라고 생각되면 정말로 죽여 없앨지도 모른다.

"나는, 저는……. 네네, 제가 곧 알아낼 수 있을 것입니다! 명령만 내리시면 바로 알아보겠습니다."

"네놈들의 그 천사교와 제자 놈들에 대해 상세히 말해 봐라. 하나부터 열까지 모조리 꿰어보란 말이다."

"네네, 우리 천사교는 이미 이십 년 전부터 교단을 조직하기 시작했습니다. 사부님께서 홀로 시작한 것입니다만, 우리 삼 제자가 무공을 배우고 나이가 들면서 돕기 시작했고요. 대사형 사마정교는……."

어디서 태어났으며, 무슨 무공을 배웠고, 얼마만한 세력을 가졌는지 줄줄이 풀어놓았다. 다음은 자기 자신의 신상 내력에 대해 이야기했다.

물론 철무극이 관심있는 건 사마영문에 관한 것이었다. 천사교주나 두 명의 남제자에 관한 이야기는 듣는 척 마는 척 한 귀로 흘려 버리고 사마영문에 관한 이야기만 주의 깊게 들었다.

"사매 사마영문은 본래 대별산(大別山) 촌구석에서 태어나 가뭄에 버려진 아이였습니다. 홍루(紅樓)의 애기 창기로 팔린 것을 사부님이 발견하시고 교단으로 데려왔어요. 자기 것에 대한 애착이 강하고 악착같은 면도 있죠. 욕심도 많아서 교주가 되고 싶어 합니다."

"흠, 무림의 아이들은 많은 수가 불행한 과거를 지니고 있지. 에휴, 그 아이도 초년 고생이 심했구나."

"네?"

"아니다. 그 정도면 되었으니 그만 가봐라. 나가서 네놈 사형의 안가나 찾아보란 말이다. 내일 와서 보고하고."

말이 끝나기 무섭게 사마진충은 재빨리 허리를 숙여 보이고 줄행랑 치듯 가버렸다.

"구름이가 그토록 상심해 있다니, 모두 내 탓이로다. 어서 찾아서 위로해 줘야 할 텐데……."

상심해 있다는 사마영문을 생각하니 입맛이 쓰다. 철무극은 대충 저녁을 시켜 먹고 나서 곧바로 잠자리에 들었다.

아침 일찍 일어난 철무극은 시원한 냉수로 목을 축이고 몸을 풀기 위해 후원으로 향했다.

백아가 먼저 나와 나무 밑에 앉아 누군가를 바라보고 있었다.

소년인데, 열심히 무공 수련에 빠져 있었다. 이제 예닐곱이나 먹어 보이는 소년은 영기발랄하고 늠름한 기품이 엿보였다.

"야, 백아. 새로 사귄 친구냐?"

철무극의 말에 소년은 흠칫 놀라며 급히 고개를 돌렸다. 인상이 팍 구겨지며 재빨리 자리를 뜨려던 소년은 이내 한숨을 내쉬며 고개를 저었다.

"안녕하세요. 어제 잠깐 뵈었지요?"

"커흠."

헛기침을 하며 철무극은 재빨리 머리를 굴렸다.

"어제 본 놈이 누구더라……?"

"제 무공이 잘못되었다고 가르쳐 주셨잖아요."

"오, 이제 생각났다! 군마맹의 역혈수라마공을 수련하던 그 녀석이었구나! 너, 다시 한 번 그 무공을 펼쳐 봐라. 내가 한 번 더 봐야겠다."

"……."

잠깐 망설이며 사방을 살핀 소년이 조심스럽게 물었다.

"그대는 사파의 인물입니까?"

"응? 내가 사파인이라고 누가 말해 주더냐. 내가 그런 인간으로 보여?"

"아뇨, 전 그냥…… 그대가 오화혈살지를 펼치는 것을 봤어요."

"오화혈살지도 안단 말이냐? 그놈 제법 안목이 있구나. 난 사파인이 아니다. 그러니 어서 역혈수라마공을 운용하여 수라권이나 펼쳐 봐라."

"네……."

소년은 다시 한 번 주위를 돌아본 후 자세를 잡았다.

역혈수라마공을 운용하기 시작하자 얼굴의 혈색이 금방 발그레 달아올랐다. 혈로를 역행하여 공력을 급증시키는 마공에 속하는 운기법의 특색이 드러나는 것이다.

팍팍.

발은 방향과 균형을 잡고, 쌍권이 번갈아 가며 허공을 가격했다. 그때마다 허공의 공기가 터져 나갔다. 손발의 움직임이 갈수록 빨라지고 격해졌다.

하체는 튼튼하게 다져져 있고, 상체의 움직임이 민활하게 다듬어져 있었다. 초식의 운용도 법도에 맞았다.

소년의 숨소리가 급해지기 시작했다. 혈색은 더욱 붉게 달아올라 있었다. 소년이 급히 움직임을 멈추고 역혈수라마공의 운용을 그만두었다.

거칠어진 숨을 안정시키며 철무극을 돌아보았다. 철무극의 인상은 잔뜩 일그러져 있었다. 소년이 조심스럽게 물었다.

"역시 잘못된 건가요?"

"이름이 뭐라고?"

"나시찬입니다."

"그래, 나시찬이구나. 내가 군마맹과 약간의 인연이 있어 네게 충고하는 것이니 잘 들어라."

"네."

"네 수준으로 역혈수라마공을 계속 수련하면 곧 한계에 부딪쳐 기혈이 상하고 말 것이다. 좋은 것들을 마구 먹여 공력을 급증시킨 건 뭐라 할 일이 아니다만, 네놈 몸이 아직은 그 공력을 감당하지 못하는 것이다. 공력을 제대로 풀어내지 못하면 결국 몸이 망가진단 말이다. 일단 수라마공의 수련을 멈추고 그 전 단계인 그 뭐더라……. 전 단계가 뭐였지?"

"개천마령대법(開天魔靈大法)이요?"

"옳지, 그거다. 그걸 더욱 열심히 수련해라. 그리고 수라권 대신 멸혼장법(滅魂掌法)을 연마하란 말이다."

"개천마령대법에 멸혼장이라고요? 그건, 그건 두 단계의 차이가 나는 무공들인데요! 단계에 맞지 않는 무공을 수련하면 더욱 잘못된 거 아닌가요?"

"이놈아, 어른이 가르치면 그런 줄 알지, 따지긴 뭘 따져! 일단 해봐라."

"애써 잘못된 점을 지적해 주신 것은 고맙습니다만, 무공의 순서를 함부로 바꿀 수는 없습니다. 어르신들께 여쭈어본 후에……."

"물어보긴 누구에게 물어본단 말이냐? 네놈들 무공을 나보다 더 잘 아는 사람이 있을 것 같아? 잔소리 말고 가르치는 대로 하란 말이다!"

"안 됩니다. 어르신들이 가르친 방법을 함부로 바꿀 수는 없습니다. 또한 허락이 없으면 마음대로 무공을 배울 수도 없고요. 고맙지만 사양할게요."

"노새처럼 고집 센 놈이로구나. 네놈 잘되라고 가르치는 것인데 누구의 허락을 받는단 말이냐?"

"사람들에게는 각기 나름대로의 규칙이 있고, 경계하는 일이 있기 마련입니다. 정해진 법도를 함부로 어길 수는 없습니다."

"어, 뭐 이런 놈이 있어? 야, 너 마도 놈 맞냐?"

"맞습니다."

"누가 네놈에게 그런 규칙과 법도를 가르쳤느냐? 마도 놈에게 무슨 규칙이 있고 법도가 있어! 하고 싶으면 하고 하라면 하는 게지!"

"……"

"에익, 너 같은 놈이 마도 놈이라니 기가 막히누나. 큰맘먹고 인심 좀 쓰려는데 별 시시껄렁한 놈을 다 보았네. 야, 백아. 밥이나 먹으러 가자."

나시찬의 뻣뻣한 태도에 기분이 상한 철무극은 홱 몸을 돌려 식당으로 가버렸다. 백아가 거들먹거리며 천천히 뒤를 따랐다.

철무극이 사라지자 숨어 있던 모원형이 달려왔다.

"시찬아, 이놈. 또 함부로 무공을 보였구나! 그토록 조심하라 일렀건만, 내가 없는 틈에 또 일을 벌여?"

"새벽 수련을 하는데 그가 갑자기 나타났어요. 난들 어쩝니까?"

"그런데 저자가 뭐라 하더냐? 왜 자꾸 너에게 찝쩍거려?"

"사파인은 아니랍니다. 군마맹과 약간의 인연이 있어 제 무공을 봐준다고 하더군요."

"저자가 군마맹과 인연이 있다고? 무슨 인연?"

"그거야 저도 모르죠."

"저자가 또 역혈수라마공이 잘못되었다고 하더냐?"

"네, 공력은 깊은데 제대로 사용하지 못한다고 하더군요. 수라마공을 멈추고 대신 개천마령대법과 멸혼장법을 함께 수련하랍니다. 그게 말이 됩니까?"

"뭐라고, 개천마령대법과 멸혼장을 함께 연마하랬다고? 저런 미친놈이 누굴 망치려고!"

마구 화를 내던 모원형은 혹시 하는 마음에 스스로 개천마령대법과 멸혼장법을 펼쳐 보았다.

개천마령대법은 몸 안의 기운을 가장 원활하게 움직여 주는 기공법이고, 멸혼장법은 내공을 한꺼번에 폭출시켜 강력한 위력을 내는 장법이다. 두 가지는 서로 다른 성질을 지닌 무공이며, 한꺼번에 운용하여 사용한 예는 없었다.

우릉.

일장을 뻗어내자 강력한 기운이 폭출되었다.

"어……?"

무심코 일장을 뻗어낸 모원형은 그만 크게 놀라고 말았다. 평소 때보다 강한 기운이 폭출됨을 느꼈기 때문이다. 맹렬한 공력이 한꺼번에 쏟아져 나와 일장을 내지른 후 단전이 허탈하게 느껴질 정도였다.

"이런 방법으로 두 가지를 쓸 수 있다니!"

전혀 새로운 발견이었다.

나시찬이 재빨리 물었다.

"틀린 방법이 아닙니까?"

모원형이 다급히 되물었다.

"그가 말한 인연이 뭔지 정말 모른단 말이냐? 정말 얘기 안 했어?"

"그냥 인연이 있다고만 했어요."

"그가 한 말을 잘 생각해서 다시 말해 봐라. 한마디도 빠뜨리면 안 돼!"

나시찬은 무슨 일인지 몰라 고개를 갸웃거리면서도 철무극이 화를 내면서 했던 말들을 생각나는 대로 들려주었다.

"군마맹의 무공을 자기보다 잘 아는 사람이 없다고? 그가 정말 그런 말을 했단 말이냐?"

"네, 분명 그런 식으로 말했어요."

"어, 그것참……. 정말 그란 말인가? 그럴 리는 없는데……."

"그라면 누구를 말하는 겁니까? 우리 군마맹 사람인가요?"

"아니다. 좀 더 알아봐야겠다. 너무 중요한 일이라 함부로 추측할 수도 없구나. 시찬아."

"네?"

"다음에 그를 보면 시키는 대로 하거라. 나는 좀 나갔다 와야겠다."

"밥도 안 드시고 어딜 가시려고요? 아침이나 드시고 가요."

"아니다. 이 일보다 급한 일이 없다. 너는 그가 가르친 대로 수련하고 있거라. 함부로 나돌아 다니지는 말고!"

"네."

모원형은 보물이라도 찾으러 가는 사람처럼 황급히 밖으로 달려나갔다.

혼자 남은 나시찬은 고개를 갸웃거리며 중얼거렸다.

"무슨 일인지 모르겠네. 정말 되는지 볼까?"

조심스럽게 개천마령대법을 운용하자 단전에 숨어 있던 기운이 맹렬하게 소용돌이쳤다. 슬그머니 기운을 끌어 전신으로 퍼뜨렸다. 기운은 빠르고 거칠게 전신의 혈로를 타고 흘렀다.

멸혼장법의 구결을 떠올리며 몸을 움직이자 혈로를 타고 흐르던 기운이 하나로 뭉치며 폭발하듯 손바닥을 향해 몰려갔다.

"앗!"

놀란 나시찬은 비명 같은 기합을 터뜨리며 급히 일장을 내질렀다.

펑!

장력이 그대로 옆의 나무를 후려쳤다.

우수수.

아름드리나무가 크게 휘청거리며 잎사귀를 떨구었다.

"아, 정말 강하게 터지는구나!"

역혈수라마공은 분명 개천마령대법보다 고급스런 내공비결이다. 위력도 강했다.

그런데도 수라권으로 펼쳐 내면 이런 위력은 내지 못한다. 펼친 후의 기분도 깔끔하고 개운했다. 역혈수라마공을 운용할 때의 답답하고 거북한 느낌은 전혀 없었다.

이는 멸혼장법의 위력이라기보다는 개천마령대법의 효력이 극대화된 것이 분명하다.

흥미를 느낀 나시찬은 몇 번이고 멸혼장법을 펼쳐 냈다.

일장을 내지를 때마다 새로운 기운이 솟구치는 것 같고, 상쾌하고 가뿐했다. 역혈수라마공과 수라권을 펼칠 때보다 더욱 오래도록 수련할 수 있었다.

지칠 때까지 수련했는데도 불구하고 마치 뜨거운 물에 목욕이라도 한 것처럼 기분이 좋고 나른했다. 무공이 한층 정진된 것 같아서 더욱 좋았다.

한바탕 수련을 마친 나시찬은 곧 흥건한 땀을 닦으며 식당으로 향했다.

第二章

산[芳情山]

산[芳情山]

철무극은 아직도 식당에 있었다. 밥은 이미 먹었는지 뜨거운 차를 후후 불어가며 마시고 있었다. 간혹 목에 걸린 책자를 꺼내 보며 창밖을 바라보았다. 그럴 때는 잔뜩 인상을 찡그렸다.

나시찬은 조심스럽게 철무극에게 다가가 허리를 굽혀 인사했다.

"지적해 주신 점 감사합니다. 큰 도움이 되었습니다."

철무극이 힐끗 나시찬을 돌아보았다.

"알았으면 됐다. 귀찮게 하지 말고 저리 가 있어."

벌컥 짜증을 내는 철무극을 보며 나시찬은 다른 자리를 잡고 앉았다. 점소이가 곧 주문을 받으러 왔다. 나시찬은 적당한 음식을 시켜 먹었다.

"심부름시킨 이놈은 왜 이리 늦는 거야! 에이, 요즘 놈들은 굼벵이처럼 느리다니까!"

철무극이 창밖을 바라보며 짜증을 내고 있을 때, 한 무리의 사람들이 식당으로 들어섰다.

"아, 철 공자. 여기 있었군요!"

반가운 목소리의 주인공은 바로 동생을 찾아 나선 설영령이었다.

철무극은 오늘 따라 설영령을 바로 알아보았다.

"오, 경덕진의 설씨 낭자로군. 아직도 돌아가지 않았나?"

설영령이 급히 달려와 급히 물었다.

"내 동생은요? 내 동생을 구하지 못했나요?"

"동생?"

눈을 끔뻑거리던 철무극이 곧 거만한 표정으로 거들먹거렸다.

"낭자의 동생은 이미 구했지. 내가 누군데 그런 애 하나 구하지 못하겠나. 그 애는 잘 치료해서 돌려보냈어. 지금쯤 같이 있을 줄 알았는데?"

"정말, 정말 동생을 구했나요? 그 애는 무사한 거죠?"

"당연하지. 이 지존보께선 못하는 일이 없거든! 제대로 치료하고 공력까지 높여줘서 돌려보냈어. 그 애도 언니를 찾고 있거나 집으로 돌아갔겠지."

"아아, 감사해요. 이 은혜를 어찌 갚아야 할지 모르겠네요!"

"은혜를 갚고 싶다면 그거야 쉽지. 낭자가 날 위해……."

애나 하나 낳아준다면 그것으로 족하다고 말하려던 철무극은 설영령 옆에 있는 청년들을 보고 입을 다물었다.

"에잉, 낭자는 늘 젊은 녀석들과 함께 다니는구만. 기분 잡쳤다. 가서 동생이나 찾아봐."

"제가 철 공자의 기분을 언짢게 했나요? 아무튼 감사해요. 동생을 찾게 되면 다시 와서 인사드릴게요. 어서 동생을 찾아봐야겠어요. 그 럼 이만."

"……."

철무극은 인사를 받는 둥 마는 둥 신경 쓰지 않았다. 설영령 옆에 있는 청년들을 보고 기분이 상했는지라 말하고 싶지도 않았던 것이다.

설영령과 청년들이 나가 버리고 조금 후 또 다른 자가 달려왔다. 이번에는 사마진충이었다.

"공자……."

"그래, 구름이는 어디 있더냐? 근처에 있는 거냐?"

"사매는 이미 소주를 떠났답니다. 이틀 전이라니까 지금쯤 강소성(江蘇省)을 벗어나 안휘성(安徽省)으로 접어들고 있을 듯합니다."

"여길 떠났단 말이냐? 어디로 가는 것이냐?"

"신양(信陽)의 교단으로 돌아간다고 했답니다."

"신양으로 향했단 말이냐? 어느 길을 택할 것 같으냐?"

"안휘성으로 접어들어 대별산맥을 따라 길을 잡을 것이 분명합니다."

"에이, 어서 가야겠다. 네놈은 이제 쓸데없으니 꺼져라. 죽고 싶지 않으면 몸조리나 잘해라."

"……."

"야, 백아. 어서 가자."

백아가 달려와 폴짝 어깨 위에 앉자 철무극은 뒤도 돌아보지 않고 객잔을 떠났다.

"으드득. 개새끼, 두고 보자. 기어코 네놈의 몸에 구멍을 내주고야 말 테다. 신양으로 간다고? 홍, 거기가 바로 네놈 무덤이 될 것이다!"

사마진충은 마구 이를 갈아붙이며 급히 객잔을 떠났다.

지켜보고만 있던 나시찬은 철무극이란 인물의 정체가 궁금하기 짝이 없어 연신 고개를 갸웃거렸다.

홍의문의 오화혈살지를 쓰고, 군마맹의 무공을 훤히 알고 있을 뿐만 아니라 정파의 인물들과도 친하고, 사파의 인물들을 마구 부려먹는다. 너무 복잡한 관계를 지니고 있어 정체가 무엇인지 추측하기조차 어려웠다.

나시찬이 홀로 고민하고 있을 때 또 한 명의 미녀가 들이닥쳤다. 설영령의 동생 설영로였다.

그녀는 객잔의 점소이를 불러 다짜고짜 물었다.

이리저리 생긴 모습을 설명하는 말을 들어보니 철무극을 찾고 있는 것 같았다.

"그자가 벌써 가버렸단 말인가요? 어디로 갔는데?"

점소이를 다그쳐 봐야 손님들끼리 주고받은 말을 들었을 리 없다. 설영로는 발을 동동 구르며 급히 밖을 향해 달려나갔다.

"아야, 왜 문 앞을 막고 그래요? 저리 비켜요!"

막 식당으로 들어서던 잘생긴 청년과 부딪친 설영로는 마구 신경질을 부렸다.

"어, 어여쁜 낭자가 성질도 급하구나. 자기가 달려와서 부딪쳐 놓고 누굴 나무라는 거야?"

"당신, 지금 나한테 시비 거는 거예요? 내가 급하지만 않았으면 당신 같은 사람은 크게 혼내줬을 거예요. 에이, 비켜요. 급하다니까!"

와락 청년을 밀쳐 버린 설영로는 곧장 달려 나가 버렸다.

청년은 황당함을 감추지 못하고 혀를 찼다.

"누군지 몰라도 성질 한번 고약하구나. 이 장자경이 여자들한테 언제 이런 경우를 당해봤단 말이냐! 아, 젠장. 되는 일이 없구나."

양물을 잘린 이후로는 정말 되는 일이 없다.

장자경은 홀로 중얼거리며 곧 점소이를 불렀다. 그 역시 철무극의 인상착의를 설명하며 보았느냐고 물었다.

점소이는 어리둥절한 표정으로 조금 전 설영로에게 했던 말을 똑같이 해주었다.

"아, 제기랄. 그놈이 여우를 잡긴 잡은 모양인데, 어서 찾아서 반으로 가르자고 졸라야겠다! 그놈 혼자 꿀꺽해 버리면 난 어쩐단 말이냐. 대체 어디로 간 거야?"

장자경 역시 바삐 객잔을 떠났다.

철무극을 찾아 바삐 오가는 많은 사람들을 보며 나시찬은 그저 어리둥절할 뿐이었다.

마지막으로 달려온 사람은 군마맹의 장로 비마 모원형이었다.

"그자, 그자 어디 있느냐? 그 철, 철…… 그자 어디 있냐고?"

"왜 그리 서두르세요? 그 사람은 벌써 갔어요. 장로… 할아버지도 그 사람을 쫓아갈 건가요? 다들 그 사람만 찾으니 무슨 일인지 모르겠네요?"

"그가 벌써 가버렸단 말이냐? 어디로 갔어?"

"옆에서 들으니 구름이라는 여자를 찾아 신양으로 간다더군요. 우리도 그를 쫓아갑니까?"

"신양이라고? 당장 가자. 또 어떤 자들이 그를 쫓아갔단 말이냐?"

나시찬은 철무극을 찾아왔던 사람들의 모습을 일일이 설명해 주었다.

"먼저 왔던 여자애는 경덕진 설씨세가의 큰딸이 분명하다. 두 번째는 사마진충이니 말할 것도 없고, 세 번째로 왔던 애는 설씨네 둘째 딸일 게다. 그리고 마지막 놈은 강호의 호색한이라고 알려진 장자경이 분명하다. 휴, 사파의 윗대가리들이 나서지 않은 것이 천만다행이다. 어서 가자. 그를 놓치면 천추의 한이 될 게다!"

"왜요? 이유가 뭔데요?"

"그가 데리고 다니는 여우의 정체가 뭔 줄 아느냐?"

"몰라요. 특이하긴 했지만 달리 정체가 있나요?"

"그게 바로 고소산의 영물이란 말이다! 금령섬까지 잡아먹은 천고의 기물이란 말이야. 천사교와 적라산장 애들이 그걸 알고 노렸던 것이다."

"아, 정말인가요? 그 여우가 바로 영물이었단 말입니까?"

"그보다 더욱 중요한 것은 그가 무시무시한 마공을 펼쳤다는 사실이다. 검은 기류가 폭풍처럼 몰아쳤다는 말을 들어보니 우리 군마맹의 흑마류일지도 모른다. 흑마류를 펼칠 줄 아는 사람은 천마신군밖에 없어!"

"어이쿠. 그럼 그가 그 유명한 천마신군 철무극, 칠대 마군이란 말입니까?"

"그럴 리가 있겠느냐. 하지만 알아봐야겠다. 어서 가자. 늦으면 큰일난다!"

"네, 그런데 아침은 드셨어요?"

"밥 먹을 시간이 어디 있어. 그냥 가자."

"잠깐 기다리세요. 주먹밥이라도 만들어 달랄 테니까 가면서 드세요!"

나시찬은 서둘러 점소이를 불러 주먹밥을 시켰다.

모원형은 한시라도 늦을까 봐 안달을 했다.

"어서 가자."

주먹밥을 보자기에 싸는 나시찬의 손을 붙잡고 날 듯 밖으로 달려나갔다.

"아, 구름이를 그렇게 보낸 후로는 되는 일이 없구나. 만나는 여자애들마다 전부 싸가지가 없으니 어울려 볼 기분이 안 나! 설영령은 너무 고지식하고 그 동생은 버릇이 개차반이야. 야, 백아."

갸릉?

"내가 여자에 대해 너무 모르는 것 같지?"

큿.

"커흠, 대체 뭐가 좋은지를 모르겠단 말이야. 그냥 예전처럼 모조리 찍어누르면 쉬울까? 설영로란 계집애도 나의 무시무시한 무공을 염두에 두고 처음에는 존경하는 눈치를 보이더니만, 조금 잘해주니까 바로 기어오르잖아? 알콩달콩 재밌게 살아보려는 나의 생각이 잘못된 것이냐?"

캥.

"왜 시큰둥하냐? 사람들 위에 군림하며 떵떵거리고 살아보았으니 이제는 다른 방법으로 해보겠다는 건데, 그게 잘못됐다고? 너, 새끼 낳아봤어?"

큿.

"그렇겠지. 천 년을 살았으면 뭐 하냐? 도 닦는다고 새끼 낳을 생각이나 해봤겠냐고. 나도 그랬는데 너라고 다르지는 않겠지. 하지만 생각해 봐라. 천년만년 살아봤자 결국에는 죽을 거고, 죽고 나면 뭐가 남겠냐? 죽어버리면 그냥 그걸로 끝이거든. 그래서 나의 일부나마 세상에 남겨보려는 거다. 그게 바로 영생(永生)이 아닐까 싶어서 말이다."

갸르릉.

"그런데 애 낳는 일이 이토록 어려울 줄 생각이나 했겠냐. 아니, 애 낳는 것이 힘든 게 아니라 여자들을 어떻게 꼬드겨야 할지 모르겠단 말야. 거참, 각양각색에 제멋대로니 어느 장단으로 맞춰야 할지를 모르겠거든. 그저 우격다짐으로 찍어누르는 것이 가장 빠르긴 한데……."

쿵.

"하긴 그렇다. 우격다짐으로 애를 낳아봐야 여자가 잘 키워주기나 하겠냐. 에이, 다 잊고서 얼른 구름이를 찾아서 알콩달콩 위로해 줘야겠다. 그런데 그 애마저 날 싫어라 하면 어쩌지? 아, 이거 정말 고민되네."

터벅터벅 걷던 철무극은 문득 인상을 찡그리며 하늘을 올려다보았다.

"늦더위가 심하구나. 이제 곧 팔월이 아니냐. 목이 타는데 저기 가서 차나 한잔 마시고 가자."

소주성을 나와 한나절을 걷다 보니 목이 마르다. 철무극은 앞에 보이는 노상 찻집을 발견하고 그곳으로 향했다.

"차나 한잔 주쇼."

차를 시켜놓고 보니 저쪽 버드나무 그늘 아래 한 명의 여인이 앉아 있었다.

"저 여자는 무슨 시름이 있어 저리 풀이 죽었을꼬? 애인한테 버림받고 실연이라도 당한 걸까?"

예쁘장한 여인은 차를 마실 생각도 않고 발 아래 흐르는 개울물만 바라보고 있었다.

문득 동병상련이 일어 측은하게 여겨졌다. 마음 같아서는 다가가서 위로라도 해주고 싶었지만, 함부로 말을 걸다 설영령에게 접근했을 때처럼 무시당할까 봐 그러지도 못했다.

한숨을 내쉬며 물끄러미 바라볼 뿐이다.

철무극의 한숨 소리를 들었는지 여인이 문득 고개를 돌렸다.

자신을 빤히 바라보는 철무극을 발견한 여인은 상큼 눈초리를 치켜뜨며 매섭게 흘겨보았다. 그리고는 이내 몸을 일으켜 찻값을 계산하고 가버렸다.

"거참, 남자를 무척이나 경계하는구나. 어느 놈팽이한테 크게 당한 적이 있는 모양이다. 에이, 내가 왜 이런 짓이나 하고 있담? 정말 재미없다!"

차를 마셔도 맛이 없다. 대충 목만 축인 철무극은 곧 몸을 일으켜 걷기 시작했다.

"철 공자님, 잠깐만 기다려 주세요."

나긋나긋한 여인의 목소리가 귀를 간지럽혔다. 철무극은 발길을 멈추고 고개를 돌렸다.

두 명의 홍의여인이 날 듯 달려왔다. 철무극 앞에 이른 여인들은 날아갈 듯 허리를 접으며 인사했다.

"적라산장 마님 밑에 있는 두 시비가 지존보, 철 공자님께 인사 올립니다. 홍염(紅焰)이옵니다."

"홍루(紅淚)예요."

"홍염, 홍루라. 이름 하나는 화끈하다. 그런데 적라산장이라면 나한 테 혼난 적이 있는 그 요염한 계집이 아니더냐? 그녀가 왜 너희들을 내 게 보냈는고? 또 혼나보고 싶다더냐?"

홍염이란 여인이 배시시 몸을 비틀며 웃었다.

"호호호, 그럴 리가 있겠어요? 마님께서는 이미 공자님의 높으신 무 공에 크게 반하셔서 언제든 만나볼 기회만 찾고 계시는걸요. 지난번의 무례한 행동을 사과하는 의미로 저희들을 파견하여 공자님의 여행길을 보살펴 드리라는 지시가 있었답니다."

"나를 보살펴? 너희들이 무슨 재주로 나를 살펴준단 말이냐?"

홍루가 요염한 미소를 흘리며 말했다.

"이미 마님의 지시를 받았으니 지존보께서 원하신다면 무엇이든 해 드릴 수 있답니다. 호호, 시시때때 옆에서 받들어 모시라는 분부가 계 셨어요."

"시시때때라? 커흠, 그거 좋은 말이로다."

철무극의 음흉한 표정을 본 두 여인은 서로를 바라보며 더욱 의미심 장하게 미소 지었다. 홍염이 냉큼 철무극의 팔에 매달려 아양을 떨었 다.

"공자께서 허락만 하신다면 마님께서도 반드시 즐거운 시간을 보내 고자 하실 거예요. 그전까지는 물론 우리들이 지존보이신 공자님을 즐 겁게 해드릴 것이고요."

팔에 매달려 가슴으로 압박을 가하니 탱탱한 느낌이 그대로 전해졌 다. 철무극은 대뜸 기분이 좋아져서 흐뭇함을 감추지 못했다.

홍루가 역시 반대편 팔에 기대었다.

"공력이 그토록 깊으시니 분명 힘도 대단하실 것 같아요. 어머, 어머, 전 벌써부터 달아오르고 있어요!"

홍염이 철무극의 어깨에 앉아 있는 백아를 바라보며 손을 뻗었다.

"아, 정말 예쁜 여우네요. 한번 만져 봐도 되겠죠?"

캬웅.

백아가 신경질적인 반응을 보이며 홍염의 손을 물어뜯으려 했다.

"어맛!"

홍염이 깜짝 놀라며 재빨리 손을 뺐다.

철무극이 말했다.

"함부로 건드리면 크게 다친다. 백아는 신경 쓸 것 없다."

"네."

홍루가 재빨리 말머리를 돌렸다.

"어머, 그런데 지존보의 옷이 너무 낡았네요. 여기저기 솔기가 터지고 찢어진 곳도 있어요. 당장 바꿔 입어야겠어요."

"험, 내가 요즘 물주를 잃어서 말이야. 자고 먹을 돈도 다 떨어져 가는구나."

"그래도 이토록 잘난 지존보의 체면이 있죠. 마을이 나오면 당장 한 벌 장만해 드릴게요."

"오, 그런 인심이라면 나는 사양해 본 적이 없다. 그런 것까지 신경 써주는 네 마음이 이쁘구나."

"호호, 지존보를 편하고 즐겁게 모시라는 마님의 분부가 계셨으니 무엇이든 신경 써드려야죠. 어머, 어쩜 이토록 피부가 부드러우세요? 전혀 무공을 익히지 않은 사람 같아요!"

홍루는 이리저리 철무극의 몸을 더듬으며 야릇한 미소를 보냈다.

그에 질세라, 홍염까지 거들고 나서니 철무극의 기분은 마냥 부풀어만 갔다. 당장 길가 으슥한 곳으로 달려가 마음껏 욕구를 채우고 싶을 지경이다.

캬릉.

백아가 문득 날카롭게 울며 두 여인을 째려보았다. 적의가 가득하여 당장이라도 한입 물어뜯을 것 같았다.

철무극이 껄껄 웃었다.

"야, 너도 여자라고 질투하냐? 부러우면 너도 수컷 여우 한 마리 꼬드기든지!"

캥.

철무극은 두 여인의 팔을 슬그머니 떼어놓으며 말을 이었다.

"백아의 질투가 아니더라도 좀 삼가자. 대낮부터 아랫도리에 힘 들어가면 오래 못 사는 법이거든. 밤에 기회가 생기면 더불어 한번 즐겨 보자꾸나."

"호호, 저희야 언제라도 환영합니다. 우리들은 그저 멋진 오라버니의 사랑을 먹고사는 꽃들이에요."

다소 진정되긴 했지만 두 여인은 기회가 날 때마다 철무극에게 달라붙어 아양을 떨고 욕망을 자극했다. 그러면서도 백아를 힐끔거리며 가슴 가득 욕심을 품었다.

쉬엄쉬엄 걷다 보니 해질 녘이 되어서야 겨우 태호에 당도할 수 있었다. 마침 제법 큰 시진이 있어 여인들은 당장 포목점부터 찾았다. 누가 더 멋진 옷을 고르는지 내기를 걸어가면서 옷감을 골랐다.

철무극은 여인들을 바라보며 피식 웃었다.

"스스로 달려와 품에 안기니 군이 사양할 이유가 없지 않으냐. 안 그래도 신양까지 가려면 심심할 텐데 길동무 생겨서 좋잖아? 그저 요사스런 짓거리만 못하도록 경계하면 되는 게야. 백아, 감시 잘해라."

캥.

"너 자꾸 코웃음만 날릴 거냐? 그만큼 오래 살았으면 한세상 즐겁게 사는 법도 배웠을 텐데 말이다. 너무 까탈 부리지 말고 알콩달콩 재밌게 살자꾸나."

갸릉.

백아는 알았다는 듯 철무극의 어깨를 발톱으로 긁었다.

"아, 그런데 말이다. 이유가 어찌 되었든 저런 여자애들은 이 멋진 지존보에게 잘도 달라붙는데, 왜 설씨네 딸들이나 다른 여자애들은 그렇지 못하단 말이냐? 거참, 보고 배운 것의 차이인가? 아니면 뭔가 얻고 싶은 것들이 있고 없고의 차이인가?"

갸르릉.

"너희 짐승들과는 달리 인간은 좀 복잡하지? 그래서 기술이 필요한 것일진대……. 여자 꼬드기는 기술이 무공을 배우는 것만 같다면 나도 잘할 수 있을 텐데 말이다. 아쉽다, 아쉬워!"

백아와 농을 주고받고 있을 때 두 여인이 벌써 옷 한 벌씩 사 들고 왔다. 홍염이 먼저 말했다.

"객잔을 찾아 쉬도록 해요. 새 옷 산 기념으로 기분 한번 풀어보는 것도 좋고요."

홍루도 나섰다.

"그래요, 우리 오늘 기분 좋게 한잔 마셔봐요. 제가 한턱냅니다!"

두 여인은 마구 흥을 내며 객잔을 찾았다. 하지만 그녀들의 즐거운 시간은 그것으로 끝이었다.

객잔을 잡아 방을 구한 후 저녁을 시켜먹고 있을 때 불청객이 들이 닥쳤다.

"이봐요, 당신. 내가 기어코 그대를 찾아내고 말았군요! 나하고 얘기 좀 해요!"

앙칼진 호통과 함께 또 다른 여자가 나타났다. 흠씬 두들겨 맞고 너무 억울한 나머지 스스로 기절했던 설영로였다.

물론 홍염과 홍루가 자기들 먹이에 손대려는 자를 그냥 둘 리 없었다. 당장 눈을 치켜뜨며 설영로를 향해 삿대질부터 날렸다.

"이건 뭐 하는 계집애야? 대가리에 피도 안 마른 어린 계집애가 대놓고 사내를 유혹하려 드네."

"꼬마 계집애야, 혼나기 전에 썩 꺼져. 너한테 어울릴 만한 꼬마 녀석이나 알아봐라."

"무엇이라고!"

설영로가 발끈 대노했다.

"이것들이 날 언제 봤다고 대뜸 하대를 하고 희롱하려 들어! 누가 너희들에게 말을 걸었어? 누군데 감히 나한테 이래라저래라… 어?"

여인들을 바라보던 설영로는 그녀들 옷에 수놓여진 검은 장미 문양을 발견하고 눈을 크게 떴다.

"오라, 뭘 믿고 큰소리치나 했더니만 적라산장의 요녀들이군. 홍홍, 마도의 몹쓸 인간들 몇 박살 냈다고 나까지 우습게 봤다가는 큰코다칠 걸! 사파와는 되도록 시비하지 말라는 어른들 당부 말씀 때문에 참겠지만, 내 일에 나서지 말란 말이야. 난 그대들에게 볼일없어."

홍염이 깔깔 웃었다.

"호호호, 저 어린 것 말솜씨 좀 봐라. 사파 무서운 것 알았으면 알아서 길 일이지, 감히 언니들을 가르치려 들잖니. 한물간 천엽검법으로 행세 한번 해보겠다는 생각인가 봐."

"으윽, 감히 그런 말을! 너희들 당장 나와. 나가서 한번 겨루어보자. 내가 기어코 한물간 천엽검법의 얼마나 무서운지 직접 보여주겠다! 어서 나와라!"

홍루가 코웃음을 쳤다.

"달밤에 춤출 일 있니? 안 봐도 뻔한데 뭘 구경하라고. 가서 혼자 놀다가 젖내나 가시거든 찾아와라. 그때는 상대해 주마."

노골적이고 원색적인 비웃음을 당한 설영로는 또 제 성질을 이기지 못하고 파들파들 몸을 떨었다.

"도저히 못 참겠다. 내가 오늘 너희 요사스런 것들을 모조리 박살내고 말 테다!"

설영로가 대뜸 몸을 날려 홍염을 향해 장력을 퍼부었다.

손님들이 있는 객잔에서 함부로 검을 빼 들지 않는 것을 보면 그래도 최소한의 예의는 지킨 셈이다.

홍염과 홍루는 물론 설영로처럼 기본적인 예의를 지키지는 않는다. 목적을 위해서는 수단 방법을 가릴 이유가 없다고 보고 배운 까닭이다.

그녀들은 일부러 설영로를 약 올려놓고 기회가 오기를 기다렸던 것이다. 설영로의 공격이 검이 아닌 권으로 시작되자 쾌재를 발하며 즉시 단도를 꺼내 들었다.

홍염은 권풍을 피해 뒤로 물러섰고, 홍루는 설영로의 옆구리를 노리며 단도를 찔렀다.

설영로가 눈썹을 곤두세우며 몸을 틀었다. 홍염을 노리던 장력이 번개처럼 방향을 틀어 홍루를 향해 덮쳐 갔다.

"에그머니!"

그토록 빠른 초식 전환에 놀란 홍루는 다급히 뒤로 물러서다 탁자에 걸려 넘어졌다.

설영로가 기회를 놓치지 않고 넘어진 홍루를 향해 발길질을 날렸다. 홍루가 떼굴떼굴 몸을 굴려 겨우 몸을 피했다.

"죽어랏!"

홍염이 매섭게 호통 치며 설영로의 등을 향해 단도를 찔렀다.

설영로는 홍루를 쫓지 못하고 주르륵 옆으로 물러서며 몸을 피했다.

"어이쿠, 칼싸움이 났다!"

"여자들이 사내 하나를 두고 칼싸움을 벌이는구나!"

놀라 부르짖으며 도망치는 손님이 있는가 하면, 좋은 구경났다고 박수까지 쳐가며 좋아라 하는 손님들도 있었다.

설영로가 더욱 인상을 찡그리며 훌쩍 몸을 날려 객잔 밖으로 뛰어나갔다.

"나와라, 나와서 끝장을 보자!"

어려서부터 타인을 먼저 생각하라는 가르침을 받고 자란 설영로는 분명 정파의 골수일 수밖에 없었다.

요사스런 두 여인을 박살 내고 싶은 마음이야 간절했지만 손님들에게 피해를 주는 행동은 함부로 하지 못했다.

홍루가 재빨리 몸을 일으키며 가슴을 쓸어 내렸다.

"조그만 계집애가 무공만 높구나. 야, 이것아. 싸우기 싫으면 그냥 꺼져. 왜 사람을 오라 가라 난리야!"

홍염이 거들고 나섰다.

"좋은 구경났다고 박수치는 사람들도 많은데 뭐가 무서워서 밖으로 뛰쳐나가고 난리람? 너는 거기서 혼자 달밤에 칼춤이나 추어라. 우리는 여기 앉아서 구경할게. 호호호."

두 여인이 낼름 철무극 옆에 붙어 앉아 희롱하는 모습을 본 설영로는 치솟는 분노를 감추지 못하고 발을 동동 굴렀다.

"에익, 천하고 요사스런 것들. 내 기어이 끝장을 보고 말겠다. 거기, 손님들, 다 나와요. 거기서 구경하다가 다치면 책임 안 집니다!'

일단 경고를 해준 설영로는 다시 객잔 안으로 뛰어들었다. 손에는 어느새 두 자 길이의 단검이 시퍼렇게 빛을 뿜고 있었다.

천엽검법의 매서운 초식들이 곧바로 두 여인을 노리고 쏘아졌다.

홍염과 홍루는 감히 그 매서운 검초를 받아치지 못하고 탁자 사이를 요리조리 돌아가며 몸을 피했다. 그녀들의 무공으로는 사실 설영로의 정심한 검법을 상대할 수 없었던 것이다.

설영로는 앞을 막는 탁자를 마구 걷어차며 더욱 매섭게 몰아붙였다.

"모두 부숴 버리고 말 테다!"

나중에는 더욱 무섭게 단검을 휘둘러 가로막는 탁자들을 모조리 베어버렸다. 시퍼런 검빛이 스치는 곳의 탁자들은 힘없이 쩍쩍 갈라져 나뒹굴었다.

더 이상 피할 곳이 없는 두 여인은 급기야 철무극 뒤로 숨어버렸다.

"야, 너희들, 이리 안 나와! 그의 뒤로 숨는다고 내가 물러설 것 같아?'

설영로가 분통을 터뜨리며 더욱 매섭게 두 여인을 쫓았다.

홍염과 홍루는 땀을 삘삘 흘리며 철무극을 방패 삼아 겨우겨우 몸을 피할 뿐 대항할 기회조차 잡지 못했다.

"에이, 이게 무슨 짓들이냐! 저리 가서 싸우든지, 썩 멈추지 못할까!"

철무극도 급기야 벌컥 짜증을 냈다.

설영로는 멈출 기세가 아니었다. 워낙 고집이 세고 자기 멋대로인 지라 일단 일이 벌어지면 끝장을 보려 하는 성격이었다. 철무극의 짜증 섞인 목소리를 듣고도 두 여인을 향해 마구 검을 찔렀다.

설영로가 멈추지 않는 이상 아슬아슬한 숨바꼭질은 끝날 수가 없었다. 두 여인은 오직 철무극을 끼고 돌면서 매서운 검끝을 피했다.

"이것들이 정말 버르장머리가 없구나!"

철무극이 참지 못하고 불끈 손을 쓰려 할 때였다.

"못난 것들이구나. 주인의 사과 인사를 정중히 전달하고 불편하지 않도록 잘 모시라고 했더니만 오히려 심기를 어지럽히고 있구나. 썩 물러서라!"

갑자기 들려온 앙칼진 호통 소리에 놀란 두 여인은 흠칫 몸을 떨며 재빨리 물러섰다.

"악!"

두 여인은 주인의 호통에 놀라 즉각 물러섰지만 설영로의 검은 멈출 이유가 없었다. 설영로의 일검이 물러서는 홍루의 허벅지를 깊이 찔러 버렸다.

"못된 것이 감히!"

다시 한 번 호통이 터지며 맹렬한 장력이 설영로를 덮쳤다.

이번에는 설영로도 깜짝 놀라고 말았다. 들이닥치는 장력의 기세가 마치 거대한 해일이 밀려드는 것 같았다. 자칫하면 그 막강한 해일에 말려들어 그대로 함몰될 것 같았다.

"찻!"

설영로는 짧은 기합성을 터뜨리며 급격하게 몸을 틀었다. 단검이 몸을 따라 돌며 일격을 펼쳐 냈다. 천엽검법의 중검식이 강력한 공력을 뿜어냈다.

꾸르릉.

강렬한 폭음과 함께 충돌의 파장이 주위를 휩쓸었다.

충격파에 휩쓸린 주위의 탁자와 의자들이 사방으로 흩날렸다.

쿵쿵.

설영로가 충격에 밀려 옆으로 몇 발짝이나 밀렸다. 발걸음에 얼마나 큰 힘이 실렸는지 마룻바닥의 널판이 와작와작 부서져 나갔다.

"감히!"

습격을 받고 밀린 설영로가 분노를 터뜨리며 상대를 찾았다.

"방정산!"

철무극 옆에 우뚝 서서 비웃음을 날리고 있는 붉은 옷의 여인은 고소산에서 한 번 본 적이 있는 적라산장의 안주인, 방정산이었다.

설영로를 노려보던 방정산이 갑자기 요염한 미소를 지으며 철무극을 돌아보았다.

"불편함이 없도록 모시라고 했더니 오히려 심려를 끼쳤군요. 죄송해요, 공자."

배시시 미소 짓는 눈가의 점 하나가 묘하게 꿈틀거렸다. 도발적인 그 미소 한 번에 전신이 후끈 달아오를 지경이었다. 철무극은 마른침을 꿀꺽 삼키며 방정산을 바라보았다.

방정산의 그런 행동에 설영로는 더욱 울화가 치밀었다. 습격을 가한 것만도 용서하지 못할 일인데, 자신을 앞에 두고 음탕한 짓을 일삼으니 도무지 참을 수가 없었다.

"천한 것, 용서할 수 없다!"

바닥을 박차고 몸을 날리며 환검식의 변화무쌍한 초식을 펼쳐 냈다.

촤라락.

수많은 검빛이 일시에 주위를 에워싸며 곧장 방정산을 향해 쏘아져 나갔다.

"훙, 애송이 계집애가 세상 무서운 줄 모르고 날뛰는구나. 내가 오늘 네년 위에도 사람이 있다는 사실을 가르쳐 주겠다!"

방정산은 호통을 내지르며 다시 한 번 일장을 내질렀다.

일장을 내지른 손이 일순 새하얀 뼈다귀처럼 변하며 음침한 냉기를 발출했다.

"구음고루장(九陰骷髏掌)!"

고루문의 비전절기 중 하나인 구음고루장법을 알아본 설영로는 크게 놀라며 검법을 급변시켰다. 별똥별처럼 떨어져 내리던 수많은 검빛이 일시에 하나로 합쳐지며 번개처럼 쏘아져 나갔다.

칵.

날카로운 검기가 그대로 음침한 장력을 꿰뚫었다.

텅.

하지만 끝까지 뚫지 못하고 중도에 막혀 버렸다. 마치 철판에 부딪친 듯 강한 충격이 전해졌다. 검이 부러질 듯 진동을 일으켰다. 설영로는 하마터면 검을 놓칠 뻔했다.

"꺼져랏!"

방정산이 호통을 내지르며 다시 한 번 구음고루장법을 폭출시켰다.

슈르르.

음침한 장력이 파도처럼 밀려 나갔다.

설영로의 표정이 참혹하게 일그러졌다. 단검은 이미 적에게 제압된 상태다. 손목에 충격을 받아서 두 번째 장력을 받아칠 수 있을지 장담하지 못했다.

"이익!"

고집으로 똘똘 뭉친 설영로는 물러설 생각을 하지 않았다. 이를 악다물며 한순간에 공력을 급증시켰다.

단전의 문이 활짝 열기며 맹렬한 기운이 폭포수처럼 혈로를 향해 쏟아져 나갔다. 철무극을 만나 얻은 기연을 통해 급증된 공력이 무서운 기세로 단검으로 몰려 나갔다.

꽈드득.

두 번째 충돌이 일어났다.

설영로는 충격을 견디지 못하고 뒤로 날아가 벽에 부딪쳤다.

쾅!

우지직.

객잔 벽이 견디지 못하고 무너졌다. 설영로의 몸이 무너진 벽 밖으로 튕겨 나가 곤두박질쳤다.

울컥.

객잔 밖 길거리에 팽개쳐진 설영로는 사발만한 핏덩이를 토하고 말았다.

으드득.

설영로는 이를 갈아붙이며 고통을 참았다.

벌렁거리는 심장은 당장이라도 펑 터져 버릴 것 같았고, 탈골된 팔굽은 끊어져 나갈 듯 아파왔다.

철무극을 만나 공력이 급증되지 않았다면 목숨을 잃었을지도 몰랐다.

방정산도 무사하진 못했다.

그녀 역시 충격을 견디지 못하고 벽까지 밀려나 모질게 부딪쳤다. 등짝이 부서져 나갈 듯 고통스러웠으며, 가슴이 울렁거려 숨 쉬기가 어려웠다. 악다문 입술 사이로 주르륵 피가 흘러내렸다.

매혹적인 미소가 어려 있던 방정산의 표정이 독사처럼 표독스럽게 변했다. 두 눈에는 증오와 분노가 이글거렸다.

설영로의 공력이 이토록 깊은 줄은 몰랐다. 구음고루장법이면 일격에 끝낼 수 있으리라 예상했는데, 물리치기는커녕 자신까지 내상을 당하고 말았다. 울화가 뒷골을 때려 미칠 것 같은 살기가 솟구쳤다.

"이년, 죽여 버리고 말겠다!"

당장 달려나가 끝장을 내려 할 때 불쑥, 철무극이 말했다.

"이봐, 버릇 고쳐 놓은 것으로 끝내지. 어린것 때려 죽여봐야 무슨 재미가 있다고."

"……."

흠칫 놀란 방정산은 일순 부르르 몸을 떨며 분노를 가라앉혔다. 악귀처럼 무섭던 그녀의 표정이 다시 일순간에 변했다.

입가에 흐르는 피를 손수건을 꺼내 닦아낸 그녀는 배시시 미소 지으며 철무극을 돌아보았다.

"맞아요. 우리가 정식으로 만나 인사를 나누는 자리인데 피를 본다면 상서롭지 못하죠. 저 어린것도 이제 정신 좀 차렸을 테니 그만 하기로 해요. 지존보 앞에서 함부로 소란을 피웠으니 죄송해서 어쩜 좋아요? 호호."

"커흠."

철무극이 헛기침을 하는 사이, 설영로는 자리를 뜰 수밖에 없었다.

아무리 고집이 세고 막무가내라 할지라도 안 되는 것은 안 되는 것이다. 더 달려들면 목숨이 위험하다는 것을 깨달은 설영로는 말없이 물러설 수밖에 없었다.

"호호호."

기분이 좋아진 방정산은 내상의 고통도 아랑곳 않고 철무극을 향해 매혹적인 미소를 날렸다.

"괜한 소란을 피웠군요. 자리를 옮길까요? 모조리 부서지고 깨져서 지존보께서 앉아 있는 탁자만 무사하잖아요."

"험험, 애써 그럴 필요 있는가. 다들 할 일이 바쁜 몸인데, 대충 바라는 일을 하면 그뿐이지."

"네? 아, 네. 그렇다면 굳이 자리를 옮길 필요는 없겠네요. 한바탕 소란을 피운 후에 한잔하는 것도 나쁘진 않죠."

방정산은 즉시 홍염과 홍루를 물리고 겁먹은 점소이를 불러 자리를 치웠다.

"예측을 불허하는 지존보, 철 공자의 무공에 경의를 표하며 한잔 권할게요."

살랑살랑.

엉덩이를 흔들며 자리를 잡은 방정산은 새로 차려진 술을 권하면서도 그 요염한 미소를 거두지 않았다.

철무극은 권하는 술을 마다하지 않고 쭈욱 들이켰다.

"커, 술맛 좋구나. 그런데 여자라는 동물은 본래 맹목적이거나 원하는 것이 없으면 함부로 행동하지 않는다던가! 그래, 자네는 어느 쪽인고?"

"호호, 지존보께서는 별말씀을 다하시는군요. 여자에 대해 많은 경험이 있으신가요? 자, 한 잔 더, 쭈욱!"

"나야 본래 경험이 많지. 순진한 애들 마음은 잘 모르지만, 뭔가 바라는 것이 있는 자들의 속셈은 훤히 꿰뚫고 있다고나 할까? 오늘 술맛이 괜찮은걸."

"그러시겠지. 그럼 내가 뭘 바라는지도 훤히 알겠군요? 자, 또 한 잔!"

"커, 좋구나. 미인과 술은 마실수록 좋다 했겠다! 자네가 바라는 것이야 천상의 쾌락과 지상의 권력이겠지. 그중에 지금 누려보려는 것은 지상의 권력이렷다?"

"당연한 말씀. 천상의 쾌락을 줄 인간은 많지 않아요. 하지만 지상의 권력은 스스로 쟁취할 수도 있죠. 그래서 나는 그것을 선택했어요. 지존보가 그것을 실현시켜 줄 수 있지요."

"오, 그런가? 내가 어떻게 그것을 실현시켜 줄 수 있는지 궁금하구만."

"호호호, 지존보께서 나의 술을 마다하지 않고 들이킨 즉시 나의 꿈이 실현된 순간이죠. 미안하지만 이만 긴장을 풀고 편히 쉬도록 하세요. 기분 좋으면 목숨은 살려둘지 모르죠. 그대가 쉬는 동안 영물의 내단은 내가 차지해야겠어요!"

"술에 독이라도 탄 모양이지?"

"당연하죠. 그 유명한 당문의 독보다 조금 더 깊은 맛을 내는 장취산(長醉散)이란 것이죠."

"장취산이라. 자, 그렇다면 한 잔 더 따라보게. 장차 크게 취해본들 누가 뭐라 할 것도 없겠지. 거참, 정신이 몽롱하구나!"

"호호호, 당연하지. 누가 감히 장취산의 향기를 피해갈 수 있겠느냐! 여봐라, 이놈을 죽여라!"

자신만만한 방정산은 호기를 부리며 호통을 내질렀다.

그 순간 세 개의 검은 그림자가 엉망으로 흩어진 객잔 안에 모습을 드러냈다. 사이한 살기를 풍기는 괴한들이었다.

철무극이 피식 실소를 흘렸다.

슈악.

검은 그림자들의 공격은 즉각 개시되었다.

음흉하게 쳐들어오는 살기는 놀랍게도 방정산이 펼쳤던 장력보다 날카로웠다. 무공을 제대로 배운 자들이다.

"고루문의 정예가 출동했다? 재미있구나. 그동안 얼마나 배웠는지 시험해 봐야겠어. 나를 일어서게 만들면 잘했다고 칭찬해 주마."

철무극은 말을 하면서 우수 오지를 가볍게 말아 쥐었다가 튕겨냈다. 오화혈살지의 강력한 지력이 세 방향을 향해 쏘아졌다.

짜앙.

장력과 지력이 부딪치자 유리 깨지는 소리가 울렸다.

검은 그림자들은 잠시 주춤했을 뿐, 재차 장력을 후려갈겼다. 음침하고 날카로운 장력이 주위를 에워싸며 곧바로 철무극을 향해 쳐들어갔다.

"어라, 요놈들 봐라? 생각보다 공력이 깊고 반응이 빠르구나. 제법 긴장하게 만드네."

철무극은 눈을 가늘게 좁히며 숨을 깊게 들이마셨다. 직후, 공력을 좀 더 끌어올리며 이번에는 양손을 모두 사용하여 오화혈살지를 튕겼다.

쐐쐐쐐쐐.

바늘처럼 날카로운 지력이 소나기처럼 퍼부어지며 들이닥치는 장력을 파고들었다.

짜라락.

철판을 송곳으로 긁는 듯한 거북한 굉음이 터졌다.

콰르르.

충돌의 여파가 주위에 널려 있는 부서진 탁자와 의자들을 한꺼번에 휩쓸어 날려 버렸다.

파바박, 후드득.

벽이 파편에 맞아 구멍이 뚫리고 객잔 전체가 지진을 만난 듯 뒤흔들렸다.

"끙."

공격했던 검은 그림자들이 소나기처럼 퍼부어진 오화혈살지의 강력한 충격파에 휘말려 뒤뚱뒤뚱 뒤로 밀렸다. 그중 공력이 약한 한 명은 쓰러질 듯 비틀거리며 신음을 토해냈다.

"죽엇!"

슬그머니 물러서 벽에 기대어 있던 방정산이 기습적인 일격을 가했다. 구음고루장의 음침한 장력이 철무극의 등을 노리고 쳐들어갔다.

"위험한 장난 하면 다친다."

철무극은 의자에 앉은 채 빙글, 몸을 돌리며 일장을 격출해 냈다. 후끈한 열기가 느껴지는 번천열양장이었다.

방정산의 인상이 꽉 일그러졌다.

그토록 위력이 강하다는 장취산을 썼는데도 중독된 흔적조차 찾을 수 없고, 고루문의 정예라는 고루삼자(骷髏三者)까지 동원했건만 끄떡도 하지 않는다. 기습적인 일격이라도 먹혀 들어가기를 바랐지만 역시 헛수고다.

방정산은 감히 철무극의 번천열양장과 부딪치지 못했다. 부딪쳐 봐야 자신만 다친다는 사실을 잘 알고 있었기 때문이다. 즉시 장력을 회수하고 발끝으로 바닥을 차며 쏜살처럼 뒤로 물러섰다.

방정산이 위기에 빠진 것을 본 고루삼자가 즉시 바닥을 차고 달려 나오며 철무극을 향해 구음고루장을 후려갈겼다.

철무극이 힐끗 네 사람의 위치를 가늠하며 말했다.

"모두 한 차례씩 손을 썼으니, 그 보답으로 나도 한 수 보여주마. 능력껏 받아보아라."

탁.

왼손으로 가볍게 탁자를 내려치니 대나무로 만든 통에서 젓가락들이 후드득 튀어 올랐다. 오른손이 들리며 불쑥 허공을 움켜잡자 주위의 공기가 한순간에 손바닥으로 빨려드는 것 같았다.

"가랏!"

짧은 호통과 함께 오른손을 펴자 손 안에 잡혔던 공기가 폭발적으로 터져 나갔다.

콰우우—

객잔 안이 일순간 어둠에 휩싸인 것 같았다.

강력한 흑마류의 일격은 주위를 장악한 채 튀어 오른 젓가락들을 밀어냈다.

쐐쐐쐐쐐.

흑마류의 기류에 격타당한 젓가락들이 번개처럼 허공을 가르며 고루삼자와 방정산을 향해 쏘아졌다.

"앗!"

도망치려던 방정산이 놀라 부르짖으며 다급히 일장을 격출해 냈다.

짝.

젓가락이 그대로 장력을 꿰뚫었다.

"악!"

공포에 질려 비명을 내질렀을 뿐, 젓가락이 어디에 박혀들었는지조차 알지 못했다. 다리가 마비되어 풀썩 주저앉고 말았다.

꽈당.

직후, 고루삼자가 쓰러지는 소리가 들렸다. 그들 역시 젓가락에 하체의 혈도를 적중당했던 것이다.

한 수에 네 사람을 쓰러뜨린 철무극은 찻잔을 들어올리며 말을 이었다.

"이제 장취산이라는 독이 얼마나 대단한지 확인해 볼 차례지?"

약지 손가락을 찻잔 위에 대고 공력을 운기하자 손가락 끝에서 똑똑 물방울이 떨어져 내렸다.

바닥에 널브러진 방정산의 눈이 있는 대로 커졌다.

"장취산의 독기를 수분으로 뽑아내다니!"

대체 얼마나 깊은 공력을 지녔기에 독 기운을 따로 걸러내어 몸 밖으로 배출해 낼 수 있단 말인가. 보통 사람이라면 장취산을 마신 즉시 쓰러지고 말았을 것이다.

방정산을 향해 피식 미소를 흘린 철무극은 찻잔에 떨어진 독물을 손가락 끝으로 찍어냈다.

"재미난 구경거리가 되기를 바란다."

퉁.

손가락을 튕기자 물방울이 곧장 고루삼자를 향해 날아갔다.

곽곽곽.

독물이 암기처럼 고루삼자의 몸을 파고들었다.

"으악!"

"으으……."

고루문의 정예들이 공포에 질려 비명부터 질러댔다. 장취산의 위력을 알고 있는지라 더욱 겁을 먹은 것이다.

"으으으, 날 죽여라. 차라리 빨리 죽여줘!"

차라리 죽여주기를 바랐다.

그중 한 명은 바들바들 떨리는 손으로 급급히 품을 뒤져 한 자루의 작은칼을 꺼내 들었다. 그리고는 망설임없이 자신의 목을 찔러 버렸다. 공포와 절망감을 떨쳐 버리지 못하고 자결을 택한 것이다.

그런 행동만 보아도 장취산이라는 독이 얼마나 독하고 치명적인 것인지 알 만했다.

철무극이 혀를 내둘렀다.

"어이쿠, 정말 독한 놈이다. 죽인다고 한 것도 아닌데 알아서 목을 찔러 버리네."

철무극은 방정산을 향해 슬쩍 오화혈살지를 튕겼다.

"악, 살려, 제발 살려줘요. 여보, 여보, 어서 와서 나 좀 살려줘요! 난 이대로 죽기 싫단 말이에요!"

독물을 튕긴 것도 아닌데, 공포에 질린 방정산은 그것조차 구별하지 못하고 처절하게 울부짖었다.

철무극이 실소를 흘렸다.

"이것이 갑자기 미쳐 버린 모양이다. 내가 니 서방도 아닌데 어디서 여보를 찾아?"

어떻게든 도망치려고 마구 몸부림치던 방정산은 어느새 혈도가 풀렸음을 느끼고 다급히 손을 뻗었다.

치마를 걷어 올리고 안에 입은 바지 속에서 비단 주머니를 하나를 꺼낸 방정산은 즉시 주머니를 열고 푸른빛 단환 하나를 입에 넣고 씹어먹었다. 독물에 맞았을지 모른다는 생각에 해약부터 삼킨 것이다.

철무극이 쓴웃음을 지었다.

"거참, 급하긴 급했구나. 하긴 바라는 것이 많은 인간일수록 목숨이 중하다는 것도 잘 알지."

방정산이 해약을 먹는 것을 본 고루삼자가 크게 부르짖었다.

"마님, 마님. 우리에게도 해약을 나누어주시구려! 제발 부탁입니다!"

"제발 살려주시오!"

방정산이 철무극의 눈치를 살폈다.

"겁먹고 먼저 죽어버린 놈만 손해지."

철무극은 관심없다는 듯 어깨를 으쓱거렸다.

방정산은 푸른빛 단환을 꺼내 남은 두 사람에게 던져 주었다. 그리고는 즉시 밖으로 도망쳤다.

철무극이 혀를 찼다.

"그냥 갈 셈이냐? 멀리 가지 못할 텐데. 너, 내가 어떤 혈도를 두드렸는지 확인해 봐야 할 게다."

우뚝.

도망치던 방정산이 우뚝 멈추어 섰다. 부들부들 떨리는 몸을 겨우 돌려 세웠다.

"내게, 내게 무슨 짓을……?"

"내게는 장취산 같은 악독한 독약이 없지만 아주 오래전에 배운 한 가지 기술이 있다. 혈도를 눌러 고통을 주는 방법인데, 아마 오장육부가 조금 아플 게다. 장취산의 독효와 비교해 보면 재미있을걸?"

방정산의 표정이 처참하게 일그러졌다. 대체 무슨 수법인지 짐작도 할 수 없지만, 저 악마 같은 자는 무슨 짓이라도 해낼 수 있을 것 같았다. 그녀는 자신도 모르게 조심스럽게 공력을 운용해 보았다.

"아악!"

이내 참담한 비명을 내질렀다.

단전을 열어 공력을 끌어올린 순간 창자가 뜯겨 나가는 고통이 몰려왔던 것이다. 그 고통이 너무도 심하여 그만 풀썩 주저앉고 말았다.

"어떠냐? 제법 무섭지?"

"으으으……."

방정산은 철무극을 마주 볼 용기조차 내지 못하고 밖을 향해 벌벌 기었다.

"여보, 여보, 빨리 나를 구해줘요. 나는 저 악마 같은 자의 독수에 걸려 죽게 되었단 말이에요! 빨리 와서 저 악마를 죽여줘요!"

어두워지는 밖을 향해 처절하게 부르짖는 방정산을 보며 철무극은 고개를 갸웃거렸다.

"밖에 너를 구해줄 자가 있단 말이냐? 네 서방도 함께 왔단 말이지?"

"여보……!"

방정산은 연신 애절하게 부르짖었다.

캬르릉.

문득, 철무극의 어깨에 앉아 있던 백아가 울음을 토해내며 바르르 털을 곤두세웠다. 무엇인가 영물의 심기를 자극할 만한 것이 다가오고 있다는 증거였다.

"어, 너, 놀라는 거냐? 무엇이 왔는데……?"

콰드득.

말이 끝나기도 전에 한쪽 벽이 터져 나가며 두 개의 검은 그림자가 뛰어들었다.

파앙!

두 가닥의 날카로운 지력이 공간을 가르며 쏘아져 왔다. 그 기세가 참으로 무시무시하여 철무극이 펼친 오화혈살지보다 강력했다.

"엇, 고루천강지(骷髏天罡指)!"

철무극이 놀라며 급기야 몸을 일으켰다.

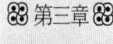

第三章

正魔異道

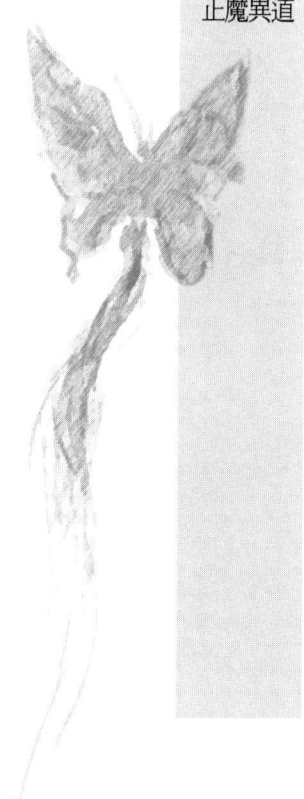

正魔異道

　사파의 지력 무공 중 가장 강력한 위력을 지닌 것을 꼽으라면 단연 홍의문의 오화혈살지와 고루문의 고루천강지다.

　당시 고루문주는 고루천강지를 대성하지 못했기에 홍의문 아래에 있을 수밖에 없었지만, 그 위력에 있어서는 가히 쌍벽을 이룰 만한 것이다.

　새로 출발한 고루문의 후예가 이토록 강한 고루천강지를 연마해 냈을 줄은 생각지도 못했다.

　긴장감을 느끼자 본능적으로 강력한 공력이 솟구치며 전신을 휘돌기 시작했다. 동시에 쌍장이 격출되었다.

　짜앙.

　철판 부딪치는 소리와 함께 강렬한 기파가 사방으로 퍼져 나갔다.

　와드득.

그 기파가 객잔을 온통 뒤흔들었다. 약한 부분은 그대로 뜯겨 나갔다.

와르르.

기둥까지 뜯겨 나가자 급기야 객잔이 기울어지기 시작했다.

철무극은 습격한 자들이 흑마류에 휩쓸려 튕겨 나가는 것을 보며 밖으로 몸을 날렸다.

우르릉.

방정산까지 밖으로 달려 나왔을 때 객잔은 더 버티지 못하고 폭삭 주저앉았다. 객잔 주인과 점소이는 진작에 도망쳤는지, 아니면 깔려 죽었는지 확인할 겨를이 없었다.

파악.

튕겨 나갔던 자들이 더 빠른 몸놀림으로 들이닥쳤다. 쏘아져 오는 고루천강지의 위력도 전혀 줄지 않았다.

"허, 이 정도란 말이지?"

흑마류와 부딪치고도 이토록 빠른 반격을 할 수 있는 자들은 만나보지 못했다. 이자들은 천마신군 당시의 홍의문주보다 무공이 강하다.

"좋아, 오늘 몸 한번 제대로 풀어보자꾸나."

상대할 만한 적수가 나타나자 절로 흥분이 일었다. 긴장감이 등줄기를 타고 흐르고 심장의 박동이 빨라졌다. 강력한 기운이 전신을 감싸고 돌며 자연스럽게 쌍장을 통해 격출되었다.

파앙.

또 한 번 공력이 충돌하여 굉음을 토했다.

공격했던 자들이 벌렁 나가떨어져 데굴데굴 굴렀다.

벌떡.

그자들은 놀랍게도 금방 몸을 일으켰다. 충격을 받은 흔적조차 보이지 않았다.

철무극은 고개를 갸웃거리면서도 번개처럼 쫓아 들어가며 우수 오지를 튕겨냈다. 날카로운 지풍이 몸을 일으킨 자들을 적중시켰다.

꽈당.

몸을 일으키자마자 또 한 번 저만치 날아가 처박혔다.

"어, 설마!"

철무극의 놀람이 이어졌다. 그 의문을 확인하기 위해 멈추지 않고 다시 오화혈살지를 날렸다.

빡.

오화혈살지는 정통으로 적중되었다. 그런데 살을 파고드는 소리가 아닌 딱딱한 나무판이라도 찍은 듯 둔탁한 소리가 들렸다. 강한 충격으로 인해 데굴데굴 구르고 있지만 살조차 꿰뚫지 못했다.

"정말 강시(殭屍)로구나!"

놀랍게도 이들은 산 사람이 아니었다.

특별한 약물로 제련하고 주술(呪術)을 통한 영력을 불어넣어 조종하는 시체인 것이다. 뼈는 쇠처럼 단단하고 피부는 생고무보다 질겨서 날카로운 창칼로도 베어내기 힘들다.

이런 귀물을 만들어낼 수 있는 능력을 지녔기에 고루문이 부활하고, 사파가 득세할 수 있었던 것이다.

강시임을 확인한 철무극의 표정이 서릿발처럼 굳어졌다. 헤실헤실 웃으며 농지거리나 일삼던 모습은 찾아볼 수 없었다.

"내가 유독 사파 놈들은 싫어하는 것은 바로 이런 이유 때문이다. 온갖 요상한 것들을 만들어내는 네놈들이 정말 싫어!"

마도와 사파가 세인들에게 지탄받는 이유는 기존의 질서에 반하여 멋대로 행동하려는 반골적 습성 때문이며, 인간의 존엄성을 믿지 않고 목적을 위해 살인을 일삼기 때문이다.

그런 점에서는 같아 보이지만, 마도와 사파는 분명 추구하는 과정이 다르다.

마도인들이 추구하는 것은 오로지 하나, 강력한 힘이다.

그들은 이성적 판단을 존중하지 않으며 기존의 질서에 순응하지 못한다. 그런 것들이 싫어 세상 밖으로 뛰어나와 제멋대로 살아가는 것이다.

그들을 제압할 수 있는 것은 잔인하고 강력한 힘이다. 오직 자신보다 강한 힘 앞에 복종할 뿐이다. 강인한 육체로부터 나온 원초적인 힘이야말로 그들이 믿는 종교이며 삶이다.

사파인들이 추종하는 힘은 조금 다르다. 그들은 고도로 발달된 정신력을 추종한다. 마도인처럼 무식하지 않으며, 온갖 종류의 지식을 수집하고 탐구한다.

그렇게 축적된 지식으로 놀라운 것들을 만들어낸다. 그들은 삐뚤어진 지식인들이며, 그러한 지식과 기술이 그들의 힘이다.

마도인들은 유사시 머리부터 굴리는 사파인들을 싫어하고, 사파인들은 힘만 앞세우는 마도인들의 무식함을 조롱한다. 서로를 이해하지 못하는 근본적인 괴리가 존재하는 것이다.

단순 과격한 철무극 역시 요상한 것들을 만들어 세상을 놀라게 하는 사파인들을 본능적으로 싫어한다. 그들이 만들어낸 귀물은 더욱 싫어한다.

"죽은 자는 땅속에 묻혀 있어야 어울려!"

불끈, 주먹을 움켜쥔 철무극은 그대로 일권을 내질렀다.

콰웅.

쇠망치와 같은 무식한 수라권의 일격이 그대로 몸을 일으키려는 강시의 가슴에 작렬했다.

빠드득.

가슴뼈가 박살나는 소리와 함께 강시의 몸이 반이나 땅을 파고들었다. 그토록 강력한 일격을 맞았음에도 비명조차 들리지 않았다. 목소리를 내지 못하는 강시이기 때문이다.

쉬악.

옆쪽에서 바늘처럼 예리한 고루천강지의 지력이 날아들었다.

철무극은 앞으로 한 발 전진하며 재차 수라권의 일격을 내질렀다.

일권이 그대로 적중된 순간 불쑥 강시의 손이 들리며 일지를 쏘아냈다. 전신이 조각나지 않는 한, 심령에 박힌 주술에 따라 행동하는 것이다.

캉.

흠칫 놀라며 급히 상체를 젖히던 철무극의 인상이 팍 일그러졌다. 강시의 지력이 백아를 노릴 줄은 생각지도 못했기 때문이다.

어깨에 달라붙어 있던 백아는 직접 자신을 노리는 지력에 놀라며 몸을 날려 피했다.

퍼억.

그와 함께 강시의 머리통이 깨져 나가며 더욱 깊숙이 땅에 박혀 버렸다.

하나 남은 강시가 빠르게 달려들어 연속해서 고루천강지를 발출했다. 철무극은 몇 발짝 옆으로 물러서며 쇄도하는 지력을 피했다.

그때였다.

스윽.

은밀한 움직임이 번개처럼 빠르게 들이닥쳤다.

고루천강시의 출현만도 놀라운 일이건만, 강시보다 더 빠르고 은밀하게 접근하는 자가 있다는 것이 감탄스러울 뿐이었다.

철무극은 새로운 기척을 대비하며 강시를 향해 수라권을 격출시켰다.

빡.

수라권에 적중된 강시가 저만치 날아가 처박혔다.

철무극은 힐끗 백아를 살폈다.

캬웅.

백아가 신경질적으로 울부짖으며 번개처럼 빠른 속도로 몸을 날리고 있었다. 은밀하게 접근한 자가 노린 것은 철무극이 아니라 백아였던 것이다.

철무극이 인상을 찡그리며 나타난 자를 향해 몸을 날리려 할 때 나가떨어졌던 강시가 어느 틈에 일어나 재차 달려들었다.

"제대로 연성되지도 않은 것들이 사람 귀찮게 하네."

강시가 제대로 연성되었더라면 수라권 정도에 뼈마디가 박살나지는 않았을 것이다. 철무극은 일단 백아를 믿고 강시부터 처리하기로 마음먹었다.

몇 발짝 물러서며 사방을 살펴보니 무너진 객잔의 잔재 더미 사이에 뭉뚝한 모습의 식칼이 눈에 띄었다. 철무극은 식칼을 향해 손을 뻗었다.

스륵.

식칼이 자석에 끌리는 쇠붙이처럼 끌려 철무극 손에 달라붙었다. 격공섭물(隔空攝物)의 놀라운 재주가 펼쳐진 것이다.

"생기도 없는 귀물 주제에 내게 칼을 들게 만들다니, 놀랍기는 하구나."

실소를 흘리며 공력을 집중시키자 뭉뚝한 식칼에 푸른빛의 서기가 일렁이기 시작했다. 공포를 느끼지 못하는 강시는 식칼에 일렁이는 서기를 보고도 무작정 달려들었다.

"가랏!"

철무극이 짧은 호통을 내지르며 식칼을 날렸다.

쐐쐐.

푸른빛이 감도는 한 자루 식칼이 거대한 칼 그림자를 끌며 달려드는 강시를 향해 날아갔다.

빠작.

강시가 발출해 낸 고루천강지가 푸른빛 칼 기운에 갈렸다. 식칼은 기세를 잃지 않고 그대로 강시의 가슴에 박혀들었다.

짜악.

겨우 팔뚝만한 크기의 식칼이 가슴에 박혔을 뿐인데 강시의 몸이 반으로 쩍 갈라졌다.

푹.

식칼이 푸른빛을 잃고 저 멀리 날아가 땅에 박혔다.

철퍼덕.

반으로 갈린 강시의 몸은 그제야 땅바닥으로 쏟아져 내렸다. 고약한 냄새가 진동했다.

철무극은 강시가 쏟아낸 오물이라도 몸에 튈까 두려운 듯 코를 싸쥐며 훌쩍 물러섰다.

"어느 놈이 이따위 장난질을 쳤는지 낯짝이나 보자."

철무극이 마구 인상을 찡그리며 몸을 돌렸다.

콰아아.

암흑처럼 사악한 기운을 품은 장력이 거대한 산사태처럼 덮쳐 왔다.

"어이쿠, 이놈이 반시장(返屍掌)까지 쓸 줄 아는구나!"

산사태에 놀란 적이 있는 철무극은 장력이 덮쳐 오는 기세를 보고 그만 기겁을 했다. 자라 보고 놀란 가슴 솥뚜껑만 봐도 겁이 나는 것이다. 본능적으로 뒤로 물러서며 일장을 격출해 냈다.

콰릉.

맹렬한 백색 기운이 나선처럼 꼬이며 폭출하며 덮쳐드는 반시장을 꿰뚫었다.

"백마류(白魔流)……!"

자신이 펼쳐 낸 반시장을 종잇장처럼 꿰뚫고 들어오는 백선 기운을 알아본 자가 놀라 부르짖었다.

"억!"

직후, 참담한 비명과 함께 폭풍에 휩쓸린 가랑잎처럼 날아갔다.

캬웅.

성질이 뻗친 백아가 번개처럼 쫓아가 한입 꽉 깨물었다.

"으헉!"

그자는 옆구리 살이 한 움큼 뜯겨 나가는 고통에 또 한 번 비명을 터뜨렸다. 겨우 땅에 내려선 그자는 감히 뒤돌아볼 생각조차 하지 못하고 그대로 몸을 날려 도망쳤다.

갸르릉.

백아가 쫓아가 끝장을 내려는 것을 철무극이 말렸다.

"그만둬라. 얼마 버티지 못하고 고꾸라질 게야. 도와줄 놈 없으면 목숨도 부지하지 못할걸."

흑마류보다 무서운 백마류에 적중되었으니 이미 내장이 상했을 것이다. 죽은 자를 살릴 만한 솜씨 좋은 의원을 만나지 못한다면 그것으로 끝이다.

"여보, 여보……!"

공포에 질려 움직이지 못하던 방정산이 애타게 부르짖으며 도망친 자를 쫓아갔다.

철무극이 옷에 묻은 먼지를 털어내며 중얼거렸다.

"그놈이 저 계집 서방이었군. 그럼 적라산장의 주인 놈이고 고루문의 문주인가? 허, 그나저나 사파의 무공이 이토록 강해졌으니 군마맹이 걱정이로다."

군마맹이 이미 괴멸되었다는 소문을 듣지 못한 철무극은 홀로 걱정을 앞세웠다.

캬르릉.

아직도 울화가 풀리지 않는지 백아가 마구 땅을 긁어댔다.

"참아라. 제 성질 못 이기면 오래 못 산다. 젠장, 부서진 객잔 값 물어줄 돈도 없는데 이대로 줄행랑을 놓아야겠다. 가자."

걸음을 떼려는데 한쪽 구석에 처박힌 비단 보따리가 보였다. 홍염과 홍루가 철무극을 위하여 새로 장만한 옷 보따리였다.

"그래도 챙길 건 챙기자!"

비단 보따리를 챙겨 든 철무극은 즉시 그곳을 떠났다. 백아가 연신 콧바람을 날리며 폴짝 뛰어 어깨에 내려앉았다.

"날도 이미 저물었는데 또 어디 가서 객잔을 찾는단 말이냐. 망할 것들이 나타나 기분만 망쳤다."

투덜거리며 걷고 있는데 부상당한 서방을 쫓아갔던 방정산이 달려 왔다. 철무극 앞에 이른 그녀는 다짜고짜 털썩 무릎을 꿇으며 애원했다.

"공자, 지존보. 제발 살려주세요!"

"네 서방을 살려달라고?"

"아니, 저요! 지존보가 펼친 폐혈수법을 풀어주세요. 살려만 주시면 뭐든지 하겠어요. 제발……."

경각에 달린 서방 목숨을 구하러 온 것이 아니라, 제 목숨 하나 건져 보려고 되돌아온 것이다.

"허허……."

철무극은 그만 탄식을 토해내고 말았다.

"그자는 서방도 아니라고요!"

"남들은 모두 그놈을 너의 서방으로 아는데, 너만 유독 자기 서방이 아니라고 말하는 것이냐? 거참, 해괴한 소리를 하는구나."

"그자는 고자예요! 동자공(童子功)을 지키기 위해 여자도 가까이하지 않는단 말이에요. 동자공을 배웠다는 사실이 알려질까 두려워서 더 많은 여자를 처첩으로 두는 것이라고요. 고자가 아니라면 제 마누라가 외간 남자들과 놀아나는 것을 보고 가만있겠어요? 나는 첫날밤에 소박 맞은 불쌍한 여자란 말이에요, 흑흑."

"그렇다고 눈물까지 찍어낼 필요가 있느냐. 그자의 동자공 덕분에 너 또한 마음껏 놀아보았으니 손해 볼 것도 없었을 텐데, 괜히 불쌍한 표정 지을 것 없다."

"그대는 아직 나이가 어리고 장가도 가본 적이 없으니 소박맞은 여자의 불행을 알 리가 없죠. 내가 첨부터 아무 놈하고 놀아나던 천한 계집인 줄 알아요? 시집오기 전까지만 해도 나 역시 수줍은 열아홉 처녀였단 말이에요! 아이고, 이년 팔자 서럽기도 하여라……."

"그렇다면 잘됐구나. 마음잡고 열심히 살다 보면 좋은 날도 있을 게다."

"그럼 살려주시는 거예요? 제발 폐혈수법부터 풀어주세요!"

"독하고 잔인한 품성은 쉽게 변하는 것이 아니다. 네가 깊이 반성하고 새 삶을 살아보겠다고 굳세게 마음을 먹어도 그놈의 좋지 못한 품성이 곧 머리를 쳐들고 너를 유혹하려 들 것이다. 그만한 제약이 있어야만 고행도 할 수 있는 것이야."

"그래도, 그래도 공력조차 사용하지 못한다면 적이 쳐들어왔을 때 무슨 수로 방비하겠어요? 이처럼 강한 사내가 옆에 있는데, 내가 왜 다른 생각을 품겠느냐고요."

"안다, 이 멋진 지존보를 향한 너의 애절한 마음을 내가 어찌 헤아리지 못하겠느냐. 하지만 유혹이란 놈도 만만치 않게 끈질기고 독하다. 조금만 참고 견뎌봐라. 네가 이미 나를 따라다니며 열심히 수행하기로 작정을 했다니 조만간 개과천선할 수 있을 것이다. 나는 너를 믿는다. 암, 믿고말고."

"하지만, 하지만……."

"산아."

"네? 그처럼 다정스럽게 부르시니 몸둘 바를 모르겠네요. 분부하실 일이라도 있나요? 어깨라도 주물러 드릴까요?"

"그것도 좋다만 갈 길이 바쁘다. 신양까지 가는 빠른 길을 아느냐?"

"신양이요? 아, 사마영문을 향한 지존보의 마음이 참으로 애틋하군요. 그처럼 먼 길을 마다 않고 가시겠다니! 나에게도 그런 님이 계시면 얼마나 좋을까."

"산아."

"네? 아, 네. 너무 부러워서 딴소리를 했군요. 죄송해요. 신양까지 가시겠다면 배를 타시지요. 합비(合肥)까지는 곧장 물길이 뚫려 있어요. 제가 먼저 나가서 배편을 알아볼게요."

"오, 네가 그처럼 수고를 아끼지 않겠다면 나도 사양치는 않으마. 어서 댕겨와라."

"네."

목숨이 걸린 일인지라 철무극 옆에 붙어 있지만, 방정산은 해야 할 일과 알아봐야 할 일이 태산처럼 쌓였다. 배편을 알아본다는 핑계를 대고 자기 일을 보려는 속셈이다.

철무극은 알면서도 모르는 척 그대로 두었다.

"백아."

갸릉?

"고루문주 같은 녀석들까지 너를 노리고 달려드니 이거 골치 아프다. 세상 고수 놈들이 모조리 달려드는 건 아닌지 모르겠다?"

캥.

"네 성질도 보통 아니더라만, 귀찮은 것은 피할 수 없을 것 같다. 아들 볼 욕심만 아니라면 다시 계곡에 틀어박혀 도나 닦을 텐데 말이다."

갸르릉.

"하긴 그렇다. 세상에 나온 이상 도 닦는 일은 물 건너간 거지. 어래

저래 또 한 번 세상과 부대끼며 살아봐야지. 그나저나 정말 큰일났다."

"…….

"부딪치는 놈들이 갈수록 많아지는데 깜빡깜빡하는 정신은 나아질 생각을 안 하니 말이다. 어디 좋은 의원이라도 있는지 찾아봐야 할 것 같아. 고칠 수나 있으면 다행이겠다. 커흠."

철무극이 건망증을 걱정하고 있을 때였다.

와당탕, 쿵탕!

객잔 문이 부서질 듯 열리며 청년 하나가 뛰어들어 왔다. 고소산에서 헤어진 호색한 장자경이었다. 이리저리 고개를 돌리던 장자경은 철무극을 발견하고 눈을 부릅떴다.

"아이고, 철 공자님. 지존보!"

"너, 누구였지?"

캬웅.

백여우, 백아도 갑작스럽게 달려든 장자경을 경계하며 털을 곤두세웠다.

장자경은 죽은 아버지가 살아 돌아온 것처럼 반겼다.

"아이고, 내가 얼마나 지존보를 찾아 뛰어다녔는지 알기나 합니까! 여자 구하는 일도 중요하지만 제자나 다름없는 나를 버리고 혼자만 가시다니, 너무 섭섭합니다!"

"이놈이 호들갑을 떠는구나."

"아, 저 말입니까? 저야 물론 장자경이죠. 그새 잊으셨소?"

장자경은 또 한바탕 자신이 누구이며, 함께 다니면서 무슨 일을 했는지 순식간에 풀어놓았다.

철무극은 잠깐 고개를 갸웃거렸다.

"여자들 꽁무니를 따라다니다 거시기를 잘린 그놈이로구나."

"에… 그렇긴 합니다만, 듣기 민망합니다요!"

"잘린 걸 잘렸다고 하는데, 뭐가 민망하단 말이냐? 그런 걸 아는 놈이면 잘릴 일을 하지 말아야지. 창피한 건 알아가지고. 자경이, 너 이놈……."

장자경은 자신의 신상에 대한 이야기가 이어지는 것을 막기 위해 재빨리 말머리를 돌렸다.

"그런데 요것이 바로 영물이로군요! 정말로 내단이 있던가요? 설마, 혼자서 꿀꺽한 건 아니겠죠?"

캬웅.

백여우가 먼저 신경질을 부리며 장자경을 노려보았다. 한마디 더 하면 당장 덤벼들 것 같은 무서운 눈빛이었다.

장자경은 그 시뻘건 눈초리에 놀라 자라처럼 목을 움츠렸다.

"이놈의 짐승마저도 나를 놀리는구나. 영물이면 다냐? 그냥 콱 배를 갈라서 내단을 꺼내 꿀꺽해야 되는데……."

갸르릉.

백여우는 장자경의 중얼거림을 듣기라도 한 듯 꼬리까지 치켜세우고 으르렁거렸다.

"이놈아, 속으로나마 백아를 욕하지 말아라. 그녀에게는 신비스런 영력이 있어서 자신을 욕하면 금방 알아차린다. 까불면 혼난다."

"백아라고? 짐승에게도 이름이 있단 말입니까?"

"잔소리가 많구나. 그렇다면 그런 줄 알아라."

"네."

장자경은 잔뜩 인상을 찡그리며 하소연하듯 입을 열었다.

"그런데 지존보, 이건 약속이 틀리지 않습니까!"

"무슨 약속?"

"둘이서 힘을 합쳐 영물을 잡으면 그 효능을 반으로 뚝 가르자고 했잖습니까! 그래 놓고선 나만 놔두고 지존보 혼자 내빼듯 사라졌으니, 내가 얼마나 노심초사했겠느냐고요! 아이고, 목숨을 걸고 화약을 터뜨렸건만 이제 와서 정말 모른 척할 겁니까?"

"내가 이놈을 잡아서 내단을 반으로 갈라 먹자고 했단 말이냐?"

"그렇지 않다면 뭐 하러 수고를 아끼지 않고 영물을 잡으려 했겠습니까! 설마 영물을 잡아 애완동물로 기르려는 것이었습니까?"

캬옹.

백아가 또 매서운 눈빛으로 장자경을 노려보았다.

장자경은 두려웠지만 굽히지 않았다.

어떻게 우기든 반드시 철무극을 꼬드겨 영물의 내단을 꺼내도록 만들어야 한다. 정말 애완동물로 길러진다면 그토록 바라던 내단마저 도로 아미타불이 되지 않겠느냐 말이다!

"내가 그랬단 말이지?"

"당연하지 않습니까! 그러니 어서 내단을 꺼내어 반으로 갈라주십시오!"

"그렇긴 하구나. 내단이 필요없었다면 굳이 영물을 잡으려고 하지는 않았을 게다."

"그렇다니까요! 지존보 무공이야 지금도 대단한 것입니다만, 영물의 내단까지 복용한다면 더욱더 무비막강해질 겁니다. 어서 내단을 꺼내자고요!"

인상을 찡그리던 철무극이 손을 저었다.

"시끄럽고 귀찮구나. 내가 네놈에게 뭔가 해준다고 했던 것은 분명한 것 같다. 하지만 백아는 해치지 않기로 했으니 어쩔 수 없다. 옜다, 대신 이거나 잘 달여 먹어라."

철무극이 허리에 달린 가죽 주머니를 열어 기름종이에 잘 싸여진 꾸러미 하나를 던져 주었다.

장자경이 받아서 종이를 펴보니 실처럼 가느다란 이상한 물체가 들어 있었다.

"이건 또 뭡니까? 말린 파뿌리로 뭘 하라고요!"

하얗고 가느다란 그것은 정말 말린 파뿌리처럼 생겼다.

"미친놈, 유균을 마다하는 놈은 또 처음 보는구나. 싫으면 이리 내라."

"유균……. 그건 또 뭡니까?"

"영물의 내단에 버금가는 것이다. 잘 달여 먹으면 크게 이로울 게야."

"정말이죠? 설마 날 속이는 건……. 악!"

장자경은 또 이마를 부여잡고 벌렁 나가떨어졌다.

"잔소리 많은 놈 나, 싫어한다."

"으, 아파 죽겠다!"

심심하면 두들겨 맞으니 분하고 억울했지만 장자경은 가죽 주머니를 잘 챙겼다.

'저놈이 특별히 지니고 다닐 정도라면 분명 크게 쓸모가 있는 물건일 거야. 이걸 어디 가서 알아본담? 하지만 저 여우를 잡아먹지 못한 것은 정말이지 너무 아깝구나!'

갸르릉.

백아가 또 노려보자 장자경은 더욱 목을 움츠렸다.

'저 괴물 같은 놈과 똑같구나! 두 놈 다 남의 마음까지 훔쳐볼 수 있는 것이 분명해!'

"아니, 아니다. 그놈 참, 어여쁘게 생겼구나."

캬옹.

장자경이 쓰다듬으려 하자 백아는 당장 뾰족한 송곳니를 드러내며 물어뜯으려 했다.

깜짝 놀란 장자경은 재빨리 손을 움츠렸다.

"망할, 짐승까지도 나를 무시해!"

백아가 노려보자 장자경은 재빨리 철무극을 향해 말했다.

"그런데 어젯밤에 또 한바탕했다면서요? 오다 보니까 객잔 하나가 통째로 박살나 있던데, 지존보 솜씨였습니까? 그 정도라면 보통 놈들이 아니었을 텐데, 대체 어떤 놈이랑 한판한 겁니까? 그리고 구하러 갔던 여자애는 어쩌고 혼자 돌아다니는 겁니까? 설마 구하지도 못하고……. 아코, 제발 때리지 좀 마요!"

"정신 산란하니까 떠들지 마라. 자경아?"

"왜 불러요?"

"하릴없으면 나가서 좋은 의원이나 찾아봐라."

"의원은 뭐 하게요? 어디 아픕니까?"

"이놈이!"

"아, 건망증 때문에요? 듣자 하니 건망증에는 특효약도 없다는데, 좋은 의원 찾는다고 고칠 수 있을까요? 타고난 팔자가 그러려니 하고 살아야지……. 으악!"

장자경은 또 말을 끝내기 무섭게 머리통을 감싸 쥐고 나가떨어졌다. 이마 한가운데 밤톨만한 혹이 생길 정도로 매서운 일격이었다.

"너, 이놈. 내가 병 고치는 게 못마땅한 게냐? 너 갈수록 잔소리가 심해지는데, 꼭 맞아야 정신 차리지?"

"으으, 내가 완전 동네북이구나. 힘없는 게 서럽다. 무공 못 배운 팔자가 서러워……!"

"더 맞아보고 싶냐?"

"아니, 아닙니다. 즉시 나가서 알아보죠."

장자경은 머리를 감싸 쥔 채 재빨리 객잔 밖으로 줄행랑을 놓았다.

철무극이 끌끌 혀를 찼다.

"시켜먹을 놈이 마땅치 않아 옆에 두려니 갈수록 버릇이 없어지는구나. 이래서 사람은 바탕이 좋아야 한다는 게야. 아예 개털을 만들어서 쫓아버릴까?"

홀로 중얼거리다 무료해진 철무극은 훌쩍 차를 마셔 버리고 객잔을 나섰다.

객잔 바로 앞은 호변이었다.

"더위가 한풀 누그러졌지? 이제 곧 가을이 오겠다."

호수에서 불어오는 바람을 맞으며 휘적휘적 걷던 철무극이 문득 주위를 돌아보았다.

"여긴 어쩐지 낯이 익다? 백아, 우리가 언제 여기에 왔었냐?"

갸릉.

"왜 갑자기 인상을 쓰고 난리냐? 아, 그렇구만. 네가 잡힌 곳이 이 근처였구나. 그때 니가 잡아온 녹두사를 참 맛있게 구워 먹었지. 그렇지! 그 버르장머리없는 계집애도 생각난다. 성질이 참 지랄 같았어. 제 성질 못 이겨서 기절하는 것은 처음 봤다. 싸가지없는 것들은 그저 꽉 찍어 눌러줘야 찍소리 못하거든."

철무극은 홀로 낄낄거렸다.

갸릉.

백아가 문득 앞쪽을 바라보며 털을 곤두세우고 낮게 울음을 토했다.

"왜 그러냐? 왜 갑자기 긴장하고 그래?"

갸릉.

백아가 폴짝 어깨에서 뛰어내려 빠르게 달리기 시작했다.

"야, 왜 그래? 같이 가야지."

철무극은 더욱 이상하게 생각하며 백아를 좇았다.

물가를 따라 한참 달리자 호변이 끝나고 막다른 바위 절벽이 앞을 가로막았다.

백아는 바위 절벽을 이리저리 살피다 좁은 틈새를 발견하고 그 안쪽으로 사라졌다. 철무극이 부지런히 뒤를 좇았다.

"어?"

바위틈 안쪽의 좁은 공간에서 백아가 바닥에 누워 있는 한 사람을 발견하고 주위를 빙빙 돌고 있었다.

바닥에 누워 있는 예쁘장하게 생긴 계집애의 안색이 백지장처럼 창백했다. 분명 심한 내상을 입고 기절한 상태였다.

"어이쿠, 이 여자애는 바로 그 버르장머리없는 설영로가 아니냐! 어째서 여기 누워 있지?"

어제저녁에 방정산과 싸우다 심한 내상을 입은 설영로는 내상을 치료할 장소를 찾다가 여기까지 와서 기절했던 것이다. 철무극은 물론 어제의 일을 잊고 원인을 생각해 내지 못했다.

백아는 자신의 피를 마신 설영로의 체향을 멀리서도 맡아내고 달려왔던 것이다.

갸릉.

"피 몇 방울 나누어줬다고 정이라도 든 거냐? 커흠, 좋아. 일단 상태부터 살펴보자."

옆에 앉아 맥을 짚어보니 역시 내상이 심했다. 무리한 상태에서 공력을 운용했기 때문에 상처가 깊다. 내장의 핏줄이 터져 출혈이 많았다.

"요 조그만 것은 어려울 때마다 나를 만나는군. 인연이 제법 깊다고 해야 하나?"

공력은 운기하여 맥을 통해 흘려 넣었다. 위장을 자극하여 구토를 일으키자 기절한 상태로 구역질을 했다.

울컥울컥.

복강에 모여 있던 죽은 피를 토해냈다.

철무극은 몇 번 더 피를 토하게 만들어주고 설영로의 품속을 뒤져 보았다.

허리춤에 매달린 작은 비단 주머니 안에 설가의 내상약 보령환이 들어 있었다.

철무극은 자신의 주머니에서 기름종이에 싸인 유균 몇 송이를 꺼내 보령환과 함께 설영로에게 먹여주었다.

"두 봉지의 유균을 챙겨둔 것 같은데, 하나가 없네. 어디다 써버렸지?"

갸릉.

"흠, 쓸 데 썼겠지. 나중에 생각하고 일단 계집애부터 살려보자."

철무극은 생각을 접고 차분하게 공력을 흘려 넣었다. 백아가 주위를 살피며 경계했다.

얼마나 시간이 흘렀을까.

"으음."

설영로는 가슴이 답답함을 느끼고 파르르 눈꺼풀을 들어올렸다. 천 근처럼 무겁던 눈꺼풀이 겨우 열리자 새파란 하늘이 눈을 자극했다.

"콜록콜록."

울컥.

기침을 하다 말고 또 한 움큼의 죽은 피를 토해냈다. 답답하던 가슴이 그제야 툭 터지는 기분이었다. 눈앞이 밝아지며 사람의 모습이 어른거렸다.

"이제 정신이 드느냐?"

"누구……? 앗, 당신!"

철무극을 확인한 설영로는 크게 놀랐다. 사람들 눈을 피해 절벽 틈으로 숨어들었는데, 이자가 어떻게 자신을 찾아내었는지 알 수가 없었다.

"그대는… 나를 어떻게 찾았죠? 나는 그대에게 다시 신세지고 싶지 않았어요."

"내가 뭐 하러 널 찾아 헤매겠느냐. 백아가 찾아낸 것뿐이다."

"백아라고요? 아, 그 여우!"

"네 피 속에 백아의 체취가 남아 있었던 모양이다. 그걸 알아채고 백아가 너를 찾아낸 거야."

설영로는 크게 감탄한 표정으로 주위를 어슬렁거리는 백아를 바라보았다. 백아는 힐끗 한 번 쳐다보았을 뿐이다.

"아무튼 그대가 또 나를 구했군요……."

처음 백아의 독을 치료해 주고 구해주었을 때는 고마운 줄도 모르고 버릇없이 굴더니만, 이번에는 잔뜩 기죽은 모습으로 말끝을 흐렸다. 크게 혼이 난 이후라 의기소침해진 것이다.

"일어나 걸을 만한지 보아라. 점심때가 훨씬 지났다."

꼬르륵.

때를 알리는 말이 나오자마자 뱃속에서 천둥소리가 울렸다. 그러고 보니 어제 점심 이후로 먹은 것이 없다. 설영로는 입가에 남은 피의 흔적을 소매로 닦아내며 몸을 일으켰다.

휘청.

맥이 탁 풀리며 눈앞이 팽글 돌았다. 많은 피를 토했고, 상처가 깊어 현기증이 생긴 것이다.

철무극이 부축하려 하자 설영로는 재빨리 손을 흔들었다.

"나 혼자 할 수 있어요."

"쪼그만 게 고집만 가득하구나."

철무극은 더 말하지 않고 바위틈을 빠져나와 휘적휘적 걸었다. 백아는 힐끗 설영로는 바라본 후 철무극의 어깨로 뛰어올랐다.

설영로는 숨을 깊게 들이쉬며 정신을 가다듬었다. 현기증은 없어졌지만 다리가 후들거려 걷기가 힘들었다. 벽을 짚어가며 겨우 바위틈을 빠져나왔지만 더 버티지 못하고 풀썩 주저앉았다.

"에이, 백아 녀석. 괜한 짓을 해가지고."

철무극은 마구 인상을 쓰며 설영로를 부축했다.

"나는……."

"더 까불면 저 호수로 던져 버린다. 얌전히 있어!"

"……."

더 버틸 힘이 없는 설영로는 할 수 없이 입을 다물고 철무극에게 의지했다. 그것도 힘들어서 곧 철무극의 등에 업혀야만 했다.

"으이그, 내가 미친다. 이제는 유모 노릇까지 해보는구나!"

투덜거리며 걷다 보니 등에 업힌 설영로가 어느새 잠이 들었는지 쌔근쌔근 숨소리가 들려왔다.

그 소리가 귓가를 간질이며 묘한 감흥을 불러왔다.

푸근하고 따뜻한, 그러면서도 안도감을 전해주는 것이었다.

"거참……."

철무극은 이 새로운 감정을 음미하며 부지런히 걸었다.

냠냠냠.

"그대는 대체 어떤 사람이에요?"

설영로는 쌀밥과 오리구이를 마구 뜯어 먹으면서도 궁금증을 참지 못하고 질문을 던졌다. 고집불통이요, 멋대로인 성격이라도 아직은 어린 소녀일 뿐이었다.

"기분이 좀 풀렸느냐?"

"아뇨, 그냥 궁금해서요. 그대는 어떤 사람이냐고요?"

"말하지 않았던가? 나는 말야, 짝을 찾아 강호를 떠도는 외로운 풍류공자야. 무시무시하고 막강한 무공을 전해줄 아들 하나 낳아줄 여자를 찾아다니는 지존보!"

"자신이 색마라고 선전하는 사람은 처음 보는군요. 냠냠."

"색마라니. 에이, 말이 심하다. 나는 그냥 애를 낳아줄 여자를 찾는 거야. 여자 몸뚱이나 노리는 그런 사람은 아니지. 모습이 어여쁜 것도 중요하지만 가문과 품성도 세심히 살펴야 해. 나의 천하무적 무공을 전해 받을 아들놈을 아무한테서 얻을 수 있나? 여러모로 살펴야 하지. 암, 그렇고말고!"

"어머, 점점. 냠냠. 그대의 말을 듣고 있으면 나까지 이상해져요! 내가 모를 줄 알아요? 그 음흉한 눈빛. 여자들만 보면 이상한 표정으로 군침을 흘리며 바라보는 인간을 색마라고 하지 않으면 뭐라고 하겠어요? 그 불여우 같은 방정산과 함께 있는 것을 보고 내가 딱 알아봤단 말이에요! 흥흥, 그리고 보니 전에 말했던 구름이란 여자도 그대의 그 음흉하고 뻔뻔스런 수작에 넘어간 여자로군요. 흥흥."

"허어, 어린것이 뭘 안다고! 네가 남녀의 일을 알고나 그런 말을 하는 게냐? 아무것도 모르면 그저 가만있거라. 그러면 중간은 간다. 구름이는 절대 그런 아이가 아니야."

"내가 왜 몰라요. 여자들의 정조를 망치는 색마는 모조리 잡아 대가를 치러줘야 해요! 그대는 아무래도 색마같이 느껴진단 말이에요!"

"그래, 너 용하다. 너의 그 사람 보는 안목은 과연 대단하다. 알았으니 밥이나 먹어라."

"냠냠. 먹고 있잖아요. 말해 봐요. 그대는 어디 출신이죠? 정말 마도의 사람인가요?"

"오냐, 니가 제일 싫어하는 마도 사람이다. 됐냐?"

"음, 냠냠. 여자한테 함부로 손찌검이나 해댈 때 이미 알아봤다고요! 하지만 내가 듣던 것과는 조금 달라요."

"뭐가 또 달라?"

"마도, 사파의 졸개들은 모두 다 나쁜 놈들이에요. 온갖 나쁜 짓을 일삼으니 세상에 도움이 안 되죠. 그러니 당연히 우리 영웅호걸들은 그런 자들을 척결해야 한다고요. 방정산 같은 요녀와 함께 다니는 그대로 마찬가지예요. 음음, 하지만 그대는 자신을 위해 영물의 내단도 빼먹지 않았고 또 두 번이나 나를 구했잖아요. 그러니 마도, 사파와는 조금 달라요."

"쪼그만 게 뭘 안다고. 사람은 다 똑같은 게다. 모두 자신의 욕심을 위해 사는 게야. 마도나 정도가 무슨 상관이냐?"

"남냥. 그대야말로 말 같은 소리를 해요! 정도의 인사들이 어떻게 마도, 사파의 무리들과 같을 수 있어요? 내가 방정산 같은 요녀와 똑같단 말이에요?"

"그 여자도 첫날밤에 소박맞은 후 홧김에 바람을 피우기 시작했다고 하더라. 그러니 그저 사는 방법이 다를 뿐이다. 애써 구별해 봐야 뭐 하겠느냐."

"사는 방법이 다르니까 마도와 정도가 구별되는 거죠! 자신만을 위해 사는 자들이 어떻게 정도의 호걸들과 같겠어요."

"니가 지금 나하고 정마이도의 도를 논해보겠다는 게냐? 어린것이 몇 마디 주워들었다고 까불면 안 된다. 그거 아주 나쁜 버릇이야."

"남냥. 그저 할 말 없으면 나이를 들고 나와요. 홍, 그러는 그대는 대체 몇 살이나 먹었다고 입만 열면 사람을 훈계하려 들어요?"

"야, 이슬아."

"왜 아가씨 이름을 함부로 불러요!"

"너, 혹시라도 나를 위해 애 하나 낳아줄 맘 없지?"

"어머, 내가 미쳤어요!"

"그럼 밥 먹고 가라. 잘 가르쳐서 애 하나 얻어보려는 마음이 없었던 것은 아니다만 귀찮아서 안 되겠다. 어서 빨리 구름이나 찾아서 알콩달콩 위로해 주어야겠다. 그러니 너는 어서 먹고 집에 가라. 알겠어?"

"쳇, 가라면 가지, 누가 겁낼 줄 알아요? 그대와 같은 색마와는 나도 더불어 얘기하고 싶지 않아요!"

"아이고, 내가 왜 너 같은 애와 더불어 이런 쓰잘 데기 없는 얘기나 주고받는지 모르겠다. 난 바쁜 사람이야."

"그러시겠죠. 구름이란 여자를 찾아 알콩달콩 산다면서요."

둘이 그처럼 티격태격하고 있을 때 장자경이 달려왔다.

"아이고, 심부름을 시켜놓고 대체 어딜 그렇게 돌아다니는 겁니까? 또 사방을 뛰어다니며 찾았잖아요!"

"너 이놈……."

"장자경입니다. 좋은 의원 찾으러 나갔던 장자경이오."

"오, 그래. 좋은 의원은 찾았느냐?"

"제가 누굽니까! 당연히 찾았지요. 무호(蕪湖) 지방에 그런 용한 의원이 있답니다. 어서 가시지요. 배를 타고 가면 곧장 무호에 당도할 수 있을 겁니다."

"이놈이 왜 이렇게 서둘러? 빚쟁이라도 쫓아오냐?"

장자경이 흠칫 놀라며 재빨리 객잔 밖을 살폈다.

"쫓기긴 누가 쫓긴다고 그래요. 지존보의 병세가 걱정스러워 서두를 뿐이지요. 어서 가자니까요!"

"똥 마려운 강아지마냥 서두르는 걸 보면 죄짓고 도망친 것이 분명하다. 네 이놈, 이실직고하지 못할까!"

"네네, 가면서 말씀드릴 테니 어서 가시자고요. 지존보도 빨리 의원을 만나 치료받아야 할 것 아닙니까!"

"흠, 그건 그렇다. 구름이를 찾아가는 일도 중요하지만 건망증을 치료할 수 있다면 그보다 좋은 것이 있겠느냐."

"그렇다니까요! 정말 용하다고 소문난 의원이니 분명 치료할 수 있을 겁니다. 어서 가시지요."

"그러자."

몸을 일으키던 철무극이 설영로를 돌아보았다.

"너는 어떡할래? 이제 혼자 돌아다닐 만하냐? 아니다. 아직 내상도 낫지 않았으니 괜한 일 생기면 큰일난다. 함께 가자꾸나."

"내가 왜 그대를 따라가요?"

"그럼 혼자 갈래? 그러다 또 적이라도 만나면 누구한테 구해달라고 할건데?"

"……."

설영로는 그만 할 말을 잃었다. 근처에 아는 사람도 없고, 사파인들은 제 세상 만난 듯 설치고 있으니 부딪칠 가능성이 높다. 적라산장 졸개들을 만나면 그 즉시 공격받을 것은 뻔하다.

"가자."

철무극이 망설이는 설영로의 손을 잡아끌었다. 설영로는 못 이기는 척 따라나섰다.

"이 낭자는 누굽니까? 낯이 익군요."

"처음 보냐? 설영령의 동생이다. 설영로."

"아, 고소산에서 지존보가 구하려던 설씨세가의 그 말썽만 부린다던 꼬맹이……."

장자경은 말을 하다 말고 급히 입을 다물었다. 설영로가 매섭게 노려보는 것을 발견했기 때문이다.

"어서 갑시다. 한시라도 빨리 가야지요!"

장자경은 급히 서두르며 먼저 객잔을 나섰다. 이리저리 사방을 살피는 꼴이 분명 큰 죄를 짓고 도망치는 도둑놈 같았다.

철무극 일행이 얻어 탄 상선은 운하를 타고 빠르게 미끄러졌다.

바람도 제법 시원하고, 물가에 늘어진 수양버들은 더욱 푸르게 빛났다.

오후 내내 갑판에만 있어야 했던 철무극은 무료함을 느끼고 물끄러미 설영로만 바라보았다.

버릇없고 건방지며 제멋대로이긴 하지만 귀엽고 깜찍한 모습만은 어쩔 수가 없었다. 반짝반짝 빛나는 눈빛과 훤한 이마는 절로 바라보는 눈이 시원해질 정도였다.

물가를 바라보던 설영로는 철무극의 시선을 느끼곤 발끈 눈을 치켜떴다.

"자꾸 그런 눈으로 쳐다볼 거예요? 계속 그러면 정말 상대조차 해주기 않겠어요!"

"이슬아."

"그렇게 부르지도 말아요. 징그럽다고요!"

"그건 나의 잘못이 아니라 너의 잘못이다. 너의 어여쁜 모습을 보고 있노라면 절로 눈이 커지니 어쩐단 말이냐. 이슬아?"

"왜요."

"너 참으로 예쁘구나."

"쳇, 내가 정말 상대를 말아야지!"

"이슬아."

"말 안 해요."

"너 정말 남녀의 일에 대해 알고 싶지 않단 말이냐? 말만 하면 내가 잘 가르쳐 준데도 그러는구나."

"입만 열면 그 소리! 그대 같은 고수가 창피한 줄도 모르고 그런 소리나 지껄이고 있으니 내가 부끄러울 지경이라고요. 제발 체면 좀 차려요. 존경하려던 마음이 한순간에 날아간단 말이에요!"

"에이, 그러고 보면 너도 일반 계집애들과 하등 다를 것이 없구나. 사실은 알고 싶으면서 남들 이목 때문에 못하는 그런 여자들을 닮아서 뭐에 쓰겠느냐? 남자고 여자고 그저 화끈한 게 좋다."

"쳇, 예의를 지키지 않고 함부로 욕정을 드러낸다면 짐승과 다를 바가 뭐가 있어요? 수치스러움을 모르는 것과 화끈한 것하고는 아무 상관이 없다고요!"

"그건 네가 몰라서 하는 말이다. 너, 무치(無恥)라는 말이 무슨 뜻인 줄 아느냐?"

"부끄러움이 없다……. 그건 궁중에서 쓰는 말 아닌가요? 임금은 곧 법이요, 하늘이니 그가 행하는 모든 행동에는 부끄러운 것이 없다. 그런 뜻 아니냐고요."

"임금은 사람이 아니라더냐? 왜 수치를 모르겠어. 그럴 때 쓰는 말이 아니다."

"그럼 어떤 때 쓰는 말인데요?"

"그 말은 곧 남녀의 일을 말할 때 쓰는 거란다. 남녀는 본래가 한 짝인지라 둘이 무슨 짓을 해도 수치스러울 것이 없다는 뜻이야."

"갖다 붙이기는! 그럼 남녀가 벌거벗고 들판에서 뛰어다니는 것도 부끄러운 것이 아니겠네요?"

"당연하지! 서로 좋아서 하는 짓이라면, 부끄러울 것이 무엇이냐?"

"하! 정말 자기 멋대로 해석하는군요. 그대 말대로라면 모두들 벌거벗고 다니지 뭐 하러 옷은 입고 다니겠어요?"

"옷이야 춥고 먼지가 묻으니까 입는 게고. 너, 저 부두의 노동자들이 달랑 헝겊 쪼가리 하나 걸치고 일하는 모습을 못 봤느냐? 비 오는 날 어린애들이 벌거벗고 뛰어노는 것을 보았겠지? 그들은 자기들의 그런 모습을 부끄러워하지 않는다. 너는 그들에게 예의가 없다고 꾸짖으며 옷을 차려입으라고 윽박지를 테냐?"

"그들은 근본적으로 예의를 몰라요. 배우지 못한 사람들을 나무랄 수는 없는 거예요."

"오, 너도 배운 자들만이 부끄러움을 느낀다는 사실을 알고 있구나! 거참, 용하다. 그렇단다. 사람은 본래 아무것도 부끄러워할 이유가 없었다. 그놈의 인의예지신(仁義禮智信)이 세상에 나오자 부끄러움을 느끼기 시작했던 거야. 이런 것들은 모두 어리석은 인간들의 행동을 제약하여 제멋대로 부려먹으려는 자들의 수단일 뿐이다. 거기에 맞춰 놀아날 이유는 없는 게야."

"그대는 사교(邪敎)를 믿나요? 천사교나 방정산 같은 자들과 어울리다보니 그들의 감언이설에 넘어간 것 아니에요?"

"아니."

"그런데 그런 말들은 대체 어디서 들었어요? 인의예지신이 무너진다면, 그것이 사람 사는 세상이겠느냐고요! 짐승처럼 제멋대로 날뛴다면 세상이 어떻게 될 것 같아요?"

"너는 아직 나이도 어린데 제법 학식과 믿음이 강하구나. 그래서 마도나 사파의 무리들이 자유롭게 사는 것을 못마땅해하는 것이냐?"

"당연하지요! 그런 자들은 짐승과 다를 바 없어서 세상에 도움이 안 돼요. 오히려 악취를 풍겨 세상을 더럽힌다고요! 우리 정파의 영웅호걸들은 바로 그런 자들을 쳐 없애기 위해 무공을 배우는 것이에요."

"이슬아."

"으, 그만!"

"너는 자유롭게 마음껏 뛰놀고 싶지? 그래서 혼날 줄 알면서도 집을 뛰쳐나온 것이 아니냐?"

"그런데요?"

"비록 성격이 거칠고 제멋대로이긴 하지만 너는 제법 배움이 있고 부끄러움이 무엇인지 알고 있는 아이다. 그런데 어째서 믿음에서 벗어난 짓을 했지? 믿음이 무너지면 부모와의 관계도 어긋나는 것이다. 아니냐?"

"음, 그건 달라요!"

"뭐가?"

"그건, 그건 사소한 일이란 말이에요! 굳이 개인의 성격에 빗대고 삼강오륜(三綱五倫)에 끼워 넣을 필요는 없어요."

"그래도 너는 걱정스럽지? 멋대로 하고 싶고, 자유롭게 맘껏 세상을 돌아다니고 싶을 게다. 어떤 때는 마음껏 날아보고 싶은 충동에 잠을 이루지 못하지 않느냐?"

"……."

그런 것들 때문에 올곧은 가정 교육을 받으면서도 제멋대로인 성격이 형성되었을 것이다.

"그것이 바로 인간의 본성이니라. 다른 것들은 포장에 지나지 않아요."

"……."

"괜히 남이 쳐놓은 덫에 걸려 인생을 낭비할 필요는 없다. 하고 싶은 것들만 하고 살아도 모자란 것이 바로 시간이란다."

"그대는, 그대는 나를 타락시키려고 그러는군요. 나는 더 이상 듣지 않겠어요. 나는 그대와 더불어 짐승 같은 짓은 하기 싫다고요!"

"에이, 고것 참 힘들구나. 애, 이슬아."

"……."

"너도 차츰 알게 될 텐데, 내가 너무 서두른 모양이다."

"흥흥, 나는 그대와 더불어 얘기하지 않겠어요. 나까지 이상한 사람이 될 것 같단 말이에요!"

설영로는 즉시 저만치 물러나 자리를 잡고 운기 치료에 들어갔다. 하지만 자꾸 철무극의 말이 귓가에 맴돌아 마음이 편치 못했다.

설영로가 떨어지자 장자경이 슬그머니 다가왔다.

"지존보?"

"응."

"왜 자꾸 저의 충고를 무시하는 겁니까? 여자를 꼬실 때는 상황에 맞는 얘기를 해야죠!"

"상황에 맞는 얘기라?"

"그렇고말고요. 저 계집애가 지존보를 남달리 보는 것은 뛰어난 무공 때문이란 말입니다. 무시무시한 무공에 경도되어 존경하는 마음이 생겼는데, 실없는 얘기로 마음을 산란하게 만드니 더불어 얘기하고 싶겠습니까. 이럴 땐 그저 무게만 꽉 잡고 있으면 됩니다. 그럼 제 스스로 끌려온다니까요!"

"그러냐?"

"그렇고말고요. 저런 꼬마들에게 남녀의 일을 얘기해 봐야 부끄럼만 타죠. 그저 어깨 딱 펴고 무게만 잡고 있다가 제 스스로 안달이 나서 매달릴 때 그냥 콱, 잡아먹으면 끝납니다. 으흐흐."

여자에 관한 일이라면 장자경이 확실한 고수다.

"커흠."

장자경의 충고를 새겨들은 철무극은 그 후 설영로 앞에서 애써 무게를 잡고 점잖은 척했다. 하지만 자기 고민에 빠져 있는 설영로는 그런 철무극을 돌아보지 않았다.

"에이, 재미없다."

꼬드기는 일을 포기한 철무극은 하릴없이 흐르는 물만 내려다보았다.

배는 하루를 꼬박 달리고서야 무호에 당도했다. 날이 저물고 있는지라 일단 객잔부터 잡고 쉬기로 했다.

아침을 먹기 무섭게 밖으로 나갔던 장자경이 점심때가 되어 또 헐레벌떡 달려왔다.

"아이고, 지존보. 저는 오로지 지존보를 위해 살아갈랍니다!"

"이놈이 웬 호들갑이냐? 너 뭘 잘못 먹었어?"

"아니오. 그 유황 버섯, 유균 말입니다. 그건 대체 어디서 난 것입니까? 의원을 찾아가 지존보의 병세를 말해 주고 덤으로 유균을 보여주었더니 곧바로 뒤로 넘어가지 뭐겠습니까요. 바라는 거 다 줄 테니 자기에게 넘기라도 난리였다니까요! 그렇게 귀한 것인지 미처 몰랐습니다. 장생불로의 비약이라고 진작 말 좀 해주시지 그랬습니까!"

"알았으면 됐지 웬 호들갑이냐. 의원이 정말 용하더냐?"

"이런 귀한 것을 즉시 알아보는 것만 봐도 알지 않겠습니까! 돈을 좀 밝힌다는 말이 있지만, 제가 이미 다 해결하고 왔습니다. 지존보께서는 그냥 가서 치료만 받으면 된다니까요."

"잘했다. 점심이나 먹고 가자."

"그 아이는 안 내려왔나요?"

"점심은 걸러도 될 게다. 운기 치료에 열중이니 방해하지 않은 것이 좋다."

"그렇군요. 밥 시키죠."

둘은 곧 점소이를 불러 음식을 주문해 먹고 의원을 보러 나섰다.

"인간의 뇌는 나이가 들면서 자연스럽게 그 기능이 저하되기 마련이외다. 기능은 저하되는데 기억해야 할 일들이 많아지면 뇌의 활동에 장애가 생겨 기억을 제대로 이어주지 못하는 경우가 오는데, 이를 건망증이라 하오. 아셨소이까?"

"그래서? 고칠 수 있다는 말인가… 말이오?"

"에헴!"

노의원은 세 가닥 염소수염을 손가락으로 잡아 비틀며 철무극을 삐딱하게 바라보았다.

젊은 놈의 말투가 마음에 들지 않았던 것이다. 유균을 들고 온 장자경이 워낙 대단한 집안의 공자라고 떠벌려 놓지 않았더라면 벌써 목침을 던져 버렸을 것이다.

"커흠, 병을 치료하는 의원으로서 완치를 남발하는 건 지극히 잘못된 짓이외다. 일단 진맥부터 해봅시다."

잔뜩 거드름을 피우며 철무극의 맥을 살피는 노의원의 눈이 점점 커졌다.

"맥이 이토록 가늘고 길다니! 역시 고수로구만. 그런데 어, 이상하다, 이상해……."

노의원은 연신 고개를 갸웃거리며 멀뚱멀뚱 철무극을 바라보았다.

철무극의 맥박은 확실히 보통 사람과는 달랐다. 일반인들보다 거의 배에 이르도록 가늘고 길었으며 깊게 가라앉아 있다.

숨이 길면 장수한다.

십 년을 사는 개는 사람보다 그 숨결이 훨씬 빠르고, 수명이 더 짧은 쥐는 사람보다 몇십 배 빠르다. 내력이 깊은 무공의 고수가 오래 살 수 있는 것도 보통 사람들보다 숨이 길기 때문이다.

"공자께서는 실로 복받으셨소이다. 숨이 이토록 길면 보통 사람보다 배는 오래 살 수 있을 것이오. 이상한 건, 보통 내력이 깊을수록 오감이 발달하는 것은 물론 신(神)의 활동도 극대화되기 마련이오. 뇌의 활동이 그만큼 빨라지고 정교해진다는 뜻인데, 건망증이라니! 이건 도무지 말이 되지 않소이다."

"……."

"흐음, 혹시 오래전에……. 대체 얼마나 오래전인지 추측이 안 되니, 이거야 원. 아무튼 아주 오래전, 그러니까 혹시 내공을 익히기 전에 머리를 크게 다쳤다거나 극심한 열병 같은 걸 앓은 적이 있소이까?"

머리를 다쳐 뇌진탕을 당했다거나, 열병으로 인한 뇌 손상이 있을 수도 있다.

"없소."

"……."

물론 없을 것이다.

심한 뇌진탕이나 열병으로 인해 뇌가 손상되었다면 바보가 되어야 옳다. 바보가 무공의 고수가 되었다는 것은 고수가 건망증에 시달린다는 사실보다 황당한 일이다.

"이게 대체 무슨 병증이란 말인가……?"

명의라고 소문난 노인의 고민은 깊어만 갔다.

"혹시 내공을 수련하다 주화입마에 빠진 적은 없소?"

노의원의 질문에 철무극은 잠시 고개를 갸웃거렸다.

자신이 벌써 백 살이 넘었다는 사실을 말해 주면 이 의원은 병증을 제대로 판단하여 그에 상응하는 정확한 진단을 내려줄 것 같았다. 하지만 그럴 수는 없다.

반로환동했다는 것을 알리면 건망증보다 더 큰 문제를 부를 수도 있다. 아직도 남아 있을 군마맹주 천마신군의 적들이 결코 그냥 넘어가려 하지 않을 것이다. 함부로 꺼낼 수 있는 말이 아니다.

주화입마라면?

말이 좀 될 것 같다.

철무극이 은퇴하여 정신 수련에 매진했던 것은 마도 무공이 지닌 폐단 때문이다. 정신과 몸이 어느 순간부터 갑작스럽게 나빠지는 것을 느꼈기에, 그것을 벗어나 보고자 시작한 것이 바로 정신 수련이다.

마도 무공의 폐해는 천천히 진행되는 주화입마와 다르지 않다.

"그런 적이 있소."

"옳거니!"

노의원이 무릎을 쳤다.

"바로 그것이로구만! 주화입마에 걸려 뇌가 상했던 거야. 아니, 아니지. 뇌가 상한 정도는 아니고, 뇌의 기능이 현저히 떨어졌다고 해야겠어. 흐음, 역시 그랬구만."

원인을 찾아냈다고 생각한 노의원은 더욱 의기양양한 표정이 되어 생각에 잠겼다.

"이유를 알았으니 곧 처방을 할 수 있을 것이외다……."

그래도 아직 미진한 곳이 있는지 노의원은 말끝을 흐렸다.

'젊은 나이에 이토록 내공이 깊다는 사실도 믿기 힘들지만, 그런 공력을 지닌 자가 주화입마라니. 더욱이 이토록 맥이 느리다는 것은 공력만 깊다고 생기는 일이 아닌데……. 혹시 백 년 넘게 산 놈이 반로환동을 이룬 건 아닐까? 정말 이상하단 말이야?'

"음, 증상이 워낙 희귀해서 좀 더 두고 살펴봐야 할 것 같소이다."

노의원은 일단 처방을 미루고 좀 더 살펴보기로 했다.

"고칠 수 있기는 한 거요?"

"공자의 건망증은 유달리 심한 편에 속하는지라 장담할 순 없소이다. 하지만 최선을 다할 것이니 너무 낙담하진 마시구려."

"잘 부탁하오."

철무극이 밖으로 나오자 기다리고 있던 장자경이 재빨리 안으로 들어갔다.

"잠깐만 기다려 주세요."

장자경은 그 나름대로 의원을 만나야 할 이유가 충분했다. 아니, 사실은 철무극의 사정보다 간절했다.

'불로장생의 영약을 얻었으니 제대로 달여 먹어야 할 것 아닌가!'

목적은 그것이었다.

철무극에게서 얻은 유균을 제대로 달여 먹기 위해 의원을 따로 만나려는 것이다.

유균을 달여 먹고 내공이 깊어질 생각만 하면 벌써부터 손이 근질거린다. 어서 빨리 깊은 공력을 얻어 고수라는 소리를 들어보고 싶었다.

"젠장, 고수가 된다면 그동안 날 무시했던 자들 먼저 통쾌하게 박살을 내고 말 테다!"

양물을 잃고 의기소침했던 장자경은 이번을 기회로 고수가 되어보려고 단단히 별렀다.

"이놈이 왜 이리 꾸물거려?"

한참 만에야 나온 장자경을 보며 철무극이 벌컥 짜증을 냈다.

"헤헤, 오래 기다렸습니까? 의원한테 지존보의 병세를 좀 더 잘 살펴 봐달라고 부탁했어요. 최선을 다해보겠다고 하더군요. 내일 이 시간에 다시 오랍니다."

"네놈이 요새 착해진 것 같다?"

"네, 헤헤. 지존보를 위해서라면 무슨 일인들 마다하겠습니까. 객잔으로 돌아가시지요."

"오냐, 잘됐으면 좋겠다."

"네네, 잘되겠죠."

'으흐흐, 나도 곧 영지를 달여 먹고 고수가 되는 거야!'

속으로 연신 낄낄거리며 앞장서 걸었다.

설영로는 그때까지 운기 치료에 열중하고 있었다. 저녁이 되어서야 잠깐 식당으로 나와 음식을 먹고 곧 방으로 들어가 버렸다.

철무극도 일찍 잠자리에 들었다. 장자경은 유균을 달여 먹는 일에 안달이 나서 또 의원을 찾아갔다.

다음날 조금 늦게 일어난 장자경은 즉시 식당으로 향했다. 철무극이 먼저 나와 혼자 밥을 시켜 먹고 있었다.

"제가 좀 늦었군요. 그런데 그 애는 아직도 운기 치료 중입니까?"

"누구?"

"설영로요. 잊고 있었습니까?"

"어이쿠, 그렇구나. 내가 그만 그 애를 잊고 혼자만 밥을 먹었어. 너, 가서 어서 불러오너라. 같이 먹자."

"네."

쪼르르 달려갔던 장자경이 인상을 마구 찡그리며 달려왔다.

"일났습니다. 이것 좀 보십쇼."

장자경이 내민 한 장의 종이에는 낯선 자의 글씨가 쓰여져 있었다.

「여자를 찾고 싶다면 영물을 가져와라! 장소는……..」

"젠장, 내 이런 일이 생길 줄 알았다니까요! 얼른 내단만 빼먹고 끝내야 했다고요."

"자경아."

"네."

"애들이 지금 날 협박하는 거지?"

"척 보니 그렇네요."

"이놈들이 누군지 아냐?"

"이름도 안 써놨는데 제가 어찌 압니까? 영물이 필요한 납치범이겠죠."

"백아, 백아!"

호통을 내지르자 백여우, 백아가 어슬렁거리며 나타났다.

철무극은 종잇조각을 백아에게 내보였다.

"너 때문에 일어난 일이다. 알아서 해라."

캬웅.

백아는 말도 안 된다는 듯 코웃음을 쳤다.

"왜 말이 안 돼? 너를 달라고 그 애를 잡아간 거잖아. 그러니 네가 가서 해결해."

"지존보?"

"왜 불러? 귀찮게."

"영물이라 해도 짐승 아닙니까? 상대를 봐가면서 일을 시켜야죠."

"백아는 네놈보다 훨씬 똑똑해."

"에이, 설마요. 농담도 잘하시네."

"너, 유균이 어디서 자라는지 알 수 있어?"

"아뇨. 아니, 그럼 이 여우… 백아가 유균의 자생지를 안단 말입니까? 저런 세상에!"

장자경은 그때부터 백아를 힐끔거리기 시작했다.

'그렇다. 저놈이 왜 무공이 일취월장할 수 있는 내단을 포기하고 여우를 살려뒀겠는가! 여우는 천년만년 살았으니 분명 이런 귀한 것들이 자라는 곳을 잘 알고 있을 것이다. 아, 저놈은 평소 어리석고 황당한 척하지만 진작부터 이런 속마음이 있었구나. 내단 하나 먹자고 세상에 널린 영물들을 모두 포기하는 것은 정말 아깝지. 정말 용한 놈이다! 흐음, 저 여우한테 잘 보이면 다른 것들도 찾아줄까? 이거 깊이 생각해 봐야겠는걸.'

저 혼자 뒤룩뒤룩 눈알을 굴리며 마음껏 상상하며 찧고 까불었다.

"아하, 본래 그랬군요! 역시 영물은 영물이군요. 그렇다면 뭐, 설 낭자를 충분히 구해올 수도 있겠어요. 과연 영물입니다."

"백아가 제일 좋아하는 음식은 메뚜기랑 두꺼비, 뱀 등이다."

"네, 알아모시겠습니다. 앞으로는 형님으로 모십지요, 백아 형님. 아니, 암컷이라 했으니 누님이라고 불러야겠네요. 백아 누님!"

장자경은 백아를 향해 넙죽 허리를 굽혔다.

사람 말도 알아듣는 영물이니 잘 구워삶아 놓으면 뭐든 이익될 일이 있을 것이라고 생각했다.

"야, 안 갈 거야? 너 이런 식으로 나오면 나도 생각 달라신다."

캬르릉.

백아가 화를 내며 탁자를 앞발로 마구 긁었다. 단단한 나무가 날카로운 발톱에 의해 찍찍 파였다.

"고집통 같으니! 좋아, 그럼 앞장만 서라. 어디 있는지만 찾아내. 이 쪼그만 계집애가 끝끝내 나를 귀찮게 하는구나."

백아는 그제야 속이 좀 풀렸는지 홱 몸을 돌려 객잔 밖으로 나섰다. 백아 역시 자신의 피를 마신 설영로에게 일이 생기는 것을 바라지는 않았던 모양이다.

종이에 쓰여진 장소를 찾기 위해 굳이 다른 사람을 불러 물어볼 필요는 없었다. 영물인 백아는 후각만으로도 설영로의 종적을 찾을 수 있었다.

순식간에 객잔을 한 바퀴 돌아본 백아는 동쪽을 향해 고개를 끄덕였다.

"가자."

철무극이 나서자 백아는 폴짝 뛰어 어깨 위로 올라앉았다.

백아는 갈림길이 나올 때마다 코를 벌름거리며 방향을 제시해 주었다.

무호 거리를 빠져나와 한참을 걷다 보니 경치 좋은 곳에 커다란 장원 한 채가 들어서 있었다. 어느 부잣집의 여름 별장 같았다.

백아는 그곳을 가리키고는 더 이상 상관 않고 눈을 감아버렸다.

철무극은 장원을 향해 거침없이 다가갔다.

"누구냐, 서랏. 으악!"

앞을 막는 자는 자신의 팔이 언제 부러졌는지도 알아채지 못하고 나가떨어졌다.

철무극은 커다란 대문을 그대로 걷어차 버렸다.

꽈당.

대문이 종잇장처럼 부서졌다.

우르르.

열 명이 넘는 장한들이 달려 나왔다.

철무극은 입도 열지 않았다. 앞을 막는 자들을 향해 일장을 내질렀다.

"크악!"

병기를 날려 초식을 펼쳐 낼 시간조차 없었다. 장한들은 그대로 날아가 널브러졌다.

"엇, 저놈이. 인질을 구하러 왔다면 얌전히 있어! 어어, 으악!"

인질을 앞세워 협박하려던 자는 사지가 부러져 널브러졌다.

철무극의 손에는 한 올 인정이 없었다. 앞을 막거나 입을 열어 협박하려는 자들은 모조리 팔다리를 꺾어놓았다.

"으으……."

겁에 질린 몇 명의 사내들이 기절한 상태인 설영로를 앞세우고 나타났다.

철무극은 그자들에게 말할 기회조차 주지 않았다.

"귀찮으니까 그냥 모두 누워라."

설영로까지 생각지 않고 앞을 향해 번천열양장을 날려 버렸다.

콰르르.

"어, 으앗!"

"이게 무슨……."

"크아악!"

번천열양장의 강력한 장력에 휩쓸린 자들은 설영로를 챙길 겨를도 없이 자기 살길 먼저 찾아야 했다.

어떤 자는 검을 빼 들어 일격을 날렸고, 어떤 자는 대항할 생각을 버리고 그대로 몸을 날렸다.

무슨 짓을 하든 마찬가지였다.

"으으으……."

한 명도 도망치지 못했다. 사지가 부러지거나 피를 토하며 널브러져 있었다.

흙먼지가 가라앉은 곳에 설영로를 안아 든 철무극만이 우뚝 서 있을 뿐이었다.

"으, 젠장. 정말 무시무시한 무공이다. 언제 몸을 날려 설영로를 구했는지 나는 보지도 못했어! 인질극을 벌여 영물을 차지하려던 자들이 아수라의 화신을 건드려 오히려 어육을 당하는구나!"

장자경은 그저 혀를 내두르며 공포에 떨 뿐이었다.

"자경아."

철무극의 목소리는 예전과 다를 바가 없다. 하지만 장자경의 귀에는 귀신의 울부짖음보다 더 두렵게 들려왔다.

“네?”

“대가리 되는 놈을 찾아내서 팔다리 하나씩을 잘라라.”

“네? 으, 네.”

장자경은 시키는 대로 하지 않을 수 없었다. 안 하면 당장 자신마저 뭉개 버릴 것 같았다.

‘으으, 내가 이거 뭔가 잘못 생각하고 있는 건 아닌지 모르겠다. 호랑이 옆에 있다가는 언제고 잡혀 먹히고 말겠어!’

지금 같아서는 당장 도망치고 싶었다. 하는 짓을 보면 완전 살인마다.

세 명의 우두머리는 장자경의 비수에 팔다리를 잘리고 말았다.

철무극이 그중 한 명을 발로 콱 밟았다.

“이름이 뭐라고?”

“으으, 덜덜덜. 곽, 곽, 곽오중(郭悟中), 백염공(白髥公) 곽오중…….”

장자경이 놀라 소리쳤다.

“백염공 곽오중! 이런 위선자를 보았나. 정파의 의기를 부르짖어 온 놈이 같은 길을 걷는 여자를 인질로 잡고 남을 협박해? 이거 세상 참 더러워졌구만!”

철무극은 곽오중이 누구든 전혀 상관하지 않았다.

“네 꼴을 세상에 보이고, 한 짓을 나발 불고 다녀라. 만약 내 귀에 그런 소문이 들려오지 않는다면, 네놈의 피붙이는 물론 개새끼 한 마리 남기지 않고 멸살해 버릴 테다. 알아들어?”

“네네.”

공포에 질린 곽오중은 그저 고개만 끄덕였다.

“가자.”

"네."

장자경은 아직도 두려움을 떨치지 못하고 철무극을 따랐다.

"어, 내가 아직까지 자고 있었네요. 그런데 백염공께서는 어디 있죠? 그냥 가셨나요?"

"응. 그냥 갔다."

"한밤에 찾아온 걸 보면 뭔가 급한 일이 있을 텐데, 왜 그냥 갔는지 모르겠네요? 그리고 내가 언제 잠이 들었는지도 생각이 안 나요."

"피곤해서 그랬겠지."

"응."

설영로는 뭔가 이상한 일이 벌어졌던 것 같은 기분을 떨치지 못하고 연신 고개를 갸웃거렸다.

장자경이 혀를 내둘렀다.

'완전 미친놈에 무시무시한 마두지만 그래도 아는 사람들에게는 잘하는구나. 젠장, 이대로 사라질까 싶던 마음이 또 바뀌는걸……'

멋쟁이 지존보

"몇 번이고 거듭 생각해 보았지만, 공자의 병증은 확실히 보기 드문 것이오."

"그래서요?"

"이런 경우를 접해보지 못했기에 일반적 치료법을 쓸 수밖에 없는데, 사실 건망증이란 것이 뇌와 직접적으로 연관되어 있는지라 우리 의학계에서조차 확실한 원인 규명을 못한 상태외다. 일반적인 치료법 중에서도 가장 보편적인 방법을 써야 할 것 같소이다."

"어떤 방법이오?"

"충분한 영양을 공급하고, 두뇌 발달에 도움이 되는 약재를 쓸 생각이외다."

달리 방법이 없으니 보약이나 먹으라는 소리였다.

"정말 방법이 없는 게요?"

"다른 방법은 없소. 나의 의학 지식이 모자란 것이 아니라 현재까지 뇌에 관련된 정확한 의학적 자료가 없는 실정이외다. 한 가지 더 도움이 될 만한 것을 일러주겠소."

"……."

"공자의 건망증은 주화입마가 주된 원인일 듯싶소. 그 후로 조용한 장소에서 수도에 정진했던 것 같은데, 그것이 더 나쁜 작용을 한 것 같소이다. 건망증이란 것이 자꾸만 생각하고 이리저리 기억의 끈을 이어 놓치지 말아야 하는데, 조용하고 평온한 생활이 그런 여건을 충족시키지 못했다는 뜻이외다. 많이 생각하고, 각종 사물이나 색깔 등을 특정 기억들과 연결시켜 떠올리는 버릇을 들여보는 것이오. 그러면 필시 도움이 되리다. 큰 도움이 되지 못해 미안하구려."

"……."

기분 나쁘다고 미안하다는 놈 때려죽일 수는 없는지라 철무극은 실망만 가득 안고 의원을 나왔다. 기다리고 있던 백아가 먼저 어깨 위로 뛰어올랐다.

"아니, 표정이 그게 뭡니까? 좋지 않은 말이라도 들었어요?"

장자경의 걱정스런 물음에도 철무극은 대꾸조차 하지 않았다.

"잠시만요. 내가 잠깐 알아볼게요."

장자경은 말릴 겨를도 없이 안으로 뛰어들었다. 철무극의 병중도 문제지만, 유균을 달여 먹는 일이 급했던 것이다.

철무극은 오히려 설영로를 향해 소리쳤다.

"야, 인상 펴! 왜 너까지 인상 박박 구기고 있냐? 기분 더러운 일 당했냐?"

"……."

어제부터 부쩍 말이 없어진 설영로는 철무극의 호통에도 대꾸하지 않았다. 고개를 푹 숙인 채 혼자만의 생각에 잠겨 있었다.

"아, 젠장. 나는 왜 이렇게 재수가 없을까? 천하를 떨어 울리는 무시무시한 무공이 있으면 뭐 해, 병 하나 치료하지 못하는걸! 에익, 재미없다. 이놈은 왜 안 나와?"

마구 울화를 터뜨리며 한참을 기다리고서야 장자경이 나왔다. 손에는 커다란 뭉치의 약봉지가 들려 있었다.

"이걸 달여 먹으랍니다. 달이는 방법은 알아두었으니 객잔 점소이에게 부탁하면 됩니다."

철무극은 마구 인상을 찡그리며 먼저 휘적휘적 걸었다.

장자경이 어깨를 으쓱해 보이며 따랐고, 설영로가 비실비실 쫓아갔다.

"헉!"

객잔 앞에 이른 장자경은 귀신이라도 본 사람처럼 크게 놀라며 재빨리 철무극 뒤로 숨었다.

"이놈이 왜 이래? 귀신이라도 봤냐? 급살 맞은 놈처럼 발발 떨기는!"

"아니, 아닙니다. 우리 다른 객잔으로 가죠. 아니, 어서어서 신양으로 가십니다. 볼일 다 봤으니 여기 있을 필요 없잖아요. 지존보께서 보고 싶은 사마 낭자를 찾아가야죠!"

하늘을 올려다보니 아직 점심때도 되지 않았다.

"지금 나루터에 나가면 배가 있을지도 모릅니다. 아니, 분명 있습니다. 약탕기 하나 구해서 그냥 가자니까요!"

"너 이놈, 분명 무슨 짓을 벌여놓고 도망친 게로구나! 양물 잘린 놈이 여자를 찝쩍거렸을 리는 없을 테고, 너 사람이라도 죽였냐?"

"아이쿠, 천만에요! 이 장자경은 이제껏 생목숨을 끊어본 적이 없습니다. 오뉴월 복날에 개는커녕 배고파 굶주릴 때도 산짐승을 직접 잡아먹은 적이 없다니까요!"

"그런데 왜 급살 맞은 강아지처럼 난리를 펴?"

"에, 그냥 개인적인 일로……. 네네, 그렇습니다. 지극히 개인적인 일루다가 누군가를 피해야 할 상황입니다. 배 타고 떠나면서 들려드린다니까요!"

"그 소리 전에도 들은 것 같은데?"

"지존보, 이 장자경을 한 번 더 살려주는 셈치고 그냥 갑시다. 이렇게 싹싹 빕니다요!"

"아, 그놈 참. 요상하다?"

"어서 가시지요. 객잔에 두고 온 옷가지들은 걱정하지 마십시오. 제가 더 좋고 비싼 놈으로 새로 장만해 드리겠습니다."

"너, 나한테 손해날 짓 하면 크게 맞는다."

"에에, 절대 그럴 일은 아닙니다. 어서 가자니까요!"

"오냐."

천신만고 끝에 겨우 꼬드겨 몸을 돌리는 바로 그때였다.

"장 공자!"

작고 부드럽지만, 그만큼 단호한 여인의 목소리가 들려왔다.

"헉, 켁! 크왁!"

장자경은 그야말로 벼락 맞은 참새처럼 기겁을 하며 헛기침을 해댔다.

"으으으, 난 이제 죽었다. 아니, 춘삼월 봄바람은 다 지나고 북풍한

설 차가운 눈바람을 맞게 생겼다!"

장자경이 부들부들 떨고 있을 때, 철무극은 고개를 돌려 목소리의 주인공을 찾았다.

어여쁜 이십대 초반의 아가씨가 다소곳한 모습으로 바삐 달려왔다.

"어라, 저 아이도 낯이 익다. 언제 한번 본 것 같은데?"

소주를 나올 때 길가 노점에서 차를 마시며 잠깐 보았던 그 수심 많은 아가씨였다. 철무극의 눈길에 매서운 콧바람을 날리고 즉시 떠나지 않았던가.

"장 공자……."

그토록 반가워하면서도 감히 달려들어 팔이라도 잡지 못하고 머뭇거렸다. 얼굴만 온통 벌겋게 달아올랐고, 그 큰 눈에는 그렁그렁 눈물이 맺혀 있었다.

"아버님께서 장 공자를 크게 괴롭혔다는 말을 듣고 걱정 많이 했어요. 이렇게 건강한 모습을 보니 다행입니다."

다행은 무슨 다행!

양물을 잘려 재미도 못 보는 신세가 아니던가!

"으이그, 내가 미쳐요!"

저 순진한 것에게 그런 말을 해봐야 직접 보여주기 전에는 믿지도 않을 것이다.

제 아비, 벽력대도 최명이 그런 얘기를 딸에게 말해 주었을 리도 없을 것이다. 그저 크게 당했다는 소리를 듣고 며칠 울다가 다시없는 용기를 내어 집을 나섰음이 분명하다.

"끝장이다, 이제 나는 끝장났어!"

여자를 상대로 사기를 쳐서 먹고사는 풍류공자들이 가장 경계해야 할 대상은 눈치 빠르고 계산적이며 발랑 까진 그런 여자가 아니다. 그런 여자들은 오히려 상대하기 편하다. 서로 필요한 것만 주고받으면 만사가 절로 성사된다.

진정 경계해야 할 상대는 바로 눈앞에 나타난 이런 여자다.

아무것도 모르는 순진파에, 한번 정 주면 죽을 때까지 잊지 못하고 그리워하며 눈물을 흘리는, 바로 그런 일편단심의 여자들이 제일 무섭다.

장자경이 최명의 어린 딸을 꼬드긴 것은 순전한 실수였다.

워낙 벌이가 좋지 못한 때였고, 더욱이 한겨울이라 한 몸 쉴 곳도 없었기에 함정이 될 소지가 다분한 상대임을 알면서도 일을 벌이고 말았다.

여자는 장자경의 말이라면 뭐든 믿었다. 어떤 일도 마다 않고 순종했다. 외간 남자를 만나 정을 통하는 일 외에는 부모를 속일 만한 짓도 하지 않았다.

봄이 되어 장자경이 떠난다고 했을 때도 언제 돌아올 것이냐고만 묻고 달라붙지 않았다.

집안의 패물들이 없어진 것과 딸이 외간 사내와 정을 통했다는 사실을 안 최명이 불같이 노했어도 그런 사람이 아니라고 변명해 주었다.

아비 최명이 시퍼런 칼을 들고 놈을 잡아 죽인다고 길길이 날뛰며 문파를 나섰을 때도 장자경을 위해 빌어주었다.

아비 최명이 대가를 치러주고 왔노라고 했을 때는 너무 슬퍼서 며칠간 밥도 먹지 못했다. 그리고 마침내 직접 찾아보기 위해 집을 나섰던 것이다.

보지는 않았지만, 장자경은 그런 순서를 훤히 짐작할 수 있었다.

그런 여자가 일편단심으로 달라붙는다면 그걸 어떻게 떨쳐 낸단 말인가!

뎅뎅뎅.

장자경 인생 종치고 말았다.

"소녀랑 잠깐 얘기 좀 해요."

"으으으."

부드러운 그 목소리가 전신을 옭매는 포승보다도 질기고 두렵게 느껴졌다.

"자경아, 누구냐?"

장자경이 대답하기도 전에 여인이 날아갈 듯 허리를 접었다.

"안녕하세요. 일도문의 최 자 명 자 쓰시는 분의 딸입니다. 여러모로 알아보니 장 공자를 위해 많이 애쓰신 분이더군요. 감사합니다."

"오, 그 최가의… 최씨네 딸이구만. 우리가 어디서 봤지?"

"소주성 밖을 지나다 잠깐 뵈었어요."

"그랬군. 옳지, 그때는 표정이 밝지 못했는데, 이제는 괜찮아 보여 다행이야."

"네, 모두 공자님 덕분입니다."

"내 덕분이라고?"

"저분이 무슨 일을 당했든 모두 저분이 지으신 업보 때문이지요. 누굴 탓할 수는 없는 일입니다. 그 일을 계기로 더 이상 좋지 못한 일을 하지 않게 되었으니 오히려 다행이라고 여깁니다."

"어라, 이 아가씨가 겉으로는 순진하고 얌전한 척 꾸몄지만 정말 매서운 마음씨를 지녔구나!"

여인은 이미 장자경에 대해 훤히 알고 있었다.

"애야, 너는 자경이에게 보복을 해보고자 온 것이냐?"

"아니에요. 사실을 알게 되었지만 저분을 미워하진 않아요. 앞으로 또 그런 짓을 하려 든다면 그땐 정말 미워할 거예요."

"흐음, 이 애의 성격이 참으로 강하고 극단적이로구나. 너, 부디 나쁜 맘 먹지 말아라. 너 같은 성격의 아이가 삐뚤어지면 그땐 정말 무서워지더라."

"네, 명심하겠습니다."

"자경아?"

"네?"

"똥 마려운 강아지처럼 그러고 있지 말고 어디 가서 차나 한잔하고 오너라. 척 보니 너와는 천생연분이다."

"으으으……."

장자경은 놀랍고 두려운 표정을 감추지 못하며 철무극과 여인, 최화운(崔華雲)을 번갈아 바라보았다.

최화운의 갑작스런 변화가 그를 더욱 어리둥절하게 만들었다.

저건 순진한 소녀의 말솜씨가 아니라 백 년, 아니, 천 년 묵은 불여우의 말솜씨가 아닌가!

"내 탓이다, 내 탓이야! 나 때문에 저리 변할 것일진대 누구를 탓하리요!"

장자경은 맥이 풀려 그만 포기하고 말았다.

"화운, 가자. 저기 가서 차나 한잔 마시자. 그동안 있었던 일들을 모두 말해 주마."

"네. 잠시 실례할게요."

"그래라."

당당히 걸어가는 최화운과 도살장으로 끌려가는 늙은 암소 꼬락서니의 장자경을 보며 철무극은 끌끌 혀를 찼다.

"이슬아."

"응?"

"우리도 객잔에 가서 차나 마시자."

설영로는 고개를 끄덕이며 철무극을 따랐다.

"이슬아."

"응, 네?"

"무슨 고민 있냐? 있으면 이 멋진 지존보에게 말해 보렴. 내가 다 들어주마. 통 말이 없구나?"

"……."

"고민을 맘속에 담고 있으면 병 된다. 어서 말해 봐."

"나는 사실 어제 밤늦도록 혼자 생각했어요."

"뭘?"

"그대가 했던 말요."

"내가 무슨 말을 했는데?"

"내가 배우고 느껴온 생활과 규범들, 그리고 그대가 말한 자유롭고 싶다는 욕망 말이에요."

"내가 그런 말을 했던가?"

"나는 어려서부터 말썽을 많이 피웠어요. 하지 마라, 그러면 안 된다! 등등의 엄한 규칙들이 많았지만 나는 내가 하고 싶은 것들을 기어코 해야만 직성이 풀리곤 했죠. 그런 후에는 반드시 벌을 받았지만, 벌받는 걸 무서워하지는 않았어요. 하고 싶은 일이 또 생기면 벌 받을 걸

각오하고 일을 벌이고 말았어요."

"말썽꾼이라고 자랑하냐?"

"나는 그것이 왜 그렇게 되는지는 생각해 보지 않았어요. 그냥 하고 싶어서 했고, 그 대가로 벌을 받았죠. 이제 생각해 보니 내 안의 어떤 것이 끊임없이 나를 부추기고 밖으로 내몰았던 것 같아요. 그것이 바로 그대가 말해 준 자유라는 것을 나는 이제 알았어요."

"어려운 말 말고, 쉽게 하자. 그래서?"

"인의예지라는 것들이 정말로 사람들을 억압하기 위해 만든 그물인가요?"

"아, 너의 철학적 고민이 실로 깊게 자리잡았구나. 너 그러다 잘못하면 마녀 된다."

"이런 생각을 하면 마녀가 되는 건가요?"

"사람들은 자기들과 다른 것을 보면 용납하지 못한다. 자신들이 펼쳐 놓은 울타리가 부서질까 두려운 거야."

"자유롭고 싶은 욕망이 인간의 본성이라면 무엇 때문에 규칙을 만든 거죠? 그걸 알면서도 왜 규칙을 깨지 못하는 거죠?"

"얘가 점점 고차원적인 질문을 던지네. 아하, 그렇구나. 너 열여덟이지?"

"열여덟이 어때서요?"

"한창 클 나이고, 무엇이든 답을 필요로 하는 나이란 말이야. 이제 정신이 깨어나는 나이란 말이다. 그러니 자연 생각이 깊어지지."

"그럼 대답해 줘요. 세상의 규칙들이 정말 인간을 억압하기 위해 만들어진 건가요? 틀 속에 가둬놓고 마음껏 부려먹으려는 위정자들의 수단인가요?"

"그것은 분명하다. 하지만 스스로 체험하여 골수로 깨닫기 전에는 답이 될 수는 없다. 규칙을 깨고 너만의 것을 찾아내어 간직할 힘이 없다면 그런 의문은 헛된 망상에 불과해. 결국에는 남의 손가락질이나 받고 말지."

"결국 규칙을 벗어나지 못했기 때문인가요?"

"성공했다면 손가락질이 아니라 존경을 받겠지. 세상 사람들은 결코 실패한 사람을 존경하지 않는다. 그들을 가둔 울타리가 너무도 견고해서 존경하는 것보다 손가락질하는 것이 편하다고 여겨지기 때문이야."

"……."

"너는 특별한 아이다. 그런 의문을 입 밖으로 표현할 수 있는 사람은 그다지 많지 않단다."

"나는 물론 우리 식구들이나 가까운 친구들에게는 이런 말을 하지 못해요. 그대가 먼저 꺼냈기 때문에 말할 수 있었어요. 나는 좀 더 생각해 봐야겠어요."

"생각만 깊이 한다고 되는 건 아니다. 그 안에서 무엇을 찾느냐가 문제지."

"네."

설영로는 더 말하지 않고 조용히 차만 마셨다.

철무극은 고개를 갸웃거리며 설영로를 살폈다.

말은 안 하지만, 지난번에 있었던 납치 사건을 추측해 낸 것 같았다. 정파 인사의 비열함을 보았기에 이러한 의문들이 깊어졌을 것이다.

점점 더 깊어지는 설영로의 의문이 한편으로는 걱정이 되었다. 말은 설렁설렁 했지만, 그걸 몸소 체험하려면 얼마나 큰 고통을 받게 될지 잘 알기 때문이다.

철무극이 문득 고개를 저었다.

"아니다. 어떤 환경에서 무슨 교육을 받고 자랐든 하루를 살아도 제하고 싶은 대로 해볼 수 있다면 손해는 아닌 게야."

정신적 갈등이 크고, 잘못하면 영영 나쁜 길로 빠져 마녀가 된다 해도 그것은 어디까지나 설영로가 짊어져야 할 운명이다. 몇 마디 말로 고민을 심어준 사람은 철무극이지만, 그것을 헤쳐 나가는 것은 오로지 그녀의 몫이다.

"내 코가 석 자나 빠진 상탠데 누굴 걱정하고 있는 거야? 커흠."

철무극은 설영로 걱정을 덮고 자신의 문제를 생각했다.

"정말 이대로 살아야 한단 말인가? 그놈이 뭐라고 했더라……?"

많이 생각하라! 사물이나 색깔 등을 특정 기억들과 연결시켜 떠올리는 버릇을 들여라! 잘 먹고 편히 자라! 신선한 과일과 채소를 많이 먹어라! 등 푸른 생선이 좋다! 기름기는 삼가라! 등등등.

좋고 나쁜 것들을 일일이 가려 늘어놓던 의원이 생각났다.

"그래도 이름난 의원이 한 말이니 실행은 해봐야지……."

철무극은 앞에 앉은 설영로를 바라보며 연신 중얼거렸다.

"이 계집아이는 어떤 것으로 연결시켜 볼까? 이름 그대로 이슬이 좋을 게고, 아직은 맑고 투명하지만 빨갛게 물들 가능성이 높다고 해야겠다. 그럼 구름이는 뭘로 정하지?"

겉모습으로 말한다면 차가운 얼음이지만, 속마음은 구름처럼 포근한 성격이다. 환경과 교육이 그녀를 거칠게 만들었지만 타고난 바탕은 조용하고 상쾌하다. 역시 이름 그대로 구름이 가장 어울린다.

"그 애가 가장 편해. 본성을 감추기는 힘들거든! 아, 구름이가 보고 싶구나."

사마영문을 생각하던 철무극이 벌컥 짜증을 냈다.

"이놈은 왜 안 와? 어서 빨리 구름이를 찾으러 가야 할 것 아니냐!"

장자경은 수정이 박힌 거친 돌멩이다. 그 역시 본성은 그다지 나쁘지 않지만, 악착같은 환경이 본성까지 흐려놓았다. 고치기 힘들도록 고착되었다. 언제든 뒤통수를 칠 수 있는 포악함을 감추고 있다. 매가 약일 뿐 달리 방법이 없다.

"저 찾으셨나요?"

불쑥 장자경이 들어왔다. 다소곳한 표정의 최화운이 따라왔다.

최화운은 백지 같은 여자다. 본래 백지처럼 순수함을 지녔지만, 또 언제든 물들 수 있는 특색을 지녔다.

그런 생각을 하던 철무극이 빙긋 미소 지었다.

"오, 이런 식으로 하니까 한결 좋구나. 사람의 성격과 특성이 금방 정리되잖아! 참 편한 방법이로다."

"네? 무슨 말입니까?"

장자경의 말에 철무극은 고개를 저었다.

"무슨 말이긴. 어서 구름이를 찾으러 가자는 말이다! 돌팔이 의원 놈 더 볼 필요 있어?"

"아닙니다. 다 끝났죠. 점심이나 먹고 가시죠. 그동안 약이나 달이라고 시키겠습니다."

"그래라."

일행은 한 탁자에 둘러앉아 다소 이른 점심을 시켜 먹었다.

철무극은 음식을 먹으면서도 생각을 그치지 않았다.

"많이 생각하란 말이렷다. 그럼 계곡을 떠난 후부터 다시 생각해 보자. 차분히 정리해서 다시 기억하는 것이 좋겠어!"

"혼자 뭘 그리 중얼거립니까?"

"알 것 없다. 심각하니까 말 시키지 마라."

"그러죠."

철무극은 홀로 계속 중얼거렸다.

"누산을 벗어난 후 내게 중요한 사건들을 정리하자."

중요한 사건들은 모두 호색한 장자경을 만난 후부터 일어났다.

"이놈이 제법 중요한 비중을 차지하고 있구만."

그 다음이 설영령이고, 사마영문과 여우 사냥이며, 설영로와 방정산 등이다. 마지막으로 만난 의원과 최화운까지 생각하는 데 그리 오래 걸리지도 않았다.

"그런데 그 방정산이란 요부는 어디로 갔지? 심부름을 시켜놓은 것 같은데. 크흠, 별 상관 없겠지."

지금쯤 아마도 철무극을 찾느라 똥줄이 빠지겠지만, 크게 신경 쓸 일은 아니다. 좀 더 고생시켜도 무방한 여자다.

철무극은 생각을 계속 이어갔다.

중요한 인물들을 일일이 사물과 색깔 등에 연관지어 정리했다. 간단 하면서도 쉬웠지만 얼마나 오래갈지는 아직 알 수 없는 일이다.

점심을 먹고 입가심으로 차까지 마셨을 때 점소이가 달인 약을 들고 왔다. 철무극은 약사발을 받아 홀짝 마셔 버렸다.

"보약까지 먹어보고, 호강하는군."

은퇴한 후로는 이런 호강을 누려본 적이 없다.

"그럼 나루터로 나가서 배를 알아보겠습니다."

"오냐."

장자경과 최화운이 먼저 일어섰다. 둘의 모습은 여전히 극적으로 대비된 모습이라 웃음이 절로 나왔다.

짐 보따리를 짊어진 장자경의 모습은 귀하신 마나님을 모시고 다니는 공처가의 꼬락서니가 딱 어울렸다.

철무극이 설영로를 바라보았다.

"이슬아."

"네?"

"그만 고민하고 이만 집으로 돌아가거라. 정말로 원하는 것이 무엇인지 생각하려면 시간이 좀 걸릴 게다. 함부로 돌아다니지 말고 집에 가거라."

"안 돼요! 집에 가면 난 또 외출 금지를 당하고 말 거예요. 지금은 돌아가고 싶지 않아요. 그대를 따라가면 안 되나요?"

"나를 따라가겠다고? 나는 귀찮은 건 딱 질색이다. 너는 다분히 귀찮은 애야. 이 지존보의 애를 낳아주겠다고 한다면 모르겠지만……."

"쳇, 얼마간 점잖은 척 무게를 잡더니 역시 본색을 드러내고야 마는군요!"

"넌 시집가지 않을 거냐?"

"몰라요."

"시집가려면 나만한 신랑감이 있을 것 같아? 이 지존보에게는 네가 원한다면 뭐든지 해줄 수 있는 능력이 있단 말이다."

"누가 그대처럼 음흉한 사람과 더불어 애를 낳겠어요? 나는 절대로 당신과 더불어 그런 짓을 안 할 거예요!"

"무시무시한 무공을 가르쳐 줘도? 너, 사실은 누구도 따라올 수 없는 무서운 무공을 배워보고 싶지?"

"앗, 어떻게 알았죠?"

"험, 다 아는 수가 있단다. 그게 바로 지존보만의 능력이거든!"

"장난치지 말고 말해 줘요. 나는 심각하단 말이에요! 내게 무공을 가르쳐 줄 수 있어요?"

"무시무시한 무공을 배워서 뭐 하려고?"

"몰라요. 하지만, 하지만 무공을 펼치고 있으면 마음이 편해져요. 짜증도 안 나고, 기분이 좋아져요. 아무것도 느껴지지 않고 오로지 무공에 빠져드는 것이 정말 좋아요."

"왜 그런지는 모르고?"

"난… 몰라요. 내 자신이 왜 자꾸 삐딱하게 나가는지, 난 정말 모르겠어요. 하지 말라고 하면 짜증만 나고, 모두 부숴 버리고 싶어져요. 조바심이 일고 밖으로만 나돌고 싶어져요. 그대는 내가 왜 그러는지 아나요?"

"물론 알지."

"정말요? 왜 그렇죠? 내가 나쁜 아인가요?"

"사람의 좋고 나쁜 것과는 하등 상관없는 일이다."

"그럼 뭐가 문제죠?"

"얘가 나를 도학(道學) 선생으로 만드네."

"정말 궁금하단 말이에요. 어서 말해 줘요!"

"얘기가 길어질 것 같으니 일단 일어서자. 내가 너에게 차근차근 가르쳐 주겠다. 험험, 이 지존보께서는 본래 너 같은 아이의 부탁을 거절치 않는 사람이다."

"말 끝내고 가면 안 돼요?"

"그건 가르침을 구하는 자의 태도가 아니로구나. 제대로 배우려면 태도부터 고쳐라."

"……."

"몸가짐을 바로 하고, 절실한 태도를 보여야지. 질문한 자의 성의에 따라 대답의 깊이도 달라지는 법이다."

"뭐가 그리 복잡해요. 그냥 몇 마디면 되잖아요!"

"이슬아."

"네?"

"그냥 집에 가라. 나 바쁘다."

철무극은 불쑥 몸을 일으켜 객잔을 나섰다. 물론 설영로를 돌아보지도 않았다.

설영로는 불끈 성질을 부리려다 말고 풀이 팍 죽었다.

가슴에 가득한 의문을 풀지 못하면 정말 아무것도 할 수 없을 것 같았다. 그리고 그 의문을 풀어줄 사람은 철무극밖에 없다.

"같이 가요."

설영로는 자존심을 굽히고 따라나설 수밖에 없었다.

곡식을 가득 실은 조운선은 수양버들 늘어진 운하를 타고 유유히 흘러갔다.

날은 뜨겁고 강바람은 시원하게 불어주었다.

"어기여차 어야차."

"어기여차 어야차!"

노꾼들의 일사불란한 합창이 나른한 졸음을 몰고 온다.

갑판 난간에 기댄 철무극은 물가에 축축 늘어진 수양버들을 바라보다 꾸벅꾸벅 졸았다.

장자경과 최화운은 한쪽 난간에 나란히 기대앉아 소곤소곤 할 말도 많았다.

애기하는 사람은 주로 최화운이다.

장자경은 마지못해 코대답만 웅웅, 해주었다. 그러면서 이리저리 눈알을 굴리는 것을 보면, 어떻게 하면 이 혹덩이를 떼어낼 수 있을지 고민하는 것이 분명했다.

무호를 떠난 조운선은 어느새 장강을 건너고 샛강으로 들어서 목적지인 소호(巢湖)를 향해 부지런히 나아갔다.

설영로는 난간에 손을 얹은 채 시간 가는 줄도 모르고 깊은 생각에 빠져 있었다.

자신이 무엇을 바라고 있는지, 무엇을 하고 싶은지 깊이 생각해 보았다.

왜 하지 말라는 짓은 더 하고 싶은지, 왜 얌전히 지내라는 말을 들으면 그토록 짜증이 나는지, 왜 잘못인 줄 알면서도 번번이 사고를 치는지, 왜 무공에 빠져 있을 때에만 마음이 편하고 즐거운지…….

왜왜왜?

그리고 무엇을 하고 싶은지.

대답이 필요한 질문들이 너무 많았다.

"억압과 자유……."

철무극의 말을 요약해 보면 이 두 마디에 불과했다.

"나는 무엇에 억압되어 있는 것일까? 나는 정말로 자유롭기를 바라고 있을까? 하기 싫은 모든 것들이 억압이고, 내가 원하는 것이 자유일까?"

가슴이 떨리며 가벼운 흥분이 몰려왔다.

마음 저 밑바닥에 꽁꽁 숨어 뭉쳐 있던 그 무엇이 슬그머니 고개를 쳐들고 밖으로 튀어나오려는 것 같았다. 정체를 알 수 없는 그 간질거림이 야릇한 흥분으로 다가왔다.

"뭘까?"

존재감을 느껴본 적도 없는 그 무엇이 설영로의 작은 가슴을 떨게 만들었다.

설영로는 힐끗 졸고 있는 철무극을 바라보았다.

"그는 정말 이러한 것들을 알고 있을까? 그는 대체 누구일까?"

무시무시한 무공을 지닌 고수이며, 사람의 심성을 꿰뚫어 볼 수 있는 남다른 안목을 지닌 사람이라면 결코 평범한 인간일 수 없다. 하지만 누구도 그의 정체를 알지 못한다. 어디서 와서 어디로 가는지 아는 사람이 없다.

설영로는 철무극 옆에 앉아 난간에 기대었다.

철무극의 어깨에 앉아 있는 백아도 꾸벅꾸벅 졸고 있다. 애완동물이 되어버린 백아도 주인을 닮아가는 모양이다.

"백아, 너는 그가 누군지 아니?"

백아의 감긴 눈꺼풀이 살짝 흔들렸지만 눈을 뜨진 않았다.

"이봐요."

설영로는 졸고 있는 철무극의 옆구리를 푹푹 찔렀다.

"나랑 얘기 좀 해요."

꿈뻑꿈뻑.

몇 번이고 눈을 끔뻑거리며 설영로를 바라보던 철무극의 인상이 갑자기 꽉 일그러졌다.

"에이, 망할. 하나도 나아진 게 없잖아. 아, 내 인생이 참으로 기구하구나!"

"무슨 소리예요? 난 아무 짓도 안 했다고요!"

"음……."

철무극은 설영로의 말을 들은 척도 않고 여전히 인상만 썼다. 이맛살을 잔뜩 찌푸린 채 생각에 잠겼고, 가끔 매서운 눈초리로 설영로를 노려보기도 했다.

"옳지!"

갑자기 자기 무릎을 후려치며 크기 기뻐했다.

"이슬처럼 깨끗하지만 미간에 가득한 근심이 문제로다. 너는 설영로가 맞지?"

"내가 바로 설영로죠. 또 깜빡했던 것이에요?"

"오냐. 하지만 전보다 빨리 기억해 냈다. 아무래도 그 돌팔이 의원 놈이 제법 학식이 있었던 모양이다."

"다행이네요. 그럼 내가 무엇을 궁금해하는지도 기억나겠죠?"

"흠, 가만있어 봐라. 생각 좀 더해야겠다."

철무극은 주위를 돌아보았다.

어깨에 앉아 있는 여우는 백아가 분명하고, 저기 이상한 표정을 지으며 눈알을 굴려대는 녀석은 약삭빠른 장자경이다. 옆에 앉아 수다를 즐기는 여인은 장자경의 족쇄가 될, 백색의 최화운이다.

"므흐흐, 이런 식으로 하니까 역시 빠르고 편하구나! 흐음, 이슬이가 궁금해하는 것이라……."

설영로와 연결된 것들을 하나씩 생각하다 보니 주고받은 대화까지도 기억나기 시작했다.

"그래, 그래. 무공에 빠져 땀을 흘릴 때면 아무것도 생각나지 않아서 좋다고?"

"네. 왜 그런지 정말 알고 싶어요."

"채워지지 않았기 때문이다."

"뭐가요?"

"네가 지닌 열정 말이다. 그 열정에 비해 배우고 익히는 것이 모자라기 때문이다. 끊임없이 무엇인가를 갈구하지만 항상 갈증이 나고 허전한 것이다. 영혼을 온통 사로잡을 만한 대상을 발견하지 못했기 때문이지. 이것이 너를 불행하게 만드는 원인이다."

"음, 그러면 나를 충족시켜 줄 대상이 무공이란 말인가요?"

"무공을 수련할 때 가슴이 시원해지는 통쾌함을 느낀다면 그렇다."

"하지만 수련하고 나면 항상 무엇인가 모자란 듯하고 아쉬움이 남아요."

"네가 배운 무공이 너를 만족시키지 못하기 때문이다. 그릇은 큰데 채워줄 물건이 작은 셈이라고 하겠다. 그래서 더 높고 깊은 무공을 배우고 싶은 게다."

"맞아요. 나는 더 높은 무공을 배우고 싶어요! 내게 무공을 가르쳐 주세요."

"너는 정파의 영웅호걸이고, 나는 마도의 악당이다. 너를 아는 모든 사람들이 내가 너를 가르치는 것을 원치 않을 것이다. 너는 그들을 실망시킬 수 있겠느냐?"

추구하는 바가 다른 사람들은 상대를 인정하는 아량을 지니기 힘들다. 한자리에 더불어 앉지 않으며, 어울려 다니는 것은 더욱 꺼린다. 스승이 되고 제자가 되는 일은 있을 수 없는 패륜이라고 생각할 정도다.

"그대의 무공을 배우겠다는 것이 아니라, 내가 배운 무공을 좀 더 깊

이 해석해 주면 되잖아요?'

"다른 길을 찾는 그것이 바로 마도인 게다. 가르치는 사람이 다르면 그 속에 담긴 해석도 다를 수밖에 없는 거야. 정파의 무공에 마도의 사상과 철학을 담아 가르친다면, 너는 그것을 정파의 무공이라 여기며 배우겠느냐? 길을 잃으면 그것이 곧 마도요, 사파다. 알겠느냐?'

"그럼 난 어떡해요? 머리 깎고 중이나 될까요?"

"그것도 하나의 방법이지. 종교라는 것은 확실히 무공만큼 깊고 강하다."

"……"

"소림사나 무당파를 찾아가 봐라. 그들이라면 네가 바라는 만큼 채워줄 수 있을 것이다."

"고리타분한 중과 도사가 되기는 싫어요!"

"무엇을 선택할지는 네가 정해야 할 문제다. 후회없는 선택이 많지 않은 게 문제지만."

"……"

"허허, 내가 정말 도학 선생이라도 된 기분이구나. 나에게도 남을 가르치는 재능이 있다는 것이 뜻밖인데?"

그때 장자경이 쪼르르 달려왔다.

"지존보, 저는 무공의 종류를 가리지 않습니다. 오화혈살지 말고 다른 무공도 배울 준비가 되어 있다고요!"

"자경아."

"네?"

"주제를 아는 자가 강한 법이다. 배운 거나 열심히 수련해라."

"에, 유균을 달여 먹어서 제법 공력이 깊어진 것 같은데요?"

"아직 멀었다. 심심해하는 네 아가씨나 위로해 줘라."

"으……."

최화운 얘기만 나오면 골치가 아픈지 장자경은 이내 비칠비칠 물러섰다.

설영로가 더 깊은 생각에 빠지는 것을 보며 철무극은 또 꾸벅꾸벅 졸기 시작했다.

해는 어느덧 서산에 걸렸고, 조운선은 소호로 접어들었다. 드넓은 호수가 망망대해처럼 푸르게 빛났다.

졸고 있던 철무극이 번쩍 눈을 떴다.

"어떤 놈들이 온 게냐?"

갑작스런 호통에 놀란 장자경과 설영로가 철무극을 바라보았다.

"호수 한복판에 들어선 배로 누가 온단 말입니까! 꿈꾸셨소?"

사방을 둘러보아도 푸른 호수뿐, 지나가는 배 한 척 보이지 않는다.

"이놈들이 정말 사람 귀찮게 만드는구나."

"지존보, 정신 차리세요. 이젠 꿈하고 현실까지 혼동하는 겁니까? 여긴 배 위라니까요!"

촤악.

장자경이 혀를 차기 무섭게 조운선 양옆에서 물기둥이 솟구쳤다. 시커먼 사람의 그림자가 함께 솟구쳐 올랐다. 그건 마치 바다의 돌고래가 물을 차고 허공으로 솟구치는 모습과 같았다.

"아이쿠, 물귀신들이다!"

물속에서 활동하기 편한 특수 복장을 입은 십여 명의 인영들이 단숨에 갑판으로 뛰어올라 일제히 철무극을 향해 달려들었다. 손에는 끝이 세 갈래로 갈라진 수차(水叉)가 쥐어져 있었다.

쒜쒜쒜쒜.

수차들이 허공을 가르는 소리가 비단을 찢어발기듯 요란하게 울려 퍼졌다. 그 기세가 실로 무시무시해서 갑판 위가 온통 수차의 위력 앞에 노출되었다.

"제기랄, 고수들 천지로구나!"

장자경은 떼굴떼굴 굴러서 최화운을 보호한답시고 그녀 앞을 막아섰다. 물론 그를 노리는 수차는 없었다.

철무극은 인상을 팍 찡그리며 먼저 설영로를 끌어 등 뒤에 세웠다.

"꺼져!"

좌수 오지가 오화혈살지를 튕겨내고, 우수는 번천열양장을 뿌렸다.

팍팍.

쫘르르르.

날카로운 지력과 불처럼 강력한 장력이 한꺼번에 폭출되었다.

"퇴(退)!"

갑작스런 호통과 함께 들이닥치던 수차들이 일제히 뒤로 물러섰다.

하지만 철무극이 기댄 난간 쪽으로 기습했던 자 중 두 명은 피할 공간을 찾기 어려웠다. 난간을 차고 옆쪽으로 피하는 순간 오화혈살지 중 무명지의 관충지(觀衝指)와 새끼손가락의 소충지(少衝指)의 지력을 피하지 못하고 각기 이마 한가운데를 얻어맞고 말았다.

풍덩.

그자들은 결국 이마에 구멍이 뚫린 채 호수 속으로 떨어졌다.

"진(進). 살(殺)!"

물러섰던 자들이 구령에 맞추어 번개처럼 공격을 가했다. 부채꼴로 펼쳐진 수차의 공격이 철무극의 요혈들을 노렸다.

철무극의 인상이 팍 일그러졌다.

"요 사파의 잔챙이들이 정말 나를 귀찮게 만드는구나! 모조리 죽여 버려야 성질이 풀리겠다."

호통을 내지르며 재차 손을 뻗어냈다. 쌍장을 연이어 터지며 주위를 온통 뜨거운 열기로 휘감았다.

"합(合), 벽(劈)!"

구령과 함께 여덟 개의 수차가 한 점을 향해 모여들었다. 날카롭고 강인한 기운이 하나로 합쳐져 철무극의 장력을 단숨에 깨뜨리려 했다.

"요놈들 봐라. 잔재주를 부리네. 에익!"

철무극은 연속 터뜨렸던 번천열양장법을 중도에서 거두고 역혈수라마공을 끌어올리며 수라권을 내질렀다. 강한 공격을 더욱 강한 힘으로 찍어누르려는 것이다.

빠각.

공력이 충돌하며 굉음을 토했다. 강력한 기파가 퍼져 나가며 커다란 조운선을 뒤흔들었다.

"끙."

공력이 약하거나 직접 타격을 받은 자들 셋이 충격을 견디지 못하고 벌렁 나가떨어졌다.

"산(散)!"

남은 자들은 급급히 뒤로 물러서며 다음 지시를 기다렸다.

철무극이 성큼 한 발 나아가며 양 발을 번갈아 걷어찼다. 갑판에 떨어져 있는 두 자루의 수차가 물러서는 자들을 향해 날아갔다. 왼손을 앞으로 내밀어 당기니 다른 하나의 수차가 자석에 끌리듯 손에 쥐어졌다.

걸어찬 수차에 겨냥된 두 명이 크게 놀라며 다급히 물러서며 자신의 수차를 휘둘렀다.

뚝.

그자들의 수차는 철무극이 걸어찬 위력을 견디지 못하고 부러졌다.

"악!"

"크악!"

두 명이 수차에 꿰뚫린 채 물속으로 처박히는 것을 본 우두머리가 급히 소리쳤다.

"잠(潛)!"

지시를 내림과 동시에 바닥을 차고 몸을 날렸다. 도저히 상대가 되지 않음을 깨닫고 도주를 택한 것이다.

다른 자들도 급급히 바닥을 차고 배 밖을 향해 몸을 날렸다.

"어딜 도망가려는 게냐? 마창(魔槍)의 위력을……."

왼손에 들린 창을 휘두르려던 철무극은 잔뜩 인상을 찡그렸다.

"으, 젠장. 그만두자."

마구 성질을 부리며 수차를 물로 던져 버렸다.

"아니다, 성질내지 말아야지. 감정이 격해지면 상태가 더 안 좋아진다고 의원이 말했잖아. 성질 죽이고 차분히 생각해야지!"

생각없이 마구 손을 쓸 때면 제때 필요한 위력이 나오거나 더 강한 무공을 쓸 수 있다. 하지만 상대에 맞는 무공을 생각하며 그것을 쓰려하면 기억이 흩어져 제대로 발휘되지 않는 것이다.

철무극은 더 나서지 않고 뒤로 물러섰다.

장자경이 나서며 혀를 내둘렀다.

"으, 제기랄. 저런 고수들마저 무공을 제대로 펼쳐 보지도 못하고 당하는구나. 요놈들, 한 대씩 맞고 가라.”

수라권에 당하여 널브러졌던 자들이 뒤늦게 몸을 추슬러 도망치려 하자 장자경이 냅름 발길질을 날렸다.

“억.”

“에쿠!”

엉덩이를 걷어차인 세 명은 볼썽사납게 날아올라 물속으로 처박혔다. 남은 것은 점점이 떨어진 핏방울뿐이다.

“사공, 사공, 도적들은 다 도망갔으니 나와서 여기 좀 치우쇼. 어서 나오라니까!”

장자경은 겁에 질려 숨어 있는 선부들과 노꾼들을 찾았다. 하지만 습격은 아직 끝나지 않았다. 수달피 복장의 습격은 시작에 불과했던 것이다.

피육.

허공을 가로지르는 날카로운 소리가 들렸다.

“화살이 날아온다! 어이쿠, 저 많은 놈들이 언제 나타난 것이냐?”

화살이 날아오는 소리에 놀라 주위를 돌아보던 장자경은 그만 입을 딱 벌렸다.

저 앞에 조운선만큼 큰 배가 보였으며, 사방에서 두어 사람이 탈 수 있는 습격용 작은 배들이 개미 떼처럼 몰려들고 있었다.

슉슉, 슈슈슈슈.

사방을 에워싼 개미선단에서 일제히 화살이 발사되었다. 하늘을 뒤덮은 화살 더미가 조운선 갑판을 향해 우박처럼 쏟아져 내렸다.

타다다다닥.

이리 뛰고 저리 뛰고, 누구를 겨냥했는지 알 것도 없다. 자신에게 떨어지는 화살을 피해 몸을 날리고 쳐내는 수밖에 없다.

장자경은 재빨리 최화운을 잡아끌어 지붕이 있는 조타실로 뛰어들었다.

철무극은 설영로를 보호하며 강력한 소맷바람을 일으켜 쏟아지는 화살을 날려 버렸다.

그러나 화살이 너무 많았다. 커다란 배의 많은 사람들과 삼십여 척이 넘는 개미선단에서 두세 명이 한꺼번에 연이어 쏘아내니 셀 수도 없을 지경이다.

"에익, 새로 산 옷이 또 망가지게 생겼다!"

자기 돈 주고 산 옷은 아니지만 최고급 비단옷을 벗어 화살을 막는 방패로 사용해야 한다는 것은 정말 짜증나는 일이다.

파라락.

공력으로 부푼 장포 자락이 차양처럼 펼쳐지며 우박처럼 쏟아지는 화살을 막았다.

휘류류류륭.

휘악휘악.

이번에는 화살 끝에 불덩이가 달려 쏟아지기 시작했다. 아예 배를 불태워 철무극 등을 수장시키려는 모양이다.

장자경이 마구 인상을 쓰며 소리쳤다.

"저 새끼들, 도대체 우리와 무슨 원한이 졌다고 이 지랄이란 말입니까? 여우 한 마리 빼앗자고 저러는 거라면 좀 지나치잖아요!"

천 년 묵은 여우의 내단을 얻기 위해서라면 저 정도 규모의 인원을 동원하는 것은 아무것도 아니다. 정말 필요하다고 생각되면 더 많은 무리들을 동원할 수도 있다.

예전에 천마신군 철무극은 대괴 한 마리를 잡기 위해 마도 고수 백여 명과 수많은 졸개들을 만 리 길로 출동시켰다.

공력을 높여 천하에 우뚝 서보려는 야망이 있는 자라면 무슨 수를 써서라도 내단을 얻으려 할 것이다.

하지만 뭔가 이상하긴 이상하다.

영물의 내단을 얻으려고 대규모의 인원을 파견할 인물이라면 진작에 손을 썼어야 옳다. 영물의 출현지인 고소산에서 손을 썼다면 훨씬 쉽게 일을 처리할 수도 있었다. 이제 와서 이처럼 소란을 피우는 것이 어쩐지 이상하다.

여기에는 분명 그만한 이유가 있었지만, 지금의 철무극으로서는 그 이유를 전혀 추측할 수 없었다. 군마맹이 망했다는 사실도 모르는데, 사파의 거의 전 인원이 그 일에 동원되었다는 사실을 알 리 없었다.

적라산장의 고루존자가 제일 먼저 달려온 사람이라는 사실도 알지 못했다.

"사파 놈들이 요즘 들어 기고만장이라더니 정말 뵈는 게 없구나. 이 참에 본때를 보여줘야겠다. 그래야 무서운 걸 알고 함부로 까불지 못하지!"

본때를 보여주기 위해서는 수없이 날아드는 불화살부터 처리해야만 한다.

"자경아."

"네?"

"숨어 있지만 말고 나와서 불나지 않게 막아봐라. 나는 저놈들 혼내줄 물건을 구해봐야겠다."

"다가오지도 않고 멀리서 화살만 쏴대는 놈들을 뭘로 혼내주려고요?

우린 활도 없습니다요!"

"그럼 그대로 있다가 불에 타 죽든지."

철무극은 더 말하지 않고 날아오는 불화살을 그대로 두었다. 대신 주위를 살펴 적당한 물건을 찾아보았다.

"옳지!"

마침 눈에 띄는 것이 있었다. 철무극은 설영로를 이끌고 배의 고물 쪽으로 향했다. 날아드는 불화살은 벗은 장포로 쳐냈다.

철무극이 자신에게 날아드는 불화살만 처리하자 갑판은 삽시간에 박혀든 불화살로 가득해졌다.

화르륵.

불화살에 먹인 기름이 갑판 바닥에 스며들면서 불길이 거세지기 시작했다.

"가요!"

장자경보다 최화운이 먼저 나섰다. 그녀는 장자경이 짊어진 짐 보따리를 풀어 여벌로 준비해 둔 장포를 꺼내 들었다. 그것을 철무극이 했던 것처럼 머리 위로 휘두르며 갑판으로 달려나갔다.

팍팍.

돌돌 말린 장포가 창대처럼 갑판에 박힌 불화살을 쳐냈다. 연이어 날아드는 불화살들이 그녀를 위협했지만 당황하지 않고 침착함을 잃지 않았다.

머리 위와 다리 아래로 번갈아 장포를 휘둘러 불화살들을 쳐내는 모습이 무림고수와 다르지 않았다. 명가의 자제는 뭐가 달라도 달라 보였다.

"망할……!"

장자경은 최화운이 나서는 것이 마음에 들지 않았다.

여자가 자기보다 먼저 생각하고 행동하는 것이 싫었고, 얌전한 척하면서 자기보다 높은 무공을 지니고 있다는 사실도 못마땅했다.

아니, 최화운이라는 존재 자체가 불편했다. 어서 기회를 봐서 떨쳐내야만 마음이 편할 것이다. 그러나 무엇보다 먼저 이곳의 상황부터 해결해야 한다.

장자경은 신경질을 부리면서도 똑같이 장포를 벗어 마구 휘두르며 달려나갔다. 힐끗 바라보니, 철무극은 고물의 한 부분을 잡아 뜯어내고 있었다.

"뭘 하려고 저러는 거야?"

철무극이 무엇을 하고 있는지는 곧 드러났다.

고물에 박혀 있는 길다란 철봉은 단단한 널판과 널판을 이어주는 역할을 한다. 그것을 뜯어내어 양끝을 잡고 휘어보니 제법 강한 탄력이 느껴졌다.

"검 좀 다오."

바짝 붙어 있는 설영로가 철무극이 무엇을 하려는지 궁금했지만 일단 단검을 뽑아 건네주었다. 그리고는 장포를 대신 받아 마구 휘둘렀다.

철무극은 철봉의 길이를 대중하며 단검을 내려쳤다. 쇠와 쇠가 부딪쳤는데 검은 멀쩡하고 철봉만 잘렸다.

잘라낸 철봉 양끝을 조금씩 파낸 철무극은 돛과 연결된 많은 밧줄 중 가장 가는 굵기의 밧줄을 찾아 적당한 길이로 잘라냈다.

"그게 활인가요?"

"활같이 생겼으니 활이지."

가는 밧줄을 팽팽하게 당겨 양끝에 걸고 보니 제법 탄력이 있었다. 철무극은 갑판에 박힌 불화살 하나를 뽑아 시위에 걸었다.

시위를 가득 당긴 철무극은 눈을 가늘게 뜨고 목표물을 겨냥했다.

꽝.

시위를 놓자 기파가 터지듯 강한 탄력이 발휘되었다.

철봉이 지닌 본래의 탄력과 철무극의 막강한 공력을 실은 작은 화살은 순식간에 허공을 갈랐다.

촤아아악.

화살은 빗나갔다. 개미선 옆으로 떨어져 물 위를 스치며 물기둥만 숫구치게 만들었다.

그 위력만은 대단했다. 양쪽으로 갈라진 물기둥이 일장 높이로 치솟았던 것이다.

"으아, 아깝다. 다시 해봐요!"

장포를 휘두르며 구경하던 설영로가 그 강력한 화살의 위력에 감탄하며 탄성을 질렀다.

철무극은 의기양양한 표정을 지으며 다시 화살 하나를 주워 들었다.

"이번에는 빗나가지 않을 게다."

이번에는 좀 더 강력한 소리가 울렸다.

시위를 떠난 화살은 한순간에 공간을 가로질러 개미선에 도달했다.

꽈드득.

작은 화살 하나가 그대로 개미선을 반으로 갈라 버렸다. 타고 있던 자들 중 하나도 배와 함께 갈렸다. 다른 자가 놀라 비명을 지르며 꼬르륵, 물속으로 가라앉았다.

"우와, 굉장하다! 배를 반으로 갈라 버리다니, 정말 대단해요. 빨리 빨리 화살을 날려요! 저놈들 모두 물속에 처박아 버려요!"

설영로가 놀랍고 감탄하여 소리쳤다.

"커흠, 이 지존보는 뭘 해도 최상급이란 말이야. 저까짓 놈들 아무리 몰려와 봐야 한 손 거리도 안 되거든!"

"빨리 쏴요!"

설영로는 흥분하여 소리쳤고, 철무극은 신이 나서 다시 화살을 주워 날렸다.

"잘 봐라. 더 멋진 걸 보여주마. 후읍."

멋지게 무게를 잡으며 호흡을 끌어당긴 철무극은 겨냥을 잘해서 시위를 놓았다.

푸앙.

날아가는 소리부터 달랐다.

놀라운 것은 화살이 물 위를 스치듯 지나가면서 방향을 바꾼다는 것이었다. 크게 곡선을 그리며 날아간 화살이 첫 번째 개미선을 갈라 버렸다.

화살은 기세를 잃지 않고 계속 날았다.

두 번째 배를 부숴 버리고도 위력이 남아 세 번째 개미선에 푹 박혀 들었다. 배는 충격을 견디지 못하고 벌렁 뒤집어지고 말았다.

"으으, 그건 이기어검(以氣御劍)의 상승비법인가요?"

"원리야 같지. 화살을 썼으니 이기어시(以氣御矢)라고 할까?"

"까악, 님 멋져요! 더 해봐요. 저놈들 겁먹기 시작했어요. 어서 더 혼내줘요!"

설영로는 박수까지 쳐가며 마구 감탄을 터뜨렸다.

"으으, 무섭다. 정말 무서워!"

불화살을 쳐내고 갑판의 불을 끄는 데 여념이 없던 장자경도 혀를 내둘렀다.

"이놈아, 너는 불이나 꺼라."

"네."

철무극은 연신 거드름을 피우며 화살을 몇 개 주워 들었다.

푸앙, 푸앙.

숨 한 번 바뀔 때마다 강력한 화살이 공간을 가르며 날아갔다.

꽈드득.

파각.

개미선들은 화살이 스칠 때마다 갈라지고 깨져 나갔다.

십여 대의 화살이 쏟아지는 동안 침몰한 개미선은 이십 척이 넘고, 죽거나 물속으로 가라앉은 사람은 배가 넘었다.

더 이상 조운선을 향해 불화살을 쏘아대지도 못했다. 혼란에 빠져 도망치기에 바빴다. 물속에서 허우적거리는 동료를 구할 엄두조차 내지 못했다.

"다 도망갔어요. 이젠 저 큰 배를 부숴 버려요!"

"좋다. 본때를 보여주기로 했으니 사정 봐줄 것 없다!"

이번에는 큰 배를 향해 활을 겨냥했다.

팡.

화살 하나가 유성처럼 날아가 배 중앙의 돛대를 명중시켰다.

뚝.

우두두둑.

돛대가 부러져 옆으로 쓰러졌다.

와지직.

부러진 돛대가 갑판을 덮치자 사람들이 놀라 부르짖으며 이리저리 몸을 날려 피했다.

다음 화살은 배의 용골을 박살 내며 갑판을 스쳤다. 화살이 나는 기파에 휩쓸린 졸개들이 비명을 지르며 나뒹굴었다.

다시 시위를 걸어 당기던 철무극이 인상을 찡그렸다.

"에이, 활대가 망가졌다. 휘어져서 못 쓰겠어."

크게 구부러진 활대는 더 이상 탄력을 발휘하지 못할 것 같았다.

"아깝다. 몇 발만 더 쏘면 저 배도 침몰시킬 수 있을 텐데!"

장자경과 최화운이 어느새 갑판의 불을 진화하고 다가왔다. 땀 흘린 얼굴에 재가 튀어 온통 시커멓게 변해 버렸다.

"호호호, 깜둥이가 따로 없네!"

설영로가 그 모습을 보고 재있다고 웃어댔다.

철무극이 말했다.

"자경아."

"네?"

"사공들 불러서 배를 몰아라. 저놈들 쫓아가서 끝장을 내고 말자. 무서운 맛을 보여야 귀찮게 굴지 못할 게다."

"네."

장자경은 혀를 내두르며 선실 구석에 숨어 떨고 있는 선부와 노꾼들을 불러냈다.

"가라앉기 싫으면 어서 노를 저어라. 조타를 잡고 저쪽으로 몰아!"

"네네. 그저 목숨만 살려주십시오!"

"누가 죽인다고 했어? 그냥 배만 몰란 말이다!"

"네네, 대왕님."

선부들과 노꾼들은 그저 허리를 접어가며 용왕님의 가호만 빌었다. 곧 조운선이 움직이기 시작했다.

"저놈들이 도망간다. 빨리빨리 노를 저어라!"

장자경의 재촉에 노꾼들이 더욱 힘을 냈다.

"어이여차 어야차."

"어기여차 어야차!"

구령에 맞추어 노를 젓자 조운선은 더욱 빠르게 물 위를 미끄러져 나갔다.

돛대를 잃은 배는 속도를 내지 못하고 꾸물거렸다. 곧 따라잡을 수 있을 것 같았다.

그때였다.

"저기 또 한 척의 배가 나타났어요! 어, 돛에 검은 장미가 그려져 있어요. 저놈들, 적라산장 패거리예요!"

적라산장의 배는 같은 사파의 일당인 도망치는 배를 돕지 않고 곧장 조운선을 향해 다가왔다.

"지존보, 지존보!"

높고 다급한 목소리가 들렸다. 바로 적라산장의 안주인, 방정산의 목소리였다.

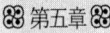

第五章

이상한 동행

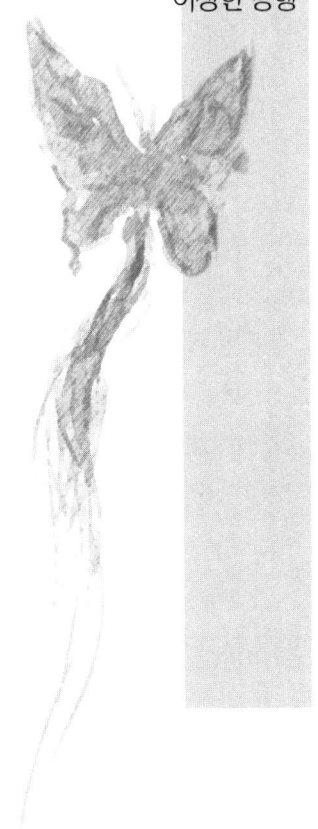

이상한 동행

　빠르게 다가온 적라산장의 배가 조운선에 붙었다. 갈고리를 던져 두 배를 붙이자 방정산이 먼저 조운선으로 뛰어올랐다.

　"우린 싸우러 온 것이 아니에요. 저는 오로지 지존보를 보러 왔다고요!"

　방정산에 이어 두 시비, 홍염과 홍루가 뛰어올랐다.

　설영로의 표정이 일시에 붉어지며 단검부터 쳐들었다.

　"요녀!"

　원수는 외나무다리에서 만나는 법!

　방정산을 본 설영로는 당장에 달려나갔다.

　아직 내상이 완치된 상태는 아니었지만 방정산을 보자 며칠 전에 당한 기억이 떠올라 분노부터 솟구쳤던 것이다.

　단검을 빼 들고 달려오는 설영로를 발견한 방정산은 크게 놀라며 주춤 멈추었다.

단전의 문만 열면 오장육부가 뜯겨 나가는 고통을 주는 악독한 폐혈 수법에 당한 상태로는 절대 설영로를 이겨낼 수 없다. 홍염과 홍루가 따르고는 있지만 그녀들도 설영로를 당해내지 못한다.

살기 위해서는 철무극에게 달려가는 것뿐이다.

"지존보, 지존보!"

마음이 급하니 애절한 목소리가 절로 흘러나왔다.

설영로는 방정산이 무엇 때문에 자신을 보고 놀라 달아나는지 알 수가 없었다. 무공으로 따진다면 오히려 설영로 자신이 피해야 할 상황이 아니던가.

철무극을 향해 달리던 방정산이 또 문득 걸음을 멈추었다.

"아참, 저년은 깊은 내상을 입었는데 벌써 치료했단 말인가?"

이삼 일 내에 내상을 치료할 수는 없다. 겉모습은 멀쩡해 보여도 속은 그렇지 못할 것이 뻔하다.

방정산의 표정이 갑자기 변했다. 그녀는 당장 두 시비를 향해 호통을 내질렀다.

"홍염, 홍루, 저년을 죽여라! 저년은 지금 내상을 입은 상태야!"

두 시비의 무공이 설영로에 비해 한참 모자란다 해도 내상을 당한 상태라면 충분히 이겨낼 수 있을 것이다. 두려워할 필요가 없다.

홍염과 홍루도 그러한 사실을 떠올리고 즉시 몸을 날려 설영로를 향해 단도를 겨누었다. 홍루는 설영로의 단검에 찔린 적이 있는지라 아직도 걸음이 불안정했다.

이번에는 설영로가 놀라 급히 걸음을 멈추었다.

철무극의 도움으로 내상을 치료하긴 했지만 아직 무공을 쓸 수 있을 정도는 되지 못한다. 방정산을 보고 흥분하여 무작정 달려든 것이다. 두 시비를 당해내지도 못할 것이다.

"얘들아, 성가시게 하지 말고 얌전히 있어라. 까부는 것들은 그냥 물속에 처박아 버린다."

철무극의 한마디가 모두를 도와주었다. 홍염과 홍루는 속으로 안도의 한숨을 내쉬며 재빨리 물러섰다.

"흥."

"흥."

설영로와 방정산은 서로를 향해 매서운 콧바람을 날리며 노려보았다.

방정산이 먼저 휙 몸을 돌렸다.

"지존보오~"

방정산이 코맹맹이 소리를 내며 철무극을 향해 다가갔다.

"뜨거운 불처럼 적극적인 기세를 보니 너는 바로 방정산이로구나. 산꼭대기에 올라서서 세상을 굽어보고 싶어하지만 무슨 능력으로 욕망을 채울꼬?"

생김새와 성격을 사물이나 색깔 등에 연결시켜 상대방을 기억하니 확실히 편하다.

"네? 무슨 말씀이신지……?"

"아니다. 그런데 내가 네게 뭔가 시키지 않았더냐?"

"신양으로 가는 빠른 길을 알아보라 하시고는 저만 쏙 빼고 혼자 가시다니, 너무 섭섭해요. 지존보께서 나 몰라라 하고 가시면 전 어찌 살라고요."

"으잉? 내가 너한테 못할 짓이라도 했단 말이냐? 난 유부녀와 놀아나는 사람이 아니다."

"네? 지존보의 말은 너무 심오해서 저는 다 알아듣지 못하겠어요."

"뭐라고, 내 말이 심오해? 푸하하핫! 그래, 내 말이 조금 심오하긴 하지. 네가 그걸 느끼다니 정말 용하구나. 이제 제대로 기억난다. 산아."

"네, 지존보."

"나를 따라다니며 개과천선해 보겠다는 생각이 아직도 변함없는고?"

"변하지 않았어요. 지존보께서 시키는 일이면 무엇이든 해야죠. 달리 무얼 할 수 있겠어요?"

"분명 나를 원망할 텐데? 지금도 이를 악물고 나를 노려보고 있잖으냐."

"그럴 리가요! 제가 어찌 감히 지존보를 해치려는 마음이나 먹겠어요? 칼 하나 휘두를 힘이 없는데요. 뭐든 시키는 대로 할 테니 제발 폐혈수법 좀 풀어주세요!"

"그건 걱정 말고 정신 수양에나 힘써라. 공력을 쓰지는 못하겠지만 당장 생활하는 데는 지장없다."

"지존보, 제발……."

설영로가 다가왔다.

"하하하, 그것참 고소하다. 너 같은 요녀는 그처럼 독한 수법으로 다스려야 마땅해!"

방정산이 획 고개를 돌려 설영로를 노려보았다.

"이 쳐죽일 년이, 어디서 감히! 그 주둥이를 당장 찢어버리기 전에 저리 썩 꺼져! 우리끼리 하는 얘기는 너 같은 어린애가 들을 것들이 아니다."

입심으로 따진다면 설영로는 결코 방정산의 상대가 될 수 없었다.

"이, 이 미친. 죽여 버리고 말 테다!"

성질을 못 이겨 바들바들 떨 뿐이다.

철무극이 한마디 했다.

"시끄럽게 굴지 말고 얌전히 좀 있어라."

"네, 저는 얌전히 있을게요."

씩씩.

방정산과 설영로의 모습은 극히 대조적이어서 보는 것만으로도 재미가 있었다.

서로 못 잡아먹어서 안달하는 마음이야 같지만, 노련한 방정산은 겉으로 드러내지 않고 설영로를 놀려먹었다. 설영로는 제 성질을 못 이겨 황소처럼 거친 숨만 몰아쉴 뿐이다.

철무극이 말했다.

"저놈들이나 계속 쫓아라. 어느 놈인지 잡아서 기필코 버르장머리를 고쳐 놔야겠다!"

방정산이 몸을 꼬아가며 연신 코맹맹이 소리를 냈다.

"지존보, 차라리 저의 배로 옮겨 타시죠? 선실의 설비도 완벽하고 속도도 빨라요. 이런 조운선과는 질이 달라요. 연기와 재 때문에 온통 얼룩투성이잖아요. 가서 씻으세요."

"그처럼 잘해놨단 말이냐?"

"그럼요. 최고급 객잔보다 훨씬 편하고 아늑하게 꾸며놨어요. 모든 것이 갖추어져 있다니까요!"

"그럼 구경이나 해보자."

"가시지요."

방정산은 재빨리 앞장서 철무극을 안내했다. 다른 사람들은 따라오든 말든 전혀 신경 쓰지 않았다.

설영로는 분이 풀리지 않은 표정으로 잠시 망설이다 모두들 배를 바꿔 타자 할 수 없이 따라갔다. 선부와 노꾼들은 재앙신들이 물러간다고 좋아했다.

방정산의 배는 확실히 잘 꾸며놓았다. 선실이 두 개나 있는데, 정말 최고급 객잔보다 시설이 좋다. 길고 날렵한 선체는 속도를 내기 위한 최적의 조건을 갖추고 있었다. 돛 하나에 이십 명의 노꾼이 있었다.

철무극은 홍염과 홍루의 시중을 받으며 세수를 마쳤다.

"흠, 과연 좋구나."

"이런 배 한 척만 있으면 강남 어디든 다닐 수 있어요. 굳이 객잔에 머물 필요도 없다니까요. 지존보께서 원하신다면 무상으로 양도할 수도 있답니다."

"설마 그리고 싶겠느냐. 뭔가 원하는 것이 있겠지?"

"에, 지존보께서 점혈하신 폐혈수법을 풀어주신다면 더 바랄 것이 없죠."

"개과천선하여 새 삶을 살고 싶은 마음이 가득하다면 굳이 그런 걱정할 필요 없다. 착하게 살려는 너를 누가 해치겠느냐. 염려 말아라."

"그래도, 그래도 지존보 없는 곳에서 저 설영로 같은 계집애라도 만나면 저는 꼼짝없이 죽고 말 거예요."

"이슬이가 설마 너를 죽이기야 하겠느냐? 그런데 저놈들이 누구라고? 너와 같은 사파의 무리렷다?"

"네……."

아무리 살살거려도 꼼짝도 않는 철무극의 태도에 실망한 방정산은 금방 풀이 죽었다.

"청수방(淸水幫) 놈들이에요. 강남 일대의 물길을 장악하여 통행세를 받아 챙기는 자들이죠. 연합에 속해 있지만, 적라산장과는 별다른 친분이 없어요."

"청수방? 생긴 지 오래되진 않았겠구나."

"본래 소금 밀매를 해먹던 자들인데, 십 년 전 연합에 가입하면서 급속도로 세력을 확장하고 있어요. 지금은 사파의 사대세가를 능가할 정도로 막강해졌다고 하더군요. 자세히는 몰라요."

"너 같은 위치에 있는데 연합의 조직 정보를 모른단 말이냐?"

"청수방은 그래요. 워낙 자잘한 문파들을 마구 흡수하여 만든 조직이라 사람이 워낙 많아요. 어떤 놈이 어디서 뭘 하는지 알자면 골치가 아플 정도로 조직 구성이 난삽해요."

"우두머리 재주가 좋구나."

"그토록 방대한 인원과 문파들을 통합하여 관리하는 걸 보면 보통 인물은 아니죠. 허담자(虛澹子)라는 도사가 방주인데, 그자에 대해서도 알려진 것이 별로 없어요. 세상을 구해보겠다고 나선 신인이라고 떠들며 신비한 척하기를 좋아하는 자죠."

철무극은 고개를 갸웃거리며 세수를 마쳤다.

"나가자."

철무극과 방정산이 선실에서 나오는 것을 본 설영로는 적의와 질투가 가득한 표정을 감추지 못했다. 당장이라도 달려들어 방정산의 머리카락을 죄다 뜯어놓아야 속이 풀릴 것 같았다.

"이슬아, 홍분 가라앉혀라. 화내봐야 너만 손해야. 가서 저놈들이나 두들겨 패자꾸나."

청수방의 배는 따라잡힐 것을 예상하고 아예 가까운 모래톱으로 배를 몰았다. 배가 뭍에 닿자 졸개들은 배에서 뛰어내려 숲으로 뛰어들었다.

"저놈들이 다 도망가네. 빨리 몰아라, 빨리 몰아!"

숲으로 뛰어든다면 찾아내기 어려울 것이다. 몇 놈 잡아서 돌아가는 상황을 알아보려던 철무극은 마구 인상을 찡그렸다.

"지존보가 재촉하신다. 서둘러라."

호통을 쳤지만, 방정산은 전혀 서두르지 않았다. 연합의 동료들끼리 부딪치면 후에 닥쳐올 귀찮은 일들이 많을 것이다. 속으로는 어서 빨리 도망가라고 오히려 청수방을 응원했다.

방정산의 응원은 전혀 먹히지 않았다. 오히려 반대의 경우가 벌어졌다.

"으악!"

"캑."

"적이 숨어 있다!"

"뭐냐? 군마맹의 잔당들이다!"

비명과 호통이 터지고, 병장기 부딪치는 소리가 요란하게 울려 퍼지기 시작했다.

"군마맹 애들이 왔다고? 흐음, 그럼 걔들 무공이 어떤지 구경이나 해볼까?"

철무극은 홀로 중얼거리며 배가 호변에 닿기를 기다렸다.

잠시 후 배가 호변에 닿자 철무극 등이 뛰어내렸다. 숲에서는 아직도 호통과 쇳소리가 이어지고 있었다.

"저는 별 도움이 되지 못하니 배를 지키고 있을게요."

별다른 친분이 없다 해도 연합에 속한 자들을 공격할 수는 없는지라 방정산이 슬그머니 꼬리를 말았다. 철무극은 물론 신경 쓰지 않았다.

"또 저를 잊고 그냥 가버리면 안 돼요!"

방정산의 애절한 목소리를 흘려들으며 철무극은 부지런히 숲으로 들어섰다.

장자경과 최화운은 멀찍이 따를 뿐 전혀 싸우고 싶은 마음이 없었다. 설영로는 철무극의 그 강력하고 신비한 무공을 볼 수 있다는 생각으로 흥미진진한 표정으로 바짝 따랐다.

"으으."

"살려… 살려줘!"

기습을 당하여 큰 부상을 입은 자들이 여기저기 쓰러져 심한 고통에 시달리고 있었다. 팔다리가 잘리고 목이 떨어져 나간 시체들을 본 설영로와 최화운은 참지 못하고 구토를 하기 시작했다.

"안 되겠다. 너희들은 오지 마라."

철무극의 말에 장자경이 재빨리 나섰다.

"맞습니다. 화운과 설 낭자가 볼 장면이 아니죠. 화운, 설 낭자와 함께 숲 밖에서 기다려. 지존보의 볼일이 끝나면 바로 올게."

최화운을 떨쳐 낼 기회만 노리던 장자경은 얼씨구나 좋다고 두 여인을 숲 밖으로 밀어냈다.

최화운은 장자경의 속을 훤히 짐작하면서도 순순히 응해주었다.

"조심하세요."

"나야 항상 조심하지. 지존보가 있는데 일이 생길 리 없잖아. 안심하고 기다려!"

장자경은 즉시 몸을 돌려 철무극을 좇았다. 속으로는 어떻게 철무극을 꼬드겨 도망칠 수 있을까 고심했다.

"나 혼자 달아나면 그녀는 필시 철 공자… 저놈을 찾아갈 것이거든. 내가 저놈을 벗어나지 못한다는 것을 뻔히 아니까! 아무튼 저놈을 꼬드겨 그냥 튀어야 해."

"뭐라고 혼자 중얼거리는 것이냐? 이놈, 속에 음흉한 생각만 가득하구나!"

"아니, 아닙니다. 내가 무슨 음흉한 생각을 한다고요. 지존보께서 또 어떤 기이한 무공으로 나를 놀라게 할까 생각하고 있었습니다. 청수방주라는 놈을 잡으시렵니까?"

"방주란 놈이 직접 왔겠느냐. 일단 대가리 되는 놈 몇 잡아보자."

"네."

하지만 아쉽게도 청수방의 우두머리들은 찾을 수 없었다. 숲에 매복했던 군마맹의 졸개들 무공이 사뭇 대단해서 거의 죽었거나 일찍이 도망쳐 버린 것이다. 군마맹의 졸개들은 도망친 자들을 추적하느라 벌써 멀리 가버렸다.

"이놈들, 벌써 다 도망가 버렸네. 더 빨리 좇을까요? 그놈들에게 달리 알아보실 일이라도 있습니까?"

"사파 놈들이 대체 무엇을 믿고 이토록 날뛰는지 알아볼 참이다. 아무래도 무슨 일이든 벌일 기세로 보인다."

"그러게요. 요 며칠 소문을 자세히 들어보지는 못했습니다만, 가는 곳마다 사파 놈들밖에 보이지 않더군요. 뭔가 큰일을 벌인 것처럼 들떠 있더군요."

장자경은 최화운 때문에 소문에 귀 기울일 겨를이 없었고, 방정산은 마도의 무공을 사용하는 철무극에게 군마맹의 괴멸 소식을 전하는 것이 자기에게 불리하다고 판단하여 입을 다물었다. 스스로 알아보지 않았으니 철무극이 현재의 무림 정세를 알 길이 없는 것이다.

"그럼 좀 더 빨리 가시지요. 한 놈이라도 잡아야죠!"

조금이라도 더 멀리 가면 그만큼 최화운을 떨쳐 낼 기회가 생긴다. 철무극이 갑자기 건망중이 발동하여 설영로 등을 다 잊는다면 그것이 가장 좋다.

부상당한 졸개들만 가끔 눈에 띌 뿐 우두머리로 보이는 자들은 한 명도 볼 수 없었다. 향 한 대 탈 시간 동안 헤매보아도 마찬가지였다. 철무극의 인상이 점점 일그러지기 시작했다.

그때였다.

갸르릉.

죽은 듯 어깨에 붙어 있던 백아가 문득 눈을 뜨며 털을 곤두세웠다.

슥.

그와 함께 미약한 기척이 느껴졌다.

숲을 헤치며 접근하는데도 풀 스치는 소리조차 나지 않았다. 움직임이 귀신처럼 민첩한 자다.

경고를 발해준 백아는 다시 눈을 감고 납작 엎드렸다.

"한 놈 왔구나."

철무극은 오히려 좋아했다.

"이리 와라!"

철무극은 기척이 느껴지는 방향을 향해 일지를 튕겼다.

찍.

나뭇가지를 스치고 지나간 오화혈살지는 허공만 찍고 말았다. 기척은 이미 삼 장 옆으로 이동했다.

"어라, 정말 빠른 놈이네!"

철무극도 감탄을 터뜨렸다.

"무림에 이토록 빠른 발걸음은 많지 않은데……. 뭐가 있더라?"

장자경이 끼어들었다.

"가장 유명한 경공술이야 소림의 일위도강(一葦渡江)과 무당의 암향표(暗香飄)죠. 마도의 잠마비영(潛魔秘影)과 사파의 환사비월(幻邪飛月)도 대단하다고 들었습니다. 그 외에도 몇 가지 있지만 역시 두 번째로 거론되는 것들입니다."

"환사비월이나 잠마비영이라? 이런 곳에 마도, 사파의 최고급 절기가 나타날 줄은 몰랐다."

말을 하면서도 여섯 번이나 오화혈살지를 튕겨냈지만 모두 빗나가고 말았다.

상대는 굉장한 경공비술을 익혔을 뿐만 아니라 오화혈살지의 특성에 대해서도 잘 아는 듯 언제, 어디로 피해야 할지 미리 알고 있었다. 일곱 번을 피하면서 더욱 확신이 들었는지 오히려 공격을 가해왔다.

좌라랑.

날카로운 바퀴가 허공을 가르는 소리가 요란하게 들렸다. 그와 함께 맹렬한 속도의 물체가 불쑥 눈앞에 나타났다.

"어?"

철무극의 눈이 커졌다.

날카로운 원반 두 개를 겹쳐 놓은 듯한 둥근 물체는 너무도 낯이 익어서 마치 자신의 물건인 듯한 착각까지 들었다. 소리와 모양이 너무도 익숙했다.

철무극은 고개를 갸웃거리며 불쑥 손을 내밀었다. 공력이 가득 어린 손이 덥석 그것을 잡아챘다. 무엇인지 확인하기 위해 빼앗으려는 것이다.

슥.

그것이 문득 방향을 틀었다. 사람의 손은 보이지도 않는데, 저 혼자 방향을 튼 것이다.

불쑥.

아래로 뚝 떨어졌던 그것이 용수철처럼 튀어 올랐다. 곧바로 사타구니를 노리는 치명적인 일격이다.

"일월쌍륜(日月雙輪)!"

철무극은 그것이 무엇인지 생각해 내고 크게 소리쳤다.

군마맹에는 세 가지의 보물이 있다.

그 하나는 천하의 모든 마도인들을 굴복시킬 수 있는 군마령(群魔令)이고, 두 번째는 마군의 병기인 철혈마도(鐵血魔刀)이며, 세 번째가 바로 천하오대암기(天下五大暗器) 중 서열 삼위인 일월쌍륜이다.

철무극이 그 능력을 인정받아 군마맹의 중요직을 맡기 시작할 때부터 당시의 마군에게서 물려받아 사용하던 암기가 바로 일월쌍륜이다.

손바닥 두 개를 합쳐 놓은 것만큼 커서 암기라고 보기에는 어딘지 이상했지만, 일월쌍륜은 분명 암기에 속하며 그 위력은 가히 파천황이다.

철무극은 바로 이 한 쌍의 암기를 사용하기 시작하면서 누구도 따라오지 못할 무위를 펼치기 시작했다. 천마신군이란 별호도 바로 이때에 얻었다.

마군이 되면서 후배에게 물려주었던 일월쌍륜을 다시 보게 될 줄은 생각지도 못했다. 지금은 누가 사용하고 있는지도 알지 못했다.

물론 자신이 사용했던 암기가 자신을 해치려고 나타날 줄도 생각지 못한 일이었다. 반가운 마음이 들었지만 일단 막아내는 일이 급하다.

철무극은 불쑥 손날을 펼쳐 아래를 향해 내려쳤다. 칼날처럼 곤두선 공력이 사타구니를 노리는 암기를 치지 않고 그보다 한 자쯤 뒷부분을 내려쳤다.

창.

섯소리가 울렸다.

사타구니를 노리고 치솟던 일륜(日輪)이 확 당겨지며 뒤를 향해 날아갔다.

일륜은 바로 인명권(引命圈:요요)을 변형시킨 암기다.

날카로운 원반 두 개가 합쳐진 부분에 가늘고 긴 쇠사슬이 연결되어 있고, 그 쇠사슬을 이용하여 거리와 방향을 마음대로 조절하는 것이다.

몸체를 다스리는 쇠사슬을 후려쳤으니 제대로 작동할 리가 없는 것이다.

좌라락.

쇠사슬이 감기며 일륜이 회수되었다.

스륵.

미약한 소리를 끌며 다른 것이 날아왔다.

"일륜이 실패했으니 당연히 월륜(月輪)이 나서야지!"

철무극은 크게 즐거워하며 소리가 다가오는 방향을 향해 손가락을 튕겼다.

지잉.

오화혈살지에 맞은 월륜이 주춤거리며 방향을 틀었다. 쏘아낸 주인에게 되돌아가려는 것이다.

"이리 와."

철무극이 불쑥 손을 쫙 펴서 앞으로 당겼다. 기세를 잃고 주춤거리던 원륜이 자석에 끌리듯 방향을 틀었다.

훼앵.

일륜이 맹렬한 회전을 일으키며 날아들었다. 월륜을 잃지 않으려고 격공섭물의 공력을 차단하려는 것이다.

철무극의 손에서 갑자기 검게 빛나는 기운이 일렁거렸다.

왼손을 들어 날아드는 일륜을 향해 일장을 격출했다. 강렬한 장력이 일륜을 휩쓸어 날려 버렸다.

격공섭물의 공력이 더욱 강력해지며 땅으로 떨어지려는 월륜이 오른손으로 빨려들었다.

철무극은 손에 잡힌 월륜을 내려다보았다.

크기는 일륜과 같았다. 다만 둥근 모양이 아니라 초생달처럼 크게 굽은 모양을 하고 있었다. 바깥쪽 날은 날카롭게 벼리어져 있지만 안쪽 날은 두툼했다.

곡척(曲尺)처럼 던지면 주인에게 되돌아오는 성질을 이용하는 암기가 바로 월륜이다.

잘못 사용하면 손가락이 뭉텅 잘려 나갈 수도 있는지라 사용하기가 그만큼 까다롭다. 철무극처럼 수강(手罡)을 만들어내지 못하는 자는 철로 만든 장갑을 끼고 사용해야만 한다.

"내놔랏!"

호통이 터지며 회수되었던 일륜이 날아들었다.

슈앙.

그 기세가 대단하여 회오리바람을 일으켰다. 주위의 나무들이 바람에 휩쓸려 흔들렸고, 바닥의 낙엽들이 회오리에 빨려들었다.

"요놈, 네가 놓아라. 보아하니 제대로 써먹지도 못하는구나."

철무극이 불쑥 월륜을 날렸다.

파아앙.

월륜이 매섭게 공기를 가르며 날아갔다.

짜악.

들이닥치는 일륜을 스치며 공력을 흩어버린 월륜은 기세를 잃지 않고 곧장 주인을 향해 날아갔다.

"헛!"

쌍륜의 주인이 놀라 부르짖으며 다급히 일륜을 끌어당겼다. 일륜을 회수하여 월륜을 쳐내려는 짓이었지만 어림없었다.

"억!"

어느새 날아든 월륜이 손목을 긋고 지나갔다.

일륜마저 놓친 주인은 급히 땅에 떨어진 쇠사슬을 향해 손을 뻗었다.

촤아악.

저만치 날아갔던 월륜이 크게 원을 그리며 되돌아왔다. 겨냥한 곳은 정확히 주인의 뒤통수였다.

너무 놀란 주인은 기겁을 하고 몸을 날렸다. 몸을 움직이는 속도가 가히 눈부시게 빨랐다.

텅.

날아든 월륜이 땅에 떨어져 있는 일륜의 몸체를 때렸다.

일륜이 튕겨 올라 철무극 쪽으로 날았다. 월륜은 기세를 잃고 튕겨 나갔다가 곧 땅에 떨어졌다.

번개처럼 몸을 피했던 쌍륜의 주인이 되돌아와 월륜을 주워 들려고 했다.

"늦었어."

촤라락.

쇠사슬이 풀리는 소리와 함께 일륜이 주인을 노리고 날아갔다. 주인은 또 한 번 몸을 날려 피할 수밖에 없었다.

일륜이 방향을 틀어 땅에 떨어져 있는 월륜을 쳐 올렸다.

촤륵.

쇠사슬이 감기며 일륜과 월륜이 철무극의 손으로 날아왔다. 양손에 일월쌍륜을 받아 든 철무극은 흐뭇한 미소를 감추지 못했다.

"정말 오랜만에 쥐어보는구나!"

검고 윤이 나는 철의 느낌이 반갑게 여겨졌다. 이 한 쌍의 암기를 들고 천하를 질타하던 천마신군의 위용이 새삼스레 주마등처럼 스쳐 갔다.

"놓아랏!"

호통과 함께 맹렬한 장력이 쳐들어왔다. 철무극은 일륜을 받쳐 들고 슬쩍 내밀었다.

쩡.

장력이 일륜의 넓은 면에 부딪쳤다.

상대가 반탄력에 밀려 뒤뚱뒤뚱 물러났다.

철무극은 쇠사슬을 손목에 감고 일륜을 놓았다.

촤라락, 촤륵.

손가락으로 잡은 쇠사슬을 슬쩍 당기자 일륜이 회전하며 위로 딸려

올라왔다.

"한 십오 년은 가지고 놀았을걸."

홀로 중얼거리며 몇 번이고 쇠사슬을 풀었다 당겼다를 반복했다. 인명권을 가지고 노는 어린아이 같은 표정이 얼굴에 떠올라 있었다.

"자경아."

"네?"

"사오 장 밖으로 물러나 있거라. 안 그럼 다친다."

이미 일월쌍륜의 위력을 본 장자경은 두말하지 않고 재빨리 물러섰다.

쇠사슬을 풀고 감으며 가지고 놀던 철무극이 나무 뒤로 숨은 상대를 향해 말했다.

"내가 제대로 된 기술을 보여주마. 일월쌍륜은 바로 이렇게 쓰는 것이다. 커흠."

아래위로만 풀고 감던 쇠사슬을 이제는 머리 위로 빙빙 돌리기 시작했다. 손가락으로 살짝살짝 쇠사슬을 건드리자 방향이 조절되고 거리가 조종되었다.

"어이쿠."

힘을 좀 과하게 쓰자 일륜이 번개처럼 회수되며 철무극의 가슴으로 날아들었다. 철무극은 재빨리 옆으로 움직이며 손을 흔들었다. 일륜이 크게 원을 그리며 다시 허공을 맴돌기 시작했다.

"너무 오랜만이라 손에 익지 못하구나."

쇠사슬을 더욱 길게 풀어내며 몇 번 더 연습을 해본 철무극은 불쑥한곳을 향해 일륜을 날렸다. 습격했던 자가 숨어 있는 나무였다.

습격했던 자가 깜짝 놀라며 급히 몸을 날렸다.

싹.

직후, 일륜에 적중된 커다란 나무가 싹뚝 잘려 나갔다.

쫘라락.

쇠사슬이 더욱 길게 풀리며 몸을 날린 자를 쫓았다.

싹싹.

앞을 가로막는 것들은 그 날카로운 일륜의 회전날에 걸려 모조리 잘려 나갔다. 아름드리나무도 단번에 잘려 나간다.

습격했던 자는 그 빠른 경공술을 이용해 몸을 날릴 뿐, 감히 반격할 기회도 찾지 못했다.

꽝!

바위 뒤로 숨으면 바위까지 박살 내버렸다.

쉬앙쉬앙.

후드득, 쫘당탕!

일륜이 허공을 가르는 위력은 갈수록 강력해졌다. 일장, 이 장, 삼장 범위까지 위력이 미치기 시작했으며, 걸리는 것들은 나무와 바위를 가리지 않고 잘라 버리고 박살 냈다.

습격했던 자는 더 이상 숨을 곳도 없었다. 일륜의 강력한 기세가 사장 넘는 공간을 완전히 장악했다. 뚫고 들어가 반격할 틈도 찾을 수 없었다. 방법이 있다면 일월쌍륜을 포기하고 도망치는 길밖에 없다.

"어떠냐? 이 정도면 제법 잘하지? 이제 월륜도 써봐야겠다. 두 조각 나지 않으려면 조심해라."

상대가 마도의 중요 인물인 것은 알 수 있었지만, 일단 흥이 발동되자 멈추고 싶지 않았다. 월륜까지 시험해 봐야 직성이 풀릴 것 같았다.

"잠깐, 잠깐!"

습격했던 자가 다급히 부르짖으며 몸을 드러내고 바닥에 납작 엎드렸다.

"군마맹의 칠장로 비마 모원형이 천마……."

"이놈, 말이 많구나!"

오체투지(五體投地)는 불가에서 유래된 최상의 예절 표현이다. 심신을 오로지 맡길 수 있는 자에게 바쳐지는 예인 것이다.

그런 예의를 보인다는 것은 철무극이 누구인지 알아보았다는 뜻이다.

함부로 발설하게 놓아둘 수 없는 일. 철무극은 호통을 내지르며 일륜을 날렸다.

꽈앙.

일륜이 엎드린 자 앞에 박혀들며 폭음을 토했다. 엎드린 자는 그 기파에 튕겨 뒤로 날아갔다.

쿵.

거다란 나무에 부딪치고서야 몸이 멈추었다.

"끙."

내장이 뒤흔들리는 충격을 받은 그자는 낮게 신음을 토하면서도 재빨리 몸을 추슬러 다시 납작 엎드렸다.

"분부, 분부하십시오."

덜덜 몸을 떠는 것은 충격으로 받은 고통 때문이 아니었다. 철무극이 누구인지 알아보았기 때문이다.

처음 보았을 때부터 왠지 낯이 익다고 생각했다.

군마맹의 절대자, 마군만이 익힐 수 있는 역혈수라마공과 오행마류(五行魔流)의 절정무공을 쓴다는 사실을 알았을 땐, 반신반의했다.

그래서 직접 시험해 보고자 나섰다.

무공으로는 역시 상대가 되지 않았다. 일월쌍륜을 빼앗아 사용하는 것을 보고 확신했다.

그는 분명 군마맹의 칠대 마군 천마신군 철무극이 분명했다.

이미 백 살이 넘었으며, 산사태에 깔려 죽었다고 여겼던 철무극이 새파란 청년의 모습을 하고 다시 나타난 것이다.

사파연합에 의해 박살난 군마맹이 문제가 아니다. 당대의 마군보다 훨씬 강한 무위를 지닌 천마신군의 출현만으로도 마도는 이미 천하의 주인으로 자처할 수 있으리라.

군마맹의 칠장로 비마 모원형은 격동으로 떨리는 몸을 주체하지 못하고 주르륵, 눈물까지 흘렸다.

"망할 것!"

철무극이 마구 신경질을 부렸다.

늙은이에서 청년으로 모습까지 변했는데 알아보는 자가 나타나리라고는 생각지도 못했다.

군마맹과 상관없이 유유자적 세상을 즐기고, 참한 여자 하나 꼬드겨 아들놈이나 낳아 배운 것을 물려주고 죽으려 했건만! 이젠 다 틀려 버렸다.

"이놈을 차라리 콱 죽여 버릴까?"

한번 엮이기 시작하면 결국 또 한바탕 마도인들과 어울려야 할 것이다. 그건 결코 원하는 일이 아니다. 이자만 죽여 버리면 비밀을 지킬 수 있을 것이다.

철무극은 슬그머니 일륜을 움켜쥐었다.

비마 모원형은 솜털이 곤두서는 살기를 느끼면서도 결코 움직이지 않았다.

한 번 마군은 영원한 마군이다. 절대 복종은 마도인들의 첫째 율법이며, 목숨을 원한다면 줄 수밖에 없다.

"에이, 망할!"

철무극은 벌컥 화를 내며 공력을 풀었다.

성질도 예전과는 많이 달라졌다. 힘없는 자들을 죽일 이유도, 필요도 느끼지 못했다.

철무극은 저만치 떨어져 어리둥절한 표정으로 바라보는 장자경을 향해 말했다.

"너는 먼저 돌아가 있거라. 나는 이자와 잠깐 얘기를 해야겠다."

"네."

대체 무슨 영문인지 너무도 궁금했지만 장자경은 얌전히 물러났다.

나서지 말아야 할 때 나서려는 자는 제일 미련한 자다. 남의 비밀을 엿듣게 되면 그만큼 위험해진다는 사실을 장자경은 잘 알고 있었다.

장자경이 멀리 가버린 것을 확인한 모원형이 다시 머리를 바닥에 찧으며 부르짖었다.

"마군, 진정 천마신군이십니까!"

철무극이 잔뜩 인상을 찡그렸다.

"너, 나 본 적 있어?"

"마군께서 은퇴하시기 전에 딱 한 번 뵌 적이 있습니다. 그때의 모습이 너무도 강렬해서 아직도 선명하게 남아 있습니다!"

"마군이라는 소린 빼라. 난 그런 거 몰라."

"네."

"칠장로 모가라고? 몇 살인데?"

"네, 마군……. 올해로 예순넷이 됐습니다. 천마신군을 뵈온 지 어느덧 사십 년이란 세월이 흘렀습니다. 정말, 정말로 반로환동을 이루신 것입니까?"

"망할, 천마신군이란 소리도 빼! 난 더 이상 너희들과 어울리고 싶지 않단 말이다. 마군이니 천마신군이니 하는 것들은 남은 놈들이나 써먹으라고 해. 난 사양하겠다."

"네네, 그럼 무엇으로 호칭해야 할지……?"

"날 부를 필요도 없어. 이대로 헤어지면 다신 보지 않을 텐데 그런 것 따질 일 있냐고? 그냥 애들 잘 있는지 대답이나 하고 가라."

"애들은…… 군마맹 졸개들은 모두 이미… 흐윽."

"뭐야? 지금 우냐?"

"제구대 마군을 비롯한 군마맹의 대소 졸개들이 얼마 전 모조리 골로 갔습니다요! 사파십이연합의 정예가 들이닥쳐 잿더미로 만들었단 말입니다. 으허헝, 모조리 죽어버렸다고요. 어허헝… 켁켁."

땅을 치며 통곡하던 비마 모원형은 그만 사레가 들려 연신 기침을 해댔다.

"귀신 씻나락 까먹는 소리 하고 있네. 너 이놈, 네놈도 건망증이나 노망에 시달리냐? 뭐, 군마맹이 잿더미가 됐어? 거기가 무슨 토끼 소굴이냐?"

"켁, 커흑, 어허헝, 정말이란 말입니다. 오장로 공가(孔哥) 개자식이 배반하여 비밀리에 사파 놈들을 끌어들였다니요! 제구대 마군을 비롯한 나머지 장로들은 미처 손써볼 겨를도 없이 포위되었습니다. 저와 시찬이를 살리기 위해 배수진을 치고 버텼지만, 한 명 한 명 모조리 죽었습니다. 으헝, 모조리 골로 갔어요! 흑흑흑."

"그거, 그거 농담이지? 나를 만나서 놀라는 바람에 정신이 좀 돌았지, 너?"

"흑흑, 으허헝, 저도 제가 미쳤거나 농담이었으면 좋겠습니다. 하지만 흑흑, 골로 간 놈은 간 것 아니겠습니까! 군마맹은 이미 끝장났다니까요. 으흐흐흐흑."

"정말이냐?"

"정말입니다."

"공갈 아니지?"

"공갈 아닙니다. 크허헝."

"으이그, 머저리들!"

오른손에 든 일륜이 순간적으로 허공을 갈랐다. 사 장 밖으로 날아간 일륜이 그대로 땅에 박혀들었다.

콰앙!

땅이 폭발하듯 터져 나갔다. 단 일 격에 반 장 깊이의 땅이 푹 꺼져 버린 것이다.

그 위력에 놀란 모원형은 그만 울음마저 그치고 입만 크게 벌렸다.

"화내지 말자. 화내면 안 돼! 몸에 해롭단 말이다!"

한동안 씩씩거리며 숨을 몰아쉬던 철무극이 흥분을 가라앉혔다.

"허허, 사파 놈들, 정말 많이 컸구나. 감히 군마맹을 잿더미로 만들었단 말이지?"

철무극의 흥분이 가라앉자 모원형이 또 꺼이꺼이 울기 시작했다.

"마군… 아니, 천마신군…… 이것도 아니고, 그럼 주인님. 아니, 철노대인!"

겨우 격에 맞는 호칭을 찾아낸 모원형은 더욱 서럽게 눈물 콧물을 짜냈다.

"철 노대인……."

"내가 늙은이로 보여?"

"에, 커흠. 그냥 철 대인! 이제 철 대인께서 나서서서 그놈들을 모조리 박살 내주십시오. 십 배, 백 배로 갚아주십시오! 너무 억울하고 분해서 잠도 못 자고 있습니다. 크허헝!"

철무극이 잔뜩 인상을 찡그렸다.

"그렇다고 질질 짜야겠어? 늙은 것이 주책없이."

"네네, 너무 반가운 마음에 그만……. 서럽고 분해서요. 저도 모르게 눈물이 나는군요. 허웅, 커흠."

"엎드려서 울지 말고 그만 일어나지? 꼴사납잖아."

"네, 철 대인."

모원형은 그제야 눈물 콧물을 훔치며 몸을 일으켰다.

"정말 다 죽었어?"

"맹 내에 머물던 사람은 모두 죽었습니다. 저와 시찬이만 겨우 도망칠 수 있었지요. 각지의 분타는 지금도 공격받고 있는 중입니다만, 어느 정도 대비를 했기에 전멸은 면했습니다. 군마령을 발동하여 일단 위기를 피하라고 지시해 두었습니다."

"군마령은 누가 발동하는데?"

"시찬이가 다음 대 마군으로 내정되어 있습니다."

"그놈은 누구야?"

"대인께서도 이미 보셨습니다. 역혈수라마공의 폐단을 지적해 주신 바로 그 아입니다."

"내가 그놈을 봤다고?"

한동안 고개를 갸웃거리던 철무극은 겨우 어느 객잔에서 보았던 맹랑한 꼬마 마도인을 기억해 냈다. 역혈수라마공을 익힌 녀석임을 보고 필시 군마맹의 중요 인물이리라 생각하고 무공의 폐단을 지적해 주던 생각이 되살아났다.

　"그렇군. 어쩐지 싹수가 보이는 놈이라고 생각했다."

　"총명이 남다른 아입니다. 열한 살 때부터 가르치기 시작하여 이제는 열일곱이 되었지요. 하지만 이제 더 가르칠 사람도 없으니……."

　"그래서 뭘 어쩌라고? 난 이미 은퇴한 사람이야. 그러니 괜한 수작 부리지 말란 말이야!"

　"네……. 하지만 저 사파 놈들은 가만둘 수 없지 않습니까! 철 대인께서 한 번만 움직이신다면 그냥 모조리 쓸어버릴 수 있을……."

　철무극은 서둘러 고개를 내저었다.

　"내가 잠깐 흥분한 건 옛정이 생각났기 때문이다. 하지만 난 더 이상 나서지 않을 것이다. 니들 일, 니들이 알아서 해!"

　"아니, 그런 말씀을……! 일 갑자(一甲子) 이상 정붙이고 살던 곳을 어떻게 나 몰라라 하실 수 있단 말입니까! 정말, 정말 군마맹을 버릴 생각이십니까? 세상에, 어떻게……."

　철무극이 팍 인상을 썼다.

　"그래, 난 평생을 군마맹을 위해 살았다. 그것을 후회해 본 적은 없어. 그러나 이제 새로 태어난 기념으로 내 멋대로 살아보려는데, 그것이 잘못됐단 말이냐? 뚫린 입이라고 함부로 지껄이지 마라."

　"……."

　모원형은 잠시 할 말을 떠올리지 못했다.

　군마맹은 지금 바람 앞에 등불처럼 위태로운 상황이다. 마도인이라면 누구든 한 팔 거들고 나서야 할 때다.

그것을 모질게 거절하는 철무극의 태도가 너무 섭섭하고 배신감까지 들었지만, 그렇다고 무작정 매달릴 수도 없는 일이다.

자신이라도 새로 태어날 수 있다면 군마맹을 떠나 다른 삶을 살아보고 싶었을 것이다.

"그렇다면, 그렇다면 정말로 군마맹을 버릴 생각이십니까?"

"자꾸 귀찮게 하지 마라. 생각 좀 해봐야 되겠어."

"네네, 생각해 보십시오. 하지만 그놈들도 이제 철 대인의 존재를 깨닫기 시작했을 것이니 이제 와서 발을 빼기가 쉽지는 않을 것입니다. 네, 바로 그렇습지요."

철무극은 잔뜩 인상만 쓸 뿐 말이 없었다.

철무극은 강호무림의 패권 다툼에 휘말리고 싶은 생각은 없었다. 그런 야망이 있었다면 계곡을 나선 즉시 군마맹을 찾아갔을 것이다.

새로 태어난 기분으로 새로운 삶을 살아보고 싶었다. 희희낙락 강호를 떠돌며 여자를 만나 알콩달콩 살아보고 싶었다.

하지만 그것이 가능할까?

철무극은 자신도 모르게 쓴웃음을 지었다.

진정으로 그런 조용하고 단순한 삶을 원했다면 강호에 나오지 말았어야 했다. 무림인들과 얽히지 말아야 했고, 영물 같은 것을 쫓을 필요도 없었다. 적당한 여자 하나 찾아 조용한 곳에 자리잡으면 되는 일이었다.

겉으로는 여러 이유를 둘러대며 강호로 나오고, 무림인들과 얽혔지만 마음속 깊은 곳에는 여전히 무림에 대한 강한 동경과 채워지지 않은 야망을 향한 은밀한 욕망이 감춰져 있었던 것도 부인할 수 없다.

"일단 물러가라. 생각 좀 해봐야겠다."

마음 깊은 곳에 숨어 있는 야망의 실체를 정확히 파악하기 위해서는 아무래도 시간이 필요할 것 같았다.

"일단 구름이의 일을 마무리하고 결단을 내리겠다."

"네? 구름이라면 누구를 말씀하시는 건지……?"

"알 것 없다. 그만 가봐."

모원형은 물론 순순히 물러서지 않았다.

"그런데 무엇 때문에 사파 놈들을 쫓고 계셨던 것입니까?"

"이놈들이 때를 가리지 않고 귀찮게 구는구나. 본때를 보여주려고 나섰다."

"그렇군요……. 네!"

풀이 팍 죽었던 모원형이 갑자기 크게 소리쳤다.

'일부러 매달릴 필요가 뭐 있겠는가. 사파 놈들을 끌어다 귀찮게만 만들면 천마신군 철무극이 알아서 할 일인데! 으흐, 흐흐흐. 나도 잔대가리 하나는 잘 굴린단 말이야!'

속으로는 쾌재를 발하면서도 겉으로는 전혀 내색하지 않았다. 그 역시 살 만큼 살아서 맵고 독한 생강이 되어 있었던 것이다.

"네네, 철 대인을 귀찮게 해드리지는 않겠습니다. 다만 한 가지 부탁만은 꼭 들어주셔야겠습니다."

"부탁하지 마. 나는 시커먼 사내놈들이 부탁하는 것을 아주 싫어해!"

"그래도 이 부탁은 해야겠습니다. 군마맹의 앞날이 걸린 일이기에 도저히 양보할 수 없는 일입니다. 시찬이를 지도해 주십시오. 그 아이는 바로 다음 대 마군입니다. 마도인이라면 누구든 그 아이를 보호하고 가르칠 의무가 있습니다. 부디 거절치 마시고 그 아이를 맡아주십시오. 나머지는 이 늙은이… 제가 하겠습니다. 커흠."

철무극이 미처 발뺌할 시간도 주지 않고 순식간에 말을 끝내 버린 모원형은 헛기침을 하며 먼 곳만 바라보았다.

철무극은 물론 모원형의 말을 전혀 개의치 않았다. 귀찮게 만드는 놈은 그저 두들겨 패서 쫓아버리면 그만이다. 마도인이라서 봐줄 이유는 없다.

"가만, 내가 뭐 하러 여기까지 왔었지?"

"네?"

"커흠, 아니다. 왜 졸졸 따라오는 거야? 너도 나의 탐화(探花) 행각에 한몫 끼어보고 싶은 게냐?"

"탐화 행각이라구요? 여자를 좋아라 하십니까?"

"말조심해라. 내가 행하는 탐화는 꽃을 즐기려는 것이 아니라 열매를 맺기 위함이다. 너 같은 늙다리가 나의 심오한 깨달음을 알기나 하겠느냐."

"네네, 그렇군요. 그런데 저 사파 놈들은 계속 철 대인의 영물을 노리고 달려들 텐데, 준비는 해두셨습니까?"

"준비는 무슨. 오는 놈들 죄다 때려눕히면 그만이지."

"네네, 응당 그러셔야죠. 누가 감히 천마… 철 대인의 한주먹이라도 견뎌내겠습니까! 그래도 뭐 필요한 것은 있으실 텐데요?"

"필요한 것이라? 아, 그렇구나. 사파에 어떤 놈들이 있는지 알아보려고 몇 놈 잡으러 왔었지!"

"옳지. 필요한 것이 있으시군요! 그럼 제가 재빨리 준비해 올리겠습니다. 사파연합의 조직 구도와 인물 등을 낱낱이 정리하여 빠른 시일 안에 올리도록 하겠습니다."

"난 부탁한 적 없다."

"부탁이라니요. 그런 생각 마십시오! 너무도 반가운 마음에 무엇이라도 해드리고 싶은 마음이 생겼을 뿐입니다. 부담 갖지 마십시오!"

"난 부담 같은 건 안 느껴."

"네네, 그러셔야죠. 오로지 제가 좋아서 하는 일입니다. 그럼 또 뵙겠습니다. 탐화 행각에 결실이 있으시길 바랍니다."

"야, 이거 가져가."

일월상륜을 던져 주려 하자 모원형은 그 빠른 경공술을 펼쳐 줄행랑을 놓았다.

"쌍륜은 그냥 거두어 쓰십시오. 꼭 필요할 때가 있으실 겁니다!"

말이 끝났을 때는 어느새 모습조차 보이지 않았다.

"저놈, 어째 구린 냄새가 풍기는데?"

철무극은 고개를 갸웃거리며 일월쌍륜을 허리띠에 달았다.

장자경이 쪼르르 달려왔다.

"그자, 군마맹의 중요 인물 같은데요?"

"알 것 없다."

"그래도 지존보를 제일 가까이 모시는 사람이 전데 알 건 알아야 하지 않을까요?"

"다시 볼 놈도 아닌데 알게 뭐 있냐. 신경 꺼라."

"에, 역시 지존보께서는 군마맹과 깊은 관계를 맺고 계시는군요. 저도 군마맹에 끼워주시면 안 되겠습니까?"

"망한 데 들어가서 뭐 할라고?"

"망해요? 누가요? 설마 군마맹이 망했다는 말입니까?"

"사파 놈들에게 박살을 당했단다."

"으, 정말입니까? 사파 놈들 정말 무섭군요! 내가 그런 중요한 일을 모르고 있었다니!"

철무극을 따라다니며 뒤치다꺼리만 했으니, 사실 무림 정세를 살필 시간도 없었다.

더욱이 최화운을 만난 후로는 어떡하면 그녀를 떼어낼 수 있을까 고민하느라 다른 것은 생각도 못했다. 신경 쓰이고 짜증나서 아예 돌아버릴 지경이다.

"그럼 사파 놈들과 한바탕하겠군요. 어디부터 칠 생각이십니까? 이 장자경이도 지존보 옆에서 이름 좀 날려보자고요!"

"잔소리가 많구나. 지금은 내 일만도 바쁘다."

"애 낳는 일 말입니까? 그까짓 일로 천하에 명성을 떨칠 기회를 그냥 흘려 버리겠단 말입니까? 그런 미친, 으아코!"

장자경은 또 한마디 했다가 이마에 주먹만한 혹만 얻었다.

철무극은 벌렁 나자빠진 장자경을 두고 휘적휘적 걸었다. 허리에 매달린 일월쌍륜이 달랑달랑 부딪치며 맑은 쇳소리를 울렸다.

휘적휘적 걸어 호변으로 나설 때였다.

"대인, 철 대인!"

체격이 건장한 소년 하나가 쪼르르 달려와 철무극 앞에 넙죽 엎드렸다.

"이건 또 뭐 하는 물건인고?"

"소생, 나시찬이 철 대인께 인사 올립니다. 앞으로 많은 지도 편달 부탁드립니다."

"나시찬? 지도 편달을 부탁해? 너처럼 어린 사내 녀석이 내게 뭘 부탁한단 말이냐? 어린 나이에 여자부터 찾으니 싹수가 노란 놈이로다!"

"네? 무슨 말씀이온지……?"

"나시찬이라면 방금 그놈, 모가 놈이 보냈으렷다?"

"네, 그렇습니다. 철 대인께 가르침을 받으라는 모 장로님의 엄명이 계셨습니다. 그리고… 나이 든 분에게 이놈 저놈 하시니 듣기가 민망합니다."

"나이 들어? 누가? 그 모가 놈이 늙었다는 말이냐? 흠, 늙긴 좀 늙었지. 이놈이 아주 잔망스럽기 그지없구나. 어디 눈깔을 똑바로 뜨고 쳐다봐! 영 버릇없는 놈일세."

나시찬의 표정이 금방 벌겋게 달아올랐다.

젊은 인간이 아버지뻘 되는 사람에게 함부로 말하는 것도 모자라 이제는 다른 사람 버르장머리까지 들고 나온다. 다른 것은 몰라도 할아버지 같고 스승 같은 모원형을 욕하는 소리만은 들어줄 수가 없다.

"어라, 요놈 보게. 너 주먹 움켜쥐고 날 치겠다는 거냐?"

"이익! 장로님의 명이 아무리 지엄해도 도저히 참을 수가 없구나! 그까짓 무공 차라리 안 배우고 말지!"

벌떡 몸을 일으킨 나시찬은 홱 몸을 돌렸다. 당장 가버리려고 발걸음을 떼는데 모원형의 호통이 귓가에 맴돌았다.

"무조건 복종하고 따라라. 그것만이 군마맹이 일어설 수 있는 길이다. 그분만이 너의 무공을 대성시켜 주실 수 있다! 싫다고 쫓아내도 무조건 복종해라. 그는 오히려 너를 시험하고 못살게 굴지도 모른다. 참고 또 참아라."

부르르.

움켜쥔 두 주먹이 울분으로 인해 떨렸다.

마군과 육대장로들의 원한만 갚을 수 있다면 무슨 짓이든 못하랴!

이런 수모쯤은 오히려 손톱보다 작은 일에 속한다. 모 장로님 말대로 어쩌면 자신을 시험하고 있는지도 모른다고 생각했다. 그분의 안목이 빗나갈 리 없다.

부드득.

이를 갈아붙인 나시찬은 다시 몸을 돌려 바닥에 엎드렸다. 이마로 통통 땅바닥을 찧었다.

"무조건 따르고 섬기겠습니다. 가르침을 내려주십시오."

"이놈이 배알도 없네. 애덜은 가라. 바쁘다."

"……."

나시찬은 몸을 돌려 가버리는 철무극을 보며 어리둥절함을 금치 못했다.

군마맹의 거의 모든 인간들은 성격이 개차반이고, 지랄 같으며, 기본이 돼 있지 못하다. 오로지 자기 자신만 알고, 남과의 관계가 원만하지 못하다.

그런 인간들 사이에서 배우고 자란 나시찬이다. 철무극이 다소 엉뚱하고 황당하여 사귀기가 쉽지 않을 것 같았지만 참고 견디는 일이라면 충분히 할 수 있다. 나시찬은 두 주먹을 불끈 쥐며 몸을 일으켰다.

장자경이 이마의 혹을 매만지며 다가왔다.

"넌 뭐냐? 어디서 왔어?"

나시찬은 문득 몸가짐을 바르게 하고 팍 무게를 잡으며 장자경을 바라보았다.

"말조심하라. 나는 너를 몰라!"

딱 부러지게 반말을 내뱉고는 홱 몸을 돌렸다.

"요런 싸가지없는 새끼!"

어린것에게 뒤통수를 얻어맞은 기분이 된 장자경은 호통을 내지르며 나시찬의 머리통을 후려 갈겼다.

슉.

나시찬의 몸이 허깨비처럼 옆으로 빠져나갔다.

"어라, 이 새끼. 피했어?"

옆으로 훌쩍 물러선 나시찬이 장자경을 향해 불쑥 일장을 내질렀다.

마도의 인물들을 다스리는 방법은 간단하다. 지위와 권위를 내세워 충고하기보다는 매서운 손찌검으로 굴복시키는 것이 가장 빠르다. 마군의 후계자로 발탁된 이후 졸개들 다스리는 방법도 배워둔 바 있다.

멸혼장의 강한 장력이 단숨에 장자경의 가슴을 노렸다.

"엇!"

장자경은 크게 놀랐다.

어린놈이 대뜸 이와 같은 살수를 쓸 것이라고는 생각지도 못했다. 말하는 싸가지가 없어 뒤통수나 한 대 쥐어박으려던 것뿐인데, 다짜고짜 살수라니! 기가 막히고 울화통이 터졌다.

"요놈의 새끼!"

장자경도 급히 공력을 끌어올리며 요사이 맹렬하게 수련 중인 오화혈살지를 날렸다.

징.

공력이 부딪치며 장자경의 몸이 휘청거렸다. 지력이 장력을 뚫지 못하고 밀린 것이다.

장자경은 자신이 밀렸다는 사실에 분개하며 눈썹을 곤두세웠다. 즉시 옆으로 한 발 피하며 왼손을 뿌렸다. 오화혈살지의 다섯 가지 지력이 한꺼번에 격출되었다.

나시찬 역시 더욱 공력을 높이며 연속 삼 장을 내질렀다.

팍팍. 지잉.

공력이 터지고 부딪치는 소리가 연속해서 울려 퍼졌다.

장자경은 계속 몸을 움직이며 오화혈살지를 날리면서도 마구 인상을 찡그렸다.

장자경은 본래 어느 정도 공력이 있었고, 철무극에게 유균을 얻어 달여 먹은 후 한층 강력해졌다.

공력이 늘고 오화혈살지가 몸에 익어가는 재미에 빠져 열심히 수련했건만, 이제 열일곱밖에 안 된 꼬마 놈에게조차 밀린다는 사실을 믿을 수가 없었다.

상대가 군마맹의 후계자라는 사실을 알았으면 그나마 신세 한탄이나 하며 스스로를 위로할 수 있었겠지만, 그것을 모르고 있으니 그저 울화통만 솟구칠 뿐이다.

"에익, 에익!"

신경질적으로 호통을 내지르며 춤추듯 오화혈살지를 뿌려댔다.

나시찬은 시종 침착함을 잃지 않았다. 대부분의 마도인들과는 달리, 그는 차분하고 굳센 성격을 지녔다. 묵묵히 상대의 변화를 살피며 시의적절하게 대응했다.

팡팡.

공력이 터지는 소리가 갈수록 거칠어졌다.

서로 최선을 다해 공력을 발휘하고 초식을 전개하고 있었다.

철무극과 같은 고수가 펼쳐 내는 무공과는 비교할 수 없이 약하지만 비슷한 수준으로 부딪치니 그 기세만큼은 어떤 결투보다 험악하고 아슬아슬했다.

밀고 당기는 험한 격투가 그칠 줄 모르고 계속되었다. 벌써 숨이 턱에 차고 전신에 땀이 흘러내렸다. 온 정신이 격투에 집중되어 시간이 얼마나 흘렀는지도 알지 못했다.

"그만 해요."

낮은 호통 소리가 들렸을 때에야 흠칫 놀라 한 발 물러섰다. 상대방에 대한 경계를 늦추지 않은 채 목소리가 들린 쪽을 힐끗 바라보았다.

최화운이었다.

"배가 곧 출발할 거예요. 같이 가지 않을 건가요?"

장자경이 매서운 눈으로 나시찬을 흘겼다.

"헉헉, 어린 노므시키. 시간이 없어 봐준다만, 계속 싸가지없이 군다면 정말 혼난다."

나시찬도 지지 않고 대꾸했다.

"후아후아, 그 입을 뭉개놓아야만 위아래를 분간할 줄 알겠군. 곧 그렇게 해주지."

"저런 저, 개놈 새끼가 끝끝내!"

나시찬은 휙 몸을 돌려 철무극이 간 쪽을 향해 걸었다.

최화운이 장자경을 말렸다.

"그는 군마맹의 중요 인물이 분명해요. 어리다고 함부로 대할 인물이 아니죠."

"뭣이! 군마맹의 누군데? 헉헉, 아이고 숨차라!"

"자요, 물 좀 드세요. 그리고 정확한 것은 저도 몰라요. 하지만 철공자가 직접 무공을 가르쳐야 할 만큼 중요한 위치에 있는 인물인 것은 분명해요."

"으, 시원하다! 이런 망할! 진작 좀 말해 주지. 그토록 중요한 놈이었다면 오히려 잘 보였어야 하잖아!"

최화운이 슬그머니 인상을 찡그렸다.

"공자도 철 공자에게 무공을 배운 사람이에요. 군이 상대의 신분에 구애될 이유는 없다고 생각해요. 함부로 대하지 말고 존중해 준다면 족하다고 생각해요."

"옳거니, 바로 그렇다! 나도 지존보에게 무공을 배웠단 말이야. 정식으로 인정받은 것은 아니지만 무기명 제자라는 것도 있잖아. 그런 인간의 제잔데 내가 꿀릴 게 뭐 있겠어! 화운, 네 말이 딱 맞다. 나도 누구 못지않은 중요 인물이란 말이야, 커흠!"

"맞아요. 공자는 누구 못지않은 중요 인물이에요. 이제 그 지위에 맞는 행동만 보이시면 돼요."

생각이 깊고 현명한 최화운은 장자경의 기분을 풀어주면서도 따끔한 충고를 잊지 않았다.

하지만 장자경은 최화운의 깊은 속내를 헤아리기보다는 새롭게 정립된 스스로의 지위를 생각하며 벌써부터 거드름을 피웠다.

"화운, 갑시다. 어린놈 싸가지없는 것이야 천천히 가르치면 되겠지. 내가 좋은 말로 충고해 보리다. 커흐음."

의기양양한 모습으로 돌아와 보니 배 위에서는 또 다른 소란이 일고 있었다.

"안 탑니다. 당장 때려 죽여도 시원찮을 원수의 배를 내가 무엇 때문에 얻어탄단 말입니까!"

"안 탈 거면 말고. 산아, 배 출발시켜라."

"네."

방정산은 즉시 선부들을 시켜 닻을 올렸다.

장자경이 나시찬의 어깨를 툭 치며 말했다.

"꼬마야, 바라는 것이 있거든 때론 참을 줄도 알아야 한다. 고집만 부린다고 일이 해결되진 않거든. 꿈이 이루어지기까지는 서러워도 참고, 치사해도 참고, 더러워도 참아야지. 그게 바로 세상 살아가는 지혜란다."

장자경의 비웃음에 나시찬은 울컥 분노가 치솟았다. 하지만 이내 분노를 목구멍으로 삼켜 버렸다.

그렇다.

지금은 참아야 할 때다.

복수를 하기 위해서는 강력한 무공이 필요하고, 그것을 배우기 위해서는 아니꼬워도 참고 견뎌야만 한다. 감정과 분노를 앞세울 때가 아니다.

나시찬은 즉시 장자경을 향해 포권을 취했다.

"고맙소. 그 말, 명심하리다."

"커흠, 그래야지. 지위 고하를 따지기 전에 나이는 괜히 먹는 것은 아니거든."

최화운이 슬쩍 잡아끌어 귓 말로 한마디 했다.

"어린 사람도 겸손할 줄 아는데, 공자께서 본보기가 되어야죠?"

"으, 크흠."

사사건건 잔소리를 해대는 것은 정말이지 참기가 힘들었다. 더욱이 맞장구쳐서 구박해 줄 마땅한 명분도 없으니 미치고 환장할 노릇일 뿐이다.

"타자, 어서 배에 오르자."

장자경은 최화운의 잔소리가 길어지기 전에 서둘러 배에 올랐다.

최화운과 나시찬까지 배에 오르자 방정산은 곧 출발 명령을 내렸다.

"이 호수를 지나면 육지로 이동해야 해요. 좀 돌아가지만 회남(淮南)의 서호(西湖)로 들어섰다가 회하(淮河)를 거슬러 오르면 바로 신양에 당도할 수 있어요. 그쪽 길을 택할까요?"

"편한 대로 해라. 나는 좀 쉴란다."

"네."

방정산이 눈짓을 보내자 홍염이 재빨리 철무극을 모셨다.

방정산은 잠시 갑판에 모인 사람들을 살펴본 후 세찬 코웃음을 날리며 선실로 들어가 버렸다.

남은 사람들은 편히 쉴 수 있는 선실도 없는지라 멀뚱멀뚱 호수만 바라볼 뿐이었다.

참 이상한 동행이다.

강호를 떠돌며 여자를 후려 먹고살던 호색한 장자경, 그런 인간을 잊지 못해 집도 버리고 가출한 최화운, 정파의 기둥이라는 경덕진 설씨 세가의 둘째 딸 설영로, 마도의 절대자 마군의 후계자인 나시찬, 그리고 사파의 거두인 적라산장의 안주인 방정산.

만나면 병장기부터 빼 들고 서로를 죽이고도 남을 만한 사람들이 한자리에 모였다는 사실만으로도 이상한 일이다.

물론 저마다의 사연이 있고 필요한 것들이 있지만, 철무극이라는 괴물 같은 인간이 아니면 결코 동행이 될 수 없는 사람들인 것이다.

그들 모두는 갑판 위에서 서로 떨어진 채 각기 자리를 잡았다. 누구도 서로를 바라보지 않았으며 입을 열지도 않았다.

장자경은 최화운과 나시찬을 번갈아 힐끗거리며 생각에 잠겼다.

잔소리꾼에 혹덩어리인 최화운을 어떻게 떨쳐 버릴지 고심해야 했고, 새로 나타난 군마맹의 중요 인물에게 어떻게 보이면 나중이라도 한 자리 얻어낼 수 있을지 궁리했다.

설영로는 그녀대로 깊은 생각에 빠져 있었다.

그동안 설영로는 말썽군이요, 사고뭉치였다. 솥뚜껑 위의 콩과 같아서 어디로 튈지 모르는 천방지축이었던 것이다. 하지만 지금은 아니다. 철무극에게 들은 몇 마디 말과 깊은 사고가 그녀의 마음과 정신을 온통 사로잡고 있었다.

자신은 어디서 왔으며, 누구이고, 어디로 가야 할지 고민하는 철학자가 되었다.

또한 철무극이 보여준 그 높고 강력한 무공에 경도되어 흠뻑 빠진 어린 소녀가 되었다.

철학적 고민과 무공에 대한 열망을 채워줄 수 있는 사람이 철무극임을 알기에 그를 향한 강한 열망이 피어오르고 있었다.

방정산과 같은 요녀와 어울리는 것이 극도로 싫을 정도였다. 당장이라도 선실로 달려가 방정산을 찔러 죽이고만 싶었다.

팍.

팡.

장력이 격출되고 공력이 터지는 소리가 설영로의 생각을 방해했다. 그녀는 인상을 찡그리며 소리난 쪽을 돌아보았다.

새로 동행이 된 나시찬이란 소년이 묵묵히 무공을 수련하고 있었다. 다부진 모습과 안정된 초식을 구사하는 모습이 다분히 인상적이었다.

조금 후, 나시찬의 무공 수련에 고무되었는지 장자경까지 한쪽 갑판에 자리를 잡고 몸을 움직였다. 그가 펼치는 무공은 오화혈살지 하나뿐이었다.

"모두들 바라는 것을 위해 한시도 쉬지 않는구나!"

설영로는 자신도 생각에만 빠져 있을 때가 아니라는 사실을 문득 깨달았다.

방정산 같은 요녀를 물리치기 위해서는 먼저 내상부터 완치해야 한다. 설영로 또한 그 자리에 앉아 운기 치료를 시작했다.

운기 치료는 자칫 커다란 위험이 될 수도 있지만, 철무극이 함께 있는 한 누구도 서로에게 손을 쓰지 못할 것임을 믿고 안심했다.

소호를 가로지르는 적라산장의 배 위에서 이상하게 모인 일행에게 때 아닌 무공 수련 바람이 불고 있었다.

第六章

도착

도착

"누구인고?"

나른한 감각 사이를 파고드는 인기척에 철무극은 부스스 눈을 떴다.

선실 문을 열고 들어오던 홍염은 흠칫 놀라 멈추었다. 철무극의 예민한 감각은 정말 놀랍다고밖에 할 수 없었다.

"홍염이옵니다. 주무시는 데 불편한 건 없으신지요?"

"응, 없다."

철무극은 다시 눈을 감고 잠에 빠져들었다.

홍염은 잠시 망설이며 움직이지 못했다.

방정산에게서 철무극을 유혹하라는 지시를 받았지만, 철무극에 대한 인상이 너무도 강렬해서 함부로 행동할 수가 없었다. 무작정 달려들었다가 거절당하면 방정산이 처벌을 내릴 것이다.

"그도 남잔데 설마 벗고 덤비는 여자를 마다하겠어? 이 정도 몸매에 배워둔 방중술(房中術)이면 어느 사내든 넘어오고 말 거야!"

사라락.

용기를 낸 홍염은 서둘러 옷을 벗고 철무극의 침상으로 향했다.

"혼자 자기가 싫더냐? 이리 오너라."

마치 기다리고 있었다는 듯 반겨주는 철무극의 태도에 홍염은 또 한 번 흠칫 놀랐다. 하지만 이내 더욱 용기를 내며 침상으로 파고들었다.

철무극이 홍염을 당겨 팔베개를 해주며 어깨를 쓰다듬었다.

"참 부드럽구나. 구름아."

"네……?"

금방 홍염이라고 알려주었건만 구름이라고 부르니 더욱 어리둥절해졌다.

"그새 가슴이 커진 것 같다? 본래 이렇게 컸던고?"

"……."

"엉덩이도 두툼한 것이 저번에 만져 본 것과는 사뭇 다르구나?"

부스스 눈을 뜨고 홍염을 살피던 철무극은 어리둥절한 표정으로 눈만 끔뻑거렸다.

"너는 구름이가 아닌데? 누군고?"

"전, 저는 홍염이에요. 지존보를 모시려고 왔어요."

"오, 그라냐? 거참, 기특하구나. 이 지존보께서는 여자들이 주는 모든 것을 마다해 본 적이 없느니라."

"네, 감사해요. 최선을 다해 모셔볼게요."

일단 허락이 떨어지자 홍염은 대담하게 행동했다.

재빨리 철무극의 옷을 벗겨내고 그 탄탄한 가슴을 살살 쓰다듬었다. 그리고는 바삐 서둘러 아랫도리에 손을 가져갔다. 불쑥 솟아 있는 그놈이 화들짝 놀라며 더욱 힘차게 고개를 쳐들었다.

"음."

그 짜릿한 느낌을 음미하던 철무극이 문득 고개를 갸웃거렸다.

"내가 지금 구름이를 찾아가는 길이 아니었던가?"

철무극의 난데없는 말에 홍염은 남모르게 인상을 찡그렸다. 행동 하나하나가 엉뚱하고 황당해서 대체 무엇을 말하고 있는지 짐작하기도 힘들다.

철무극이 불쑥 홍염의 손을 잡아 빼냈다.

"안 되겠다. 나는 구름이에게 미안한 짓을 해서 그 애를 만나기 전까지는 몸도 마음도 정갈하게 가지려고 한다. 너는 그만 물러가거라."

"네? 꼭 그래야 하나요? 지존보같이 사내다운 분이라면 열 여잘들 거느리지 못하겠어요? 오히려 여자들 스스로 치마를 내리려고 할 텐데요?"

"나도 물론 열 여자를 마다하는 편은 아니다. 하지만 일단은 구름이를 먼저 봐야겠다. 미안한 짓을 했으니 그만한 건 참아야지."

"전, 저도 여자예요. 이대로 쫓겨간다면 창피해서 어떻게 살아요?"

"그런 생각 할 필요 없다. 너와 나만 아는 일인데 누가 뭐라 하겠느냐. 그만 가보아라. 난 잠이나 더 자야겠다."

"네……."

홍염은 더 이상 이 황당한 인간을 설득할 수가 없었다. 슬그머니 일어서 옷을 주워 입고 나갈 수밖에 없었다. 짐작했던 것보다 상대하기 지극히 어려운 자라는 사실만 알았을 뿐이다.

홍염이 무슨 생각을 하든, 철무극은 벌써 잠에 빠져들었다.

꿈속에서 사마영문을 보았다.

"구름아, 구름아, 자꾸 어딜 가는 것이냐? 좀 천천히 가거라. 나의 빠른 경공술로도 너를 따라잡을 수가 없으니 답답하구나. 애야, 천천히 가려무나."

밤새 몇 번이고 같은 꿈을 꾸었다.

사마영문은 자꾸만 도망가려 하고, 철무극은 애타게 부르짖으며 끝없이 쫓아만 갔다.

"애고, 내 시름이 갈수록 깊어지는구나……."

잠을 깨서도 한탄이 이어졌다.

선실 밖으로 나와 보니 홍염과 홍루가 세숫물을 준비해 두었다.

차가운 물로 얼굴을 씻고 나니 기분이 좀 풀리는 것 같았다. 철무극은 주위를 돌아보았다.

언제 정박했는지, 적라선장의 장미호는 나루터에 매여 있었다. 철무극이 일찍 잠든 사이 나루터를 찾아 정박한 모양이다.

나시찬과 장자경도 벌써 일어나 물가에서 몸을 풀고 있었다. 그들은 서로 지지 않으려고 경쟁하듯 무공 수련에 열을 올리는 중이었다.

설영로는 아직도 갑판 한쪽에 앉아 운기 치료에 열중이었다. 그런 상태로 밤을 새운 것 같았다. 그녀 역시 보통 독심이 아니다.

"어린것들이 열심을 내는구나. 암, 그래야지. 어릴 때 하지 않으면 늙어져서 고생하는 것이 인생이다."

"호호, 지존보께서는 언제나 달관하신 도사처럼 말하는군요. 나쁠 건 없지만 나이에 어울리는 말투를 사용하는 것이 좋지 않을까요?"

방정산이 다가오는 것을 보며 철무극은 고개를 끄덕였다.

"그건 그렇다. 나도 알고는 있지만 워낙 버릇이 되어 쉽게 고쳐지지 않는구나."

"어떤 때 보면 지존보는 백 년 넘게 산 절대고수가 반로환동에 환골탈태(換骨奪胎)하여 젊어진 것은 아닐까 하는 의문이 들어요. 세상에는 정말 그런 고수가 있을까요?"

"흐음, 난 아직 못 봤다."

철무극은 딱 잡아떼며 재빨리 말머리를 돌렸다.

"그런데 이놈은 무공 수련하느라 정신이 빠졌나, 보약 챙겨줄 생각을 안 하는구나."

"호호, 그거라면 제가 이미 준비해 두었어요. 적당히 식혀두었으니 지금 마시면 돼요. 홍염아."

홍염이 약사발을 들고 쪼르르 달려왔다. 어젯밤 일 때문에 눈치를 살피는 태도였지만 철무극은 벌써 잊어버렸다.

보약을 훌쩍 마셔 버린 철무극이 방정산의 어깨를 두드려 주었다.

"네가 이토록 신경 써주니 좋구나."

"지존보 같은 고수를 시중들 수 있다면 저는 언제나 환영이에요. 그런 의미에서 폐혈수법 좀 풀어주시면……?"

"깊이 누르지도 않았다. 오래가지도 않을 게야."

"그런가요? 그럼 얼마나 기다려야 하는데요?"

"글쎄다. 확실히는 나도 모르겠다. 첨 써본 거라서 말이다."

"언젠지도 모르는데 마냥 기다려요? 그러지 마시고……."

"나를 싫어라 하고 갈 때 되면 말해라. 그럼 풀어주마."

"사실은 저도 할 일도 많고 돌봐야 할 식구들이 많은지라……."

"지금 가고 싶냐?"

"아니, 뭐, 당장 가겠다는 말은 아니고요. 그냥 그렇다는 얘기지요. 또 언제, 무슨 일이 생길지도 모르고……."

"네가 나를 싫어라 하고 가버리지 않겠다면 걱정 말아라. 지존보와 함께 있는데 무슨 일이 생기겠느냐. 밥이나 먹자."

"네."

철무극은 방정산과 둘이서만 선실에서 식사를 했다. 다른 사람들은 자기들이 알아서 객잔에서 먹어야 했다.

장미호는 곧 닻을 올리고 출발했다.

워낙 날렵하게 빠진 배인지라 좁은 수로도 잘 통과했다. 우두머리 선부의 물길에 대한 해박한 지식 덕분으로 중간에 멈출 필요도 없었다.

밤이 되어 쉬어야 할 시간 외에는 배에서 내릴 일도 없었다.

가을로 접어드는 주위 풍경을 감상하는 일 외에는 달리 할 일도 없었다.

무료해진 철무극은 갑판에서 땀을 흘리고 있는 나시찬을 살폈다.

"야, 이놈아. 그걸 멸혼장법이라고 펼치고 있는 거냐?"

나시찬은 즉시 동작을 멈추고 달려왔다.

"잘못된 점이 있으면 지적해 주십시오."

일단 참고 견디기로 한 이상, 무공만은 확실히 배우기로 작정한 나시찬이다. 지적해 줄 때를 놓치지 않기로 작정했다.

"겉멋만 부려서 어쩌겠다는 것이냐? 그저 그런 삼류무사가 되고 싶지 않다면 내공구결에 담긴 비결은 물론 그것을 응용하는 초식을 구사함에 있어서도 그 속에 담긴 깊은 의미를 되새겨야 한단 말이다. 너, 초식은 보기 좋으라고 만든 것이라고 생각하느냐?"

"내공의 힘을 가장 적절하게 사용하기 위해 초식이 고안되었다고 들었습니다."

"귓구멍으로 듣기만 하면 뭐 해! 제대로 써먹어야 할 것 아니냐. 틀에 박힌 듯 똑같은 동작들만 반복해서 따라 한다고 무공이 늘겠냐?"

"일정한 경지에 들어서면 규칙을 벗어나 임기응변으로 적절히 사용할 수 있다는 말을 들었습니다만, 그전까지는 규칙을 따라 행해야 하는 것 아닙니까?"

"그게 언젠데? 네가 언제 규칙을 벗어나도 좋을 때임을 알 수 있단 말이냐?"

"그건……."

"누가 네놈에게 친절하게 가르쳐 주겠느냐? 평생 남의 말만 듣고 살래? 가르쳐 줄 놈이 없으면 거기서 멈출 테냐?"

"……."

"같은 스승에게서 같은 무공을 배우는데 어째서 잘하는 놈, 못하는 놈이 구별된다고 생각하느냐?"

"그것은 타고난 자질이 다르기 때문입니다."

"자질이 다르다면 어떻게 다른데?"

"……."

"겉모습은 비슷할지 모르지만 인간의 몸은 저마다 다르고, 특성을 지니기 마련이다. 같은 무공을 배워도 차이가 나는 것은 바로 그 때문인데, 더욱 중요한 것은 자신의 자질과 특성에 맞는 무공을 찾아내는 일이다. 맞지 않는 무공을 백날 잡고 늘어져야 얻을 것이 무엇이냐?"

"맞아요!"

어느새 다가왔는지 설영로가 대신 맞장구를 쳤다.

"언니는 천엽검의 공력보다는 초식에 중점을 두고 연마했고, 나는 오히려 초식보다는 공력을 우선하여 수련했어요. 누가 그렇게 하라고 가르쳐 준 것도 아닌데 우린 자기들이 좋아하는 방식으로 무공을 배웠거든요. 맞는 무공을 자신들도 모르게 찾아낸 셈이 되나요?"

"오냐. 그렇기는 하지만 너희들 스스로 그것을 찾은 것은 아니다. 가르치는 사람이 너희들 특성을 알아보고 그쪽으로 유도했음이 분명하다. 그런 면에서는 너를 가르친 자의 자질이 좋다고 하겠다."

"우리 아빠는 물론 뛰어난 분이시죠. 자상하고 특별한 분이세요!"

장자경도 끼어들었다.

"그렇다면 저한테는 왜 그런 기회도 안 주는 겁니까? 달랑 무공 하나 던져 주시고는 한마디 언질도 없으시니 어떻게 깊이 들어갈 수 있느냐고요!"

"너, 지금 나한테 대드냐? 분수도 모르고 바라는 것만 많은 놈은 그저 매가 약이다."

"아이쿠, 아야! 으이그, 애들 앞에 두고 왜 나만 때려요!"

"자경아."

"왜요!"

"대접받고 싶으면 분별있게 굴어라. 네놈 자질로는 평생을 갈고닦아야 겨우 오화혈살지나마 성취할 수 있을 것이다."

"내 자질이 그것밖에 안 된다고요? 나는 믿지 못하겠습니다!"

"네놈이 그걸 알았다면 이처럼 호들갑을 떨겠느냐? 적게 먹고 적게 싸는 게 네놈 팔자다."

"으이그, 망할. 제기랄!"

길길이 날뛰려는 장자경을 최화운이 말렸다.

"적게 먹고 적게 싼다고 큰일을 해낼 수 없는 것은 아니에요. 너무 실망하지 마세요."

철무극은 눈을 크게 뜨고 최화운을 바라보았다.

"오, 너야말로 제대로 된 스승이로구나! 저놈이 그나마 복이 있어 너 같은 아이를 만났으니 불행 중 다행이다. 앞에 놓인 떡은 마다하고 남의 떡만 노리는 놈이니 네가 각별히 챙겨주도록 해라."

"네."

"으이그, 죽이 딱딱 맞는구랴. 아이고, 내가 미쳐요!"

"내가 어디까지 했더라?"

"자신에게 맞는 무공을 찾아내는 것이 가장 중요하다고요!"

설영로의 말에 철무극은 다시 생각을 정리했다.

"그렇다면 자기에게 맞는 무공을 어떻게 찾을 것이냐! 이게 문제인데. 에이, 말로 설명하는 것보다는 몸으로 체험하는 것이 낫다. 자경아."

"내가 또 실험 대상입니까? 난 안 할랍니다!"

"까불면 물로 던져 버린다."

"으으, 왜 나만 괴롭히느냐고요!"

"네놈만 괴롭히지 않을 테니 안심해라. 너, 저 어린놈과 한번 붙어봐라. 누가 센지 구경이나 해야겠다."

"옳거니! 그런 일이라면 좋습니다. 그렇지 않아도 어린 녀석의 버릇이 영 틀려먹었어요. 이참에 따끔하니 훈계 좀 해두겠습니다."

"두들겨 맞지나 말아라."

장자경보다 나시찬이 먼저 나섰다.

나시찬은 비록 어리지만 철무극의 말뜻을 충분히 이해할 수 있었다. 실전을 통해 지적해 주려는 의도를 알아듣고 즉시 나선 것이다.

"요놈아, 누가 이기나 싸우는데 멋은 부려서 어디다 쓰려는 게냐!"

무공을 펼칠 준비 자세로 돌입하는 나시찬을 향해 장자경이 먼저 날카로운 지력을 발출했다. 오화혈살지였다.

철무극이 손뼉을 쳤다.

"옳지. 이기는 놈이 난 놈이다. 죽기 살기로 싸우는데 예절 따위가 무슨 소용이냐. 따끔하게 혼내줘라!"

"으헤헤헤, 나는 진작에 그 같은 이치를 통달했습니다. 요놈, 어디로 피하니!"

장자경은 더욱 기세를 올리며 마구 쫓아 들어갔다. 오화혈살지의 강한 지력이 연속해서 터지며 나시찬을 노렸다.

설영로가 한마디 했다.

"마도, 사파의 인물들은 정말 어쩔 수 없군요. 예절 따위는 팽개치라고 가르치는 위인이나 그걸 좋다고 떠받드는 인간이나 똑같아요."

"나는 무공을 가르치는 것이지 인간관계를 가르치진 않는다."

"인간이 되지 못했는데 무공은 배워서 뭐 해요! 배운 재주로 도적질밖에 더 하겠어요?"

"마도, 사파의 인간들은 본래 도적질이나 하려고 무공을 배운단다."

"으이그, 말이나 못하면! 잘났어, 정말!"

철무극과 더불어 입씨름을 하면서도 설영로는 격전을 벌이는 두 사람에게서 한시도 눈을 떼지 못했다.

나시찬과 장자경의 무공은 고하를 가리기 어려울 정도로 비슷한 수준이었다. 약삭빠르고 변칙적인 공격에는 장자경이 능하고, 안정된 수비나 강력한 공격력은 나시찬이 앞섰다.

밀고 밀리기를 끝없이 반복하며 둘의 격투는 점입가경으로 접어들었다.

"남과 싸워 이기고 싶고, 두들겨 맞지 않으려는 것이 인지상정이다. 그게 싫으면 맞지 않고 이기는 법을 깨우쳐야지. 가장 빠른 길이 바로 실전이란다. 많이들 싸워라."

철무극은 나른한 하품을 하며 간혹 한마디씩 던져 주었다.

헉헉, 학학.

싸우는 두 사람의 거친 숨소리가 갑판을 달굴 무렵.

펑.

요란한 소리와 함께 두 사람이 벌렁 쓰러졌다. 상대를 이겨내지 못하고 결국 마지막 일격으로 동패를 당하고 말았다.

"네놈은 초식에 연연하여 제대로 된 위력을 발휘하지 못했고, 자경이는 마구잡이로 공력을 낭비했기에 쉽게 지쳐 버렸다. 단점을 알았으니 극복할 수 있으렷다!"

나시찬이 벌떡 일어섰다.

"감사합니다."

장자경은 일어설 생각도 않고 거친 숨만 뿜어내며 투덜거렸다.

"초식만 가르쳐 주었으면 내가 왜 저 어린놈 하나 이겨내지 못하겠습니까! 아무래도 이건 불공평하다고요!"

"불공평하면 배운 거, 먹은 거 토해놓던지."

"아이고, 세상에. 내가 말을 말아야지! 힘들어 죽겠다."

최화운이 땀을 닦을 수건을 내밀었다.

"제대로 된 초식도 없이 그만큼 버텼으니 장한 일이에요. 좀 더 노력하면 지지 않을 것 같아요."

"당연하지. 저 어린것 하나 이겨내지 못하면 내가 장자경이 아니다!"

큰소리 뻥뻥 쳤지만 나시찬이 다음 수련에 들어갈 때까지도 장자경은 자리에서 일어설 생각을 하지 않았다.

철무극은 나시찬과 장자경에게 쉴 시간을 주지 않았다.

"아, 심심하구나. 얘들아, 다시 한 번 치고 받아라."

"아이고, 사람 잡을 일 있습니까! 이제 겨우 숨을 돌렸는데 또 싸우라니요!"

"싸우기 싫으면 그냥 맞으면 된다. 저 애가 설마 두들겨 패는 일을 마다하겠느냐?"

나시찬이 앞으로 나섰다. 당장 일어서지 않으면 철무극의 말대로 그냥 두들겨 팰 기세였다.

장자경이 마구 인상을 찡그렸다.

"망할, 애새끼가 정말 싸가지없이 노는구나. 오냐, 이번에는 기필코 네놈의 턱을 뭉개놓고 말 테다!"

후닥닥.

몸을 일으킨 즉시 일지를 날렸다.

나시찬은 기다리고 있었다는 듯 재빨리 옆으로 피하며 멸혼장으로 반격했다.

"초식을 휘두를 때는 언제나 그 바탕이 되는 공력을 염두에 두라고 하지 않았느냐!"

철무극은 가끔 한마디씩 지적해 줄 뿐 난간에 기대어 나른한 햇살을 즐겼다.

싸우는 두 사람만 낑낑, 끙끙 용을 써가며 기필코 상대를 쓰러뜨리려 온갖 수단 방법을 동원했다.

"어린 놈아, 자경이는 지법 하나만 쓰는데 네가 수라권까지 쓴다면 불공평한 것이다. 다른 거 쓸 생각 말고 한 가지만 해라. 멸혼장이나 쓰란 말이다."

역혈수라마공이 아직 불완전한 상태라면 수라권을 써봐야 스스로만 다칠 것이다. 나시찬은 그것을 경계하라는 말로 알아듣고 멸혼장법만을 사용했다. 둘은 또 지칠 때까지 겨루다 제풀에 주저앉았다.

헉헉, 학학.

단내가 풀풀 날릴 정도였다.

그런 겨루기가 며칠이고 계속되었다. 하루에 두 번에 걸친 겨루기를 끝내면 두 사람은 완전 녹초가 되어 쓰러져 잠이 들었다.

장미호는 밤에만 나루터에 정박했다.

선실이 두 개뿐인지라 다른 사람들은 나루터의 객잔을 잡고 쉬었다. 철무극만 방정산과 두 시비에게 둘러싸여 호강했다.

회남의 서호에 당도했을 때 슬그머니 홀로 나갔던 나시찬이 불쑥 책 한 권을 내밀었다.

"칠장로께서 전해주시는 것입니다. 대인께서 원하는 기록이랍니다."

살펴보니 사파십이연합의 계보와 조직 구도, 인물에 관한 기록이다.

철무극은 인상을 팍 찡그리며 말했다.

"늙은 것이 겨우 이거 하나로 날 이용해 먹겠다는 심보렷다? 옜다. 이걸 늙은 것에게 전해줘라. 제놈에게 신세진 적 없다고 분명히 전하거라."

"예."

기름종이에 잘 싸인 물건은 바로 말린 파뿌리, 유균이었다.

나시찬은 모원형에게 전해주면서 유균의 놀라운 효능을 알게 되었다.

"허허, 역시 그렇구려. 말이야 상관없다고 하시지만 마음은 여전히 마도에 남아 있음을 이 늙은 것이 분명히 알았소이다."

"칠장로님, 그는 대체 어떤 인물입니까? 우리 군마맹과는 어떤 관계가……."

"시찬아."

"네."

"너는 알려고 하지 마라. 내가 입을 열면 그분은 정말 나와 너를 모두 죽여 없앨 것이다. 너는 다만 의심하지 말고 그분을 하늘처럼 받들어 모시면 된다. 이것은 바로 불로장생의 비약이라고 알려진 유균이란 버섯이다. 백여우가 지닌 내단에는 미치지 못하지만 버금가는 약효를 지녔다. 너의 공력을 높이라고 전해주셨구나!"

"그처럼 귀한 것입니까?"

"오냐. 몇 가지 약재를 섞어 연단하면 틀림없이 커다란 효과가 있을 것이다. 허허, 그분을 다시 만나다니, 우리가 진정 복이 많다."

철무극에 대한 모원형의 존경심은 실로 신을 대하는 것처럼 깊고 높았다. 그럴수록 나시찬의 궁금증은 더해만 갔다.

모원형은 그 후로도 며칠에 한 번씩 나시찬을 찾아와 이것저것 알려주고 챙겨주었다. 철무극을 직접 만나는 일은 없었다.

장미호는 계속 순항했다.

회남의 서호에서 하루를 머물고 곧 회하로 접어들었다. 솔솔 부는 가을바람이 활짝 펼쳐진 돛을 크게 부풀려 주었다.

"이제 이틀만 더 가면 신양이로구나. 드디어 구름이를 만날 수 있게 되었다."

철무극은 홀로 중얼거리며 흐뭇하게 웃었다.

그동안 철무극이 보여주었던 무공이 워낙 강력해서였는지, 청수방 졸개들이 도망친 후로는 다른 자들이 나타나지 않았다.

모두들 자기 할 일을 찾아 열심이었다.

장자경과 나시찬은 하루 두 번에 걸친 격렬한 격투를 매일 반복했으며, 설영로는 마지막 고비에 이른 운기 치료에 매진했다.

방정산만이 애를 태우며 어떻게든 철무극을 꼬드기기 위해 열을 올렸다.

방정산은 사실 마음이 급했다.

철무극이 사마영문을 찾아가는 사실 자체가 문젯거리다. 철무극에 대한 사마영문의 마음이 어떻든 천사교는 그녀를 그냥 내줄 리 없을 것이고, 결국에는 부딪칠 수밖에 없다.

중간에 끼게 된다면 방정산과 적라산장의 입장이 난감해질 수밖에 없다. 그전에 수작을 부려봐야 할 텐데, 철무극의 황당함을 뚫고 들어갈 방법이 없다.

그렇다고 이대로 떠나 버릴 수도 없는 처지가 더욱 난감할 뿐이다. 건망증 심한 철무극이 어디론가 홀쩍 가버린다면 폐혈수법에 당한 방정산은 처참한 죽음을 기다리는 도리밖에 없다.

"나쁜 고루존자, 뒈지지 않았으면 나머지 고루천강시라도 끌고 와서 나를 구해줘야 할 것 아니야! 인생에 도움이 안 되기는 예나 지금이야 마찬가지야."

첫날밤에 소박을 놓더니만, 남에 손에 떨어져 죽을 날만 기다리는 처지에 놓였는데도 구하러 올 생각도 않는다.

"한 번도 네놈을 믿고 의지한 적은 없지만, 이럴 때라도 달려와서 구해준다면 어디가 덧나냐고!"

시간이 갈수록 고루존자에 대한 믿음이 사그러들었다. 이젠 어떡하든 철무극의 마음을 돌려놓을 수밖에 없다.

"지존보오……."

"응? 왜 또 꼬맹맹이 소리를 내고 그러느냐? 남자 없이 지낸 밤들이 사뭇 힘들더냐?"

"지존보 같은 사내가 옆에 있는데, 다른 것들이 눈에 차겠어요? 지존보를 향한 애타는 마음에 몸둘 바를 모르는 것이라고요, 흐응."

"커흠, 네 마음이 어떤지 모르는 바는 아니다만, 나는 이미 굳게 결심했다. 구름이를 만나기 전에는 결코 다른 여자를 집적거리지 않겠다고 말이다."

"저도 지존보의 마음을 모르는 바가 아니지만, 남녀 관계라는 것이 혼자만 좋다고 되는 것은 아니잖아요. 사파연합과 이미 적대 관계가 형성된 지금 천사교주가 제자를 순순히 내주겠어요? 그자의 제자, 교도들 단속이 얼마나 엄격한지 모르시죠?"

"천사교라……."

철무극은 품속에서 책 한 권을 꺼내 들었다. 모원형이 전해준 사파십이연합에 대한 정보가 기록된 책이다.

"이놈들은 역시 장생교의 후신이었어. 귀령멸혼진(鬼靈滅魂陣)밖에 더 있나? 그런데 칠품교(七品敎)라는 것은 뭘꼬? 새로 생긴 것인가 본데?"

"맞아요. 이번 사파는 연합을 새로 이루면서 각기 독특한 무공과 새로운 기법들을 많이 개발했어요. 적라산장은 강시 제조법을 완성시켰고……."

"완성했다고? 네 남편이 몰고 다니던 것은 덜 여문 것이었지 않느냐?"

"그건 실험용이에요. 이번 사파연합은 야심이 만만치 않아요. 군마맹만을 염두에 두고 뭉친 것이 아니란 말이죠. 정파는 물론이고 소림, 무당을 위시한 천외천의 문파들마저 발 아래 두고자 하는 야망을 지녔단 말이에요!"

"허, 그 정도란 말이냐?"

"물론이죠. 준비한 것들이 예사롭지 않아요."

"재미있구나. 이 칠품교라는 것이 무엇인지 너도 모른단 말이지?"

"몰라요. 각파는 하나씩의 비밀 무기를 지니고 있어요."

"연합의 맹주는 누구인지 아느냐?"

"표면상으로는 사대세가인 혈검문, 적라산장, 취락동, 절명곡의 문주들이 공동으로 주관하고 있지만, 그 뒤에 누군가 도사리고 있는 것이 분명해요."

"너, 혹시 혈영귀노라고 들어봤느냐?"

"혈영노귀요? 물론 들어봤죠. 지난 마도, 사파의 대격전을 지휘했던 사파연합의 참모 아닌가요? 그런 자가 현재에도 있다면 무림은 진작에 사파의 손아귀에 쥐어졌을 거라고들 하죠."

"그때 죽었다고?"

"홍의문주와 함께 천마신군의 손에 죽었죠. 누가 감히 그때의 천마신군을 당해내겠어요? 하지만 지금은 달라요. 천마신군이 살아난다 해도 사파연합을 어떻게 해보기는 힘들 거예요."

"허, 그 정도란 말이냐?"

"일 대 일로 겨룬다면 모르겠지만, 지금의 사파연합은 각종 비밀 무기가 많아요. 소림, 무당도 두려워하지 않을 정도라고요! 정파와 부딪칠 날도 머지않았어요."

"흠."

철무극의 인상을 잔뜩 일그러졌다.

사파연합의 실체를 알아갈수록 마음 깊은 곳에서는 자꾸만 불꽃같은 투지가 솟구쳤다. 천마신군 당시에 잡지 못했던 혈영귀노에 대한 아쉬움으로부터 시작된 그 투지가 날이 갈수록 짙어지는 것이다.

그때 이룩하지 못했던 강호일통에 대한 야망이 무럭무럭 피어올랐다.

자신도 모르게 허리에 매달린 일월쌍륜을 매만지고 있음을 느낀 철무극은 문득 쓰게 웃었다.

"아직도 무림에 대한 야망이 남아 있는 것을 보면 인간의 욕심이란 과연 끝이 없구나!"

상대가 강한 만큼 그것을 꺾어보고 싶은 것은 무인의 본능과도 같은 것이다. 당시에 다 이룩하지 못한 것들 때문에 생기는 마음일 테지만, 무엇인가 하고 싶은 의욕이 들끓는다는 사실만은 기뻤다.

철무극은 자신이 자꾸만 그 야망으로 끌려가고 있음을 느꼈다.

"지존보께서는 무림에 대한 야망이 전혀 없는 모양이죠?"

"흠, 그런 얘기는 하지 말자."

"그래도 너무 아쉽네요. 지존보가 지닌 무공과 재능이라면 무엇을 해내지 못하겠어요? 한마디 부르짖기만 하면 따르려는 자들이 구름처럼 몰려들 텐데요!"

"심란해진다."

"네, 그만 하죠. 지존보오."

"응?"

"그런데 이 폐혈수법에는 부작용은 없는 거죠? 눌린 혈도가 점점 굳어져 간다거나 그런 부작용 말이에요?"

"써본 적이 없는지라 어떤 결과가 나오는지 정확히는 모른다."

"어머, 세상에! 그럼 분명 부작용이 있을 거예요! 큰일났네. 난 이제 어떡해요! 지존보, 제발 폐혈수법 좀 풀어주세요. 네?"

애원하고 매달려도 들어주지 않으니, 이제는 마구잡이로 붙잡고 늘어지며 귀찮게 굴었다.

"산아."

"네?"

"날 너무 귀찮게 하지 마라. 또 무슨 이상한 생각을 해낼지도 모른다."

"네."

즉각 대답은 했지만 방정산은 잠시 후 또 철무극을 붙잡고 늘어졌다.

"부작용이 있다면 어떤 걸까요? 혈도가 막혀 살이 썩어 들어가는 것은 아니겠죠? 아니면 쭈글쭈글 주름이 질까요? 아아, 전 너무 무서워요! 잠도 오지 않고 밥을 먹어도 맛이 없어요……. 전 이대로 말라죽을 것 같아요."

철무극은 달리 대답하지 않았지만 점점 짜증이 깊어가고 있었다.

눈치 빠른 방정산은 재빨리 말을 멈추고 다른 짓을 했다. 그러다 철무극의 인상이 풀어지면 또 귀찮게 만들었다.

"신양이다. 내리자."

방정산은 오히려 신양에 일찍 당도한 것을 원통히 여겼다. 며칠만 더 붙잡고 늘어졌다면 분명 귀찮아서라도 폐혈수법을 풀어주었을 것이다.

배에서 내리자마자 그들을 기다리고 있던 사람과 만났다.

"영로야!"

설영로의 인상이 팍 일그러졌다.

"언니!"

설영령이었다.

동생이 철무극과 일행이 되었다는 소문을 듣고 뒤따르기보다는 목적지인 신양에 먼저 와서 기다리고 있었던 것이다.

"너, 이리 와. 당장!"

"언니……."

설영로가 우물쭈물 주춤거리자 설영령이 벌컥 다가가 동생의 손을 잡아챘다.

동생을 등 뒤에 세운 설영령은 날카로운 눈으로 철무극을 노려보았다.

"동생을 구해주시고, 돌봐주신 은혜는 고맙게 생각하고 있어요. 하지만 아직 어린애인데 일찍 돌려보내지 않은 처사는 저로서는 이해할 수 없는 일이군요!"

철무극의 인상이 슬그머니 일그러졌다.

"말하는 것을 보니 단호하여 확실한 면이 있구나. 이슬이의 언니인 설영령이렷다. 동생 걱정에 애가 달았을 것은 짐작하겠다만, 함부로 지껄이면 안 되지. 그러다 혼난다."

설영령이 지지 않고 대꾸했다.

"길이 아니면 가지 말고, 친구가 아니면 사귀지 말라고 했어요. 동생의 출신이 어떤지 알면서도 마도, 사파의 인물들과 동행을 시켰다는 것은……. 악!"

불쑥 눈앞에 나타난 철무극의 손바닥을 본 설영령은 깜짝 놀라 비명부터 질렀다.

철무극은 따귀를 올려붙이려던 손을 내렸다.

"여자를 때리지 않겠다고 약속한 후임을 다행으로 여겨라. 가라!"

철무극이 호통을 내지르자 설영령과 함께 온 청년이 불쑥 앞으로 나섰다. 설씨 자매를 보호하며 옆구리에 찬 검을 손에 잡았다. 다시 손짓을 한다면 일검을 날리겠다는 무언의 압력이었다.

철무극이 피식 웃었다.

"자기 여자를 지키려는 것은 사내의 의무라고 했겠다. 그래도 함부로 나서지 않는 것을 보면 사태 파악을 잘하는구나. 여자애들 데리고 그냥 가라."

"……."

"그 입 벌리면 사지를 부러뜨린다. 좋게 말할 때 그냥 가."

설영로가 급히 언니와 청년을 잡아끌었다.

"언니, 내가 잘못했으니까 그냥 가요. 허 공자, 마음은 알지만 더 나서지 말아요. 우리가 상대할 수 있는 사람이 아니에요."

"……."

청년은 함부로 입을 열지는 못했지만 이글이글 타오르는 눈빛으로 철무극을 노려보았다.

요사이 천둥처럼 들려오는 철무극의 소문은 들어보았다. 영물을 제압했으며, 수많은 고수들이 손도 써보지 못하고 골탕을 먹었다는 말도

들을 만큼 들었다.

하지만 이대로 물러서고 싶지는 않았다. 기세에 눌려 말 한마디 못하고 물러섰다면 두고두고 웃음거리가 될 것이며, 정파의 후기지수, 숭무관의 허자의란 명성도 유지하기 힘들 것이다.

직접 확인하기 위해 일부러 설영령과 함께 온 것인데, 이대로 물러서자니 자존심이 상해 견딜 수 없었다.

철무극은 청년을 신경 쓰지 않고 옆을 스쳐 갔다.

방정산이 말했다.

"지존보, 저는 이곳에 남아 있을게요. 그래도 연합에 속해 있는데 천사교와 부딪치면 좋지 않거든요."

철무극은 고개만 끄덕여 주고 휘적휘적 걸었다.

장자경은 아직도 벌건 얼굴로 서 있는 청년을 향해 슬쩍 비웃음을 날려주며 지나갔다. 청년이 발끈하려 하자 최화운이 서둘러 장자경을 끌고 가버렸다.

나시찬은 묵묵히 뒤를 따랐다.

설영로가 남은 것을 본 방정산은 재빨리 배에 올라 닻을 올렸다. 언니를 만난 김에 지난번 당한 앙갚음을 하려 하면 곤란했기 때문이다.

모두들 가버리자 설영령은 동생을 매서운 눈으로 바라보았다.

"너, 어쩌자고 저런 사람들과……!"

설영로가 고개를 내저었다.

"나도 알고 있으니까 잔소리는 하지 마. 그리고 나도 이제 어린애가 아냐. 스스로 판단할 수 있어."

"이것이 반성할 생각은 않고! 어서 가자. 이번에 집으로 돌아가면 그 벌이 만만치 않을 거야!"

"지겨워……."

"뭐라고?"

"아니야. 혼잣말도 못해!"

설영로는 홱 몸을 돌려 걷기 시작했다.

집안 어른들의 잔소리에 시달릴 생각을 하면 벌써부터 머리가 지끈거렸다. 집으로 돌아가고 싶지 않았다. 매인 곳 없이 마음껏 강호를 떠돌 수 있다면 얼마나 좋을까!

마음과는 달리 언니를 보자마자 집으로 돌아갈 수밖에 없다고 생각하는 자신을 돌아보며 설영로는 피식 웃고 말았다.

"나는 결국 보고 배워왔던 울타리를 벗어날 수 없는 것일까? 내가 바라는 것은 분명 다른 것인데도 나는 왜 돌아가야 한다고 느끼는 것일까?"

철무극의 말대로 환경과 교육이라는 괴물이 쳐놓은 울타리는 너무도 견고하여 무너지지 않는 철옹성 같았다.

그런 철옹성을 부수고 뛰쳐나가려면 얼마나 큰 고통을 감수해야만 할까, 생각하며 설영로는 더 깊은 고민 속으로 빠져들었다.

나루터를 떠나 마을 쪽으로 걷고 있을 때였다.

우두두둑.

급박한 말발굽 소리가 지축을 흔들며 달려왔다. 곧바로 나루터를 향해 달리는 말들이다.

"엇, 허 사질(師姪)이 아니냐!"

급박하게 달리던 말들 중 한 마리가 급하게 멈춰 섰다.

자존심에 상처를 받고 고개를 푹 숙인 채 걷던 허자의가 문득 고개를 들었다.

"앗, 견(甄) 사백(師伯)님!"

허자의는 크게 반가워하며 재빨리 달려나가 인사를 올렸다.

"소질, 자의가 사백님을 뵙습니다."

낙양 숭무관의 허자의가 후기지수 중 발군이라면, 그의 사백 견무겸(甄武謙)은 자타가 인정하는 정파의 최고수 중 일인이다. 견무겸은 더욱이 대소림파의 속가제자(俗家弟子)가 아니던가!

숭무관 역시 소림파에 뿌리를 둔 문파지만 견무겸의 명성에 비하면 한참 모자라는 판이다.

"자의, 네가 여긴 어쩐 일이냐? 시절이 하수상하니 함부로 나돌지 말라고 하지 않더냐!"

"네……."

망아지 고삐 매놓는 것과 청년들을 집 안에만 가둬두는 일만큼 어려운 것은 없을 것이다.

허자의가 재빨리 말을 돌렸다.

"사백께서는 어딜 그리 바삐 가시는지요?"

"웅풍장(雄風莊) 혈사(血事)의 혐의자를 쫓고 있다. 적라산장의 배를 타고 항해 중이라는데, 목적지가 이곳 나루터더구나. 그래서 급히 달려오는 중이다."

"웅풍장에 혈사가 일어났단 말입니까? 웅풍장이라면 백염공의 별장 아닙니까! 가만, 적라산장의 배라고 하셨는지요?"

"오냐. 혹시 보았느냐?"

"네, 방금 도착했습니다. 그런데 설마 그 배에 타고 있는 사람들이 혐의자란 말입니까?"

"그렇다. 요사이 출현한 마두라는데, 고소산의 영물을 차지한 자라

더구나."

설씨 자매가 놀라 급히 소리쳤다.

"설마 철 공자가……?"

"백염공이라고요?"

허자의는 재빨리 설씨 자매를 소개했다.

간단히 인사를 마친 설영로는 잔뜩 인상을 찡그린 채 말했다.

"백염공… 그 사람은 영물을 차지하려고 저를 독으로 제압한 후 지존보… 철 공자를 협박했어요. 정신을 잃고 있어 직접 보지는 못했지만 비열한 수단을 쓴 것만은 분명해요."

"뭐라고, 그럴 수가!"

"설마, 백염공 곽오중이 어떤 사람인데 그깟 영물에 눈이 어두워 동도를 인질로 남을 협박한단 말인가! 낭자가 잘못 알고 있는 것은 아닌가?"

"……."

설영로는 더욱 인상만 찡그릴 뿐 말하지 않았다. 앞뒤 정황을 살펴보면 곽오중이 자신을 중독시켜 인질로 삼았던 것은 분명하다.

철무극이 그자들을 몰살시켰는지는 알 수 없지만, 죽어도 할 말이 없는 자들이라는 생각에는 변함이 없다.

설영령도 돕고 나섰다.

"철 공자의 무공은 분명 무시무시한 마공에 속하는 것이었습니다만, 제가 본 그는 함부로 살인을 일삼는 인물은 아니었어요. 장난처럼 무공을 쓸 뿐, 사람을 해치는 것은 보지 못했습니다."

견무겸은 두 자매가 한결같이 마두를 편들고 나서자 고개를 갸웃거렸다.

"그를 보았다는 자들은 한결같이 그자의 악독한 무공에 혀를 내두르던데, 유독 두 자매의 의견만은 다르구나?"

비웃는 듯한 말투였지만 설영령은 흥분하지 않았다.

"보고 느낀 대로 말씀드린 것뿐이에요. 잘못된 정보로 인해 희생이 생기지 않길 바랄 뿐입니다. 이는 저의 소견이 아니라 경덕진 설씨세가를 대표해서 드리는 말씀입니다."

견무겸이 소림의 속가제자로서 명성을 떨치고는 있지만 설씨세가의 위치 또한 정파의 대표로서 손색이 없다. 설영령은 가문의 지위와 자신의 처지를 생각해서 단호하게 입장을 표명한 것이다.

"그럼 저희는 먼저 실례하겠습니다."

설영령은 동생을 이끌고 즉시 그곳을 떠났다. 일단은 동생과 함께 집으로 돌아가서 보고 들은 것들을 어른들께 알리는 것이 순서라고 생각한 것이다.

허자의는 안타까운 표정을 감추지 못하고 떠나가는 설영령을 바라보았다. 말이 통하고 길이 같은 여인을 만나 즐거웠는데, 이대로 헤어지자니 아쉬웠던 것이다.

"설씨세가에 아들이 없음을 아쉬워하는 사람들이 많다고 하지만 저 두 아이를 보니 괜한 걱정을 하고 있는 것 같다. 언제 어디서든 자신의 주장을 당당하게 펴는 자신감은 아무나 지니는 것은 아니다."

"그렇습니다, 사백. 그녀는 당당하고 자존심이 강합니다."

"그렇다고 우리가 해야 할 일을 멈출 수는 없다. 그자가 천사교로 향했다는 말이 맞는지 모르겠구나."

"누군가를 찾아간다고 하더군요. 확실히는 모르겠습니다."

"일단 쫓아가 보자."

"네."

허자의는 견무겸과 일행이 되어 철무극의 행적을 추적했다.

설영로는 더욱 깊은 고민에 빠졌다.

철무극과 정마이도의 대립과 차이점을 논하면서부터 시작된 그녀의 고민은 스스로 원하는 것이 무엇인지 깨닫고 갈등하기 시작했으며, 독약에 중독시켜 인질로 삼았던 백염공 곽오중의 일을 유추해 내면서 극에 이르렀다. 견무겸 일행의 의도까지 의심할 정도로 정파에 대한 믿음이 흔들리고 있었다.

"언니."

설영로가 발걸음을 멈추고 언니 설영령을 바라보았다.

"나는 돌아갈 수 없어. 가서 내 눈으로 직접 확인하지 않고는 견딜 수 없을 것 같아."

"얘가 또. 무엇을 확인한단 말이냐? 그만큼 사고를 치고도 만족할 수 없단 말이야?"

"언니 말이 맞아. 나는 분명 말썽꾼이야. 그동안 무던히도 식구들 걱정만 시켰어. 하지만 나는 알아야 했어. 내가 무엇을 바라는지, 무엇을 해야 하는지 알고 싶었어. 그는, 철 공자는 내게 그 길이 무엇인지 가르쳐 주었어. 아니, 가르쳐 준 것이 아니라 어떤 길이 있는지 보여주었어. 나는 무엇이 옳고 그른지 가서 확인해 봐야만 하겠어."

"너……."

"아니, 말리지 말아줘. 말려도 소용없어. 아빠가 달려와서 말린다 해도 나는 기어코 가고 말 거야. 아빠와 식구들을 모두 존경하고 사랑하지만 내게 길을 가르쳐 줄 수 없다는 사실을 나는 알았어. 나는 내 길을 찾아갈 테야."

"영로야!"

"미안해, 언니. 하지만 걱정 마. 나도 이제 어린애는 아냐. 내 판단에 책임질 수 있다고 믿어!"

"영로야!"

"갈게."

설영로는 더 말하지 않고 몸을 돌렸다.

설영령은 동생의 단호한 태도에 놀라 잠시 멍한 상태가 되었다. 말려야 한다는 것은 알았지만 동생의 태도는 너무도 단호했다.

"영로야, 영로야!"

설영령은 흠칫 놀라며 서둘러 동생을 쫓았다.

"엇?"

갑자기 속도를 높여 달리는 동생을 본 설영령은 깜짝 놀랐다.

동생의 공력이 자기보다 깊다는 사실은 알고 있었지만 저토록 빠른 경공술을 지녔는지는 미처 알지 못했다. 아니, 알지 못했던 것이 아니라 보지 못한 사이 비약적으로 늘어난 것이 분명했다.

"그를 만난 때문이야. 그가 영로를 온통 휘어잡고 있어!"

철무극이라는 괴물이 동생을 잘못된 길로 끌고 들어가는 것 같아 두렵고 화가 치밀었다.

"절대로 그렇게 되도록 놔두지 않을 테야!"

설영령은 홀로 부르짖으며 달리는 속도를 높였다. 하지만 동생은 벌써 길모퉁이를 돌아 사라져 버렸다.

"영로야, 영로야!"

설영로는 언니의 애타는 목소리를 뒤로한 채 더욱 빨리 달렸다.

편한 수로 여행을 한 덕분에 운기 치료에 최선을 다한 결과 내상은 이미 완치되었다. 생각보다 훨씬 빠른 치료 속도였다.

더욱 놀라운 것은 운기 치료 후 공력이 급증했다는 사실이다.

백여우의 피와 유균을 먹은 양분이 완전하게 공력으로 녹아들었던 것이다. 몸이 새털처럼 가벼웠으며, 기분은 날아갈 듯 상쾌했다. 머리 속만 복잡하지 않았다면 그야말로 최고의 상태였을 것이다.

천사교의 본당(本堂)은 신양의 서남쪽, 구의산(九嶷山) 아래 자리잡 고 있었다.

짙은 녹음에 둘러싸인 천사교의 본당은 그 특유의 은밀함과 잘 어울 려 신비한 분위기까지 풍겼다.

"그런 괴물이 설마 담장을 넘어 사람을 만나려 하지는 않았겠지! 분 명 정문으로 들어가 사마영문을 불러오라고 호통 쳤을 거야!"

그런 생각으로 곧장 천사교의 정문으로 향했다.

"어?"

정문은 활짝 열려 있는데 사람은 전혀 보이지 않았다. 음산한 기운 이 정문 안으로부터 훅 하고 몰려 나왔다.

"또 무슨 일이 벌어진 걸까?"

천사교주에게 사마영문을 순순히 내줄 마음이 없다면 분명 한바탕 벌어질 수밖에 없을 것이다. 사람은 보이지 않고 음산함만이 깔려 있 는 주위 분위기를 보면 뭔가 심상치 않은 일이 벌어진 것 같았다.

고개를 갸웃거리며 정문을 통과한 설영로는 갑자기 변해 버린 주위 풍경에 놀라 부르짖었다.

"진이로구나!"

第七章

열렬한 환영

열렬한 환영

천사교를 방문한 철무극은 전혀 환영받지 못했다.

아니, 사람이라고는 그림자도 보지 못했으니 환영받고 말고도 없었다. 철무극 일행 역시 아무도 없는 천사교로 들어섰다가 진에 갇히고 말았던 것이다.

"사람 하나 보이지 않더니만, 대문을 들어서자마자 이런 짓거리를 벌여놓았군. 초면인데 한바탕해 보자는 것이냐? 거참, 고연 놈들이로다."

철무극이야 사마영문을 보는 것이 목적이었지만, 천사교의 입장은 다르다.

사파연합은 이미 철무극을 적으로 여기고 있다. 적라산장의 고루존자가 당하고, 군마맹의 후계자가 철무극의 보호 하에 있다는 사실을 알아낸 후부터는 가장 먼저 처치해야 할 주적(主敵)으로 여기고 준비했던 것이다.

"이놈들이 정말 혼나봐야 정신을 차리겠군."

천사교에서 무엇을 준비했든, 철무극은 전혀 걱정하지 않았다.

장자경이 대신 호들갑을 떨었다.

"이게 대체, 대체 무슨 일입니까? 방금 정문을 지났는데 숲 속 오솔길이라니요? 저봐요! 정말 이상합니다. 사물이 온통 일그러져 보입니다. 가물가물해서 아지랑이에 휩싸여 있는 것 같아요. 이게 대체 무슨 일입니까?"

최화운이 말했다.

"잘은 모르지만, 진 같아요."

사방을 살피던 나시찬이 확신에 찬 목소리로 말했다.

"이건 분명 귀령멸혼진입니다. 착시(錯視)를 통해 환상을 일으키는 진이지요. 진이 일으키는 환상에 홀리면 혼이 빠져나간다고 들었습니다. 아무것도 만지지 말아야 해요. 건드리면 변하는 것이 이 진의 특색입니다."

"뭘 건드리면 어떻게 변하는데?"

"에, 그건 확실히 모르겠습니다. 오행(五行)과 구궁(九宮)의 방위와 특성을 알아야 하고, 그것을 변화시키는 지점과 물건이 어떤 것인지 알기는 지극히 어렵죠. 가장 간단한 이십오와 팔십일의 변화의 수만 따져도 파악하기 쉽지 않습니다. 기하급수적으로 늘어나는 변화의 수는 천재라 해도 다 파악하여 대처할 수 없죠."

"이놈이 쓸데없는 것들만 외우고 다니네. 그래서 결론이 뭐야?"

"네. 그게, 시전자의 의도를 간파하는 것이 차라리 빠르다는 말이에요."

"어떤 무식한 놈이 널 가르친 거냐?"

"네? 마군과 칠대장로들의 가르침을 받았습니다."

"으이그, 그런 돌대가리들에게 배웠으니 빈 수레마냥 소리만 요란하지. 너, 마도가 뭔지나 아느냐?"

"……."

"힘만 믿고 설치는 불학무식한 것들이 바로 마도란 말이다. 돌대가리들이 돌대가리를 가르치니 제대로 될 게 있겠느냐?"

"그래도 마군과 칠대장로님들을 욕하시는 건……."

"욕먹을 놈은 먹어야지! 무식한 놈한테 유식하라고 가르치니 그게 미친놈이란 말이다."

"그럼 철 대인의 방법은 뭡니까?"

"이놈이 이제 대놓고 대드네?"

"천하의 고수들을 대놓고 무식하다고 욕한 분의 고명한 방법이 뭔지 알고 싶을 뿐입니다!"

"이런 미친놈. 나처럼 무식한 놈한테 무슨 고명한 방법이 있단 말이냐?"

"방법이 없기는 마찬가지인데 누굴 욕하냐고요!"

"누가 방법이 없다던?"

"방금 그렇게 말하지 않았습니까?"

"이놈이 정말 무식하구나. 이 무식한 놈아, 잘 들어라. 본래 무식한 것에게는 그에 맞는 방법이 있는 법이다. 그걸 모르니 네놈이 얼마나 무식한 놈인지는 뻔한 일이다."

"그럼 그 무식한 방법은 뭡니까?"

"진작에 그렇게 물어야지. 커흠, 그냥 때려 부숴!"

"네?"

"이놈이 그새 귀까지 먹었나? 그냥 때려 부수란 말이다."

"잘못 건드리면 더욱 깊은 함정에 빠질 텐데요……?"

"무식한 것들 눈에는 본래 뵈는 게 없는 거다. 뵈는 게 없는데 착시나 환상을 겁낼 이유가 어디 있어? 무식한 놈답게 그냥 때려 부수면 된다."

"그게 말처럼 됩니까? 나가서 죽으라는 말보다… 윽!"

나시찬은 말하다 말고 엉덩이를 감싸 쥐었다. 철무극에게 걸어차여 저만치 날아가 처박혔던 것이다.

푸르르.

처박히면서 무엇을 건드렸는지 주위 풍경이 가물거리며 변하기 시작했다.

"어이쿠, 젠장. 숲이 바위산으로 변했다! 이게 대체 무슨 요술이란 말이냐?"

바위산으로 변했을 뿐 아니라 스멀거리는 안개까지 솟구치기 시작했다. 주위가 이내 짙은 안개에 휩싸여 일장 앞도 안 보일 지경이다.

끼히히.

캬오오오.

귀신의 호곡까지 합세하여 솜털을 곤두세웠다.

"으으으."

장자경이 덜덜 떨면서 철무극 옆에 붙어 섰다.

"네놈도 가서 때려 부숴."

"아코!"

장자경 역시 엉덩이를 걸어차여 나시찬 옆에 떨어졌다.

"네놈들 앞쪽이 북쪽이다. 가로막는 건 다 때려 부숴라."

철무극의 말을 들으며 나시찬은 쓰게 웃었다.

"고생시키려고 작정을 하셨군. 가지."

"요 싸가지없는 새끼가 꼬박꼬박 반말이네. 너 몇 살 처먹었니?"

"나이로 형님 대접받으려는 겐가? 철 대인 앞에서 나이 들고 따져보시지 그래? 비슷해 보이니까 맞먹어도 될 듯싶은데?"

"으이그, 망할. 힘없는 것이 죄로구나. 힘없는 자는 서러워! 난 못해. 네놈 혼자 때려 부수든 말든 마음대로 해봐라."

"그럼 혼자 남아 있든지."

"으으, 개놈의 새끼. 여기만 벗어나고 보자. 기필코 그 주둥이를 뭉개주고 말 테다!"

스르륵, 스르륵.

"뭔가 다가온다. 조심해!"

"으으으, 무서워 죽겠다. 보여야 뭘 하든 말든 하지!"

안개로 가려진 시야, 귀를 자극하는 호곡, 스멀스멀 다가오는 괴이한 기척은 공포를 불러일으키는 최적의 조건이었다.

"으헉, 이게 뭐냐? 저리 꺼져!"

장자경이 놀라 부르짖으며 눈앞에 나타난 희뿌연 물체를 향해 오화혈살지를 뿌렸다.

픽.

오화혈살지는 뭉쳐진 안개를 꿰뚫은 듯 아무런 타격감도 없이 소멸되었다.

"환영이야. 정신 차리고 잘 봐!"

"망할 놈아, 보긴 뭘 보라는 거야! 네놈 눈엔 뭐가 보이냐?"

"눈으로만 볼 생각 말고 오감을 열어두란 말야. 두려워하면 시야가 더 흐려져. 정신 차리지 않으면 환상에 빠진다고!"

나시찬과 장자경은 서로를 향해 마구 욕하고 떠들면서 한 발 한 발 앞으로 전진했다.

철무극은 최화운과 함께 서너 발자국 뒤에서 산보하듯 한가로이 걸었다.

꺄오오.

끼이이, 끼익.

괴상한 호곡은 더욱 높아졌다. 귀가 멍멍하고 머리가 띵하며 속이 울렁거릴 정도였다.

스르륵, 스륵.

무엇인가 끊임없이 몰려오는 기척은 숨이 막힐 지경이고, 심장에 압박을 가했다. 본래 겁이 많고 잡생각이 많은 장자경은 더욱 두려움에 겨워 몸을 떨었다.

"차합!"

나시찬이 문득 천둥 같은 기합을 터뜨렸다.

아랫배 가득 힘을 넣어 터뜨린 호통은 공기가 파르르 진동할 정도로 강력했다. 스멀스멀 다가오던 기척들이 그 서슬에 놀라 꺼지듯 사라졌다.

나시찬은 눈을 부릅뜨며 앞을 향해 연속 삼 장을 후려갈겼다.

파바박.

"켁."

땅거죽이 우두둑 뜯겨 나가며 억눌린 비명 소리가 들렸다. 귀신의 호곡도 한층 약해졌다.

눈알이 돌아갔던 장자경이 겨우 정신을 차리고 사방을 돌아보았다.

"뭐야, 대체 뭐야?"

얼굴에 줄줄 땀을 흘러내리는 것을 보면 어지간히 놀란 모양이다.

나시찬이 심호흡을 하며 말했다.

"정신 못 차리면 바로 빨려든다니까! 긴장 풀고 엄호만 해줘."

"에익, 이 장자경이 꼬마 놈보다 못한 꼴을 보이다니. 창피해 죽겠다. 누구보고 엄호를 하라는 게냐. 내가 앞장설 테다!"

오기가 솟구친 장자경은 큰소리를 치며 성큼 앞장섰다. 하지만 아직도 심장이 떨리고 다리가 후들거려 제대로 걷지 못했다.

나시찬도 바짝 긴장한 상태라 더 이상 비웃음을 날리지 못하고 신중하게 앞으로 전진했다.

장자경은 못 이기는 척 나시찬에 바짝 붙어서 좇았다.

휘이이이.

서늘하고 음침한 바람이 불어왔다. 그 바람에 실려 귀신의 호곡도 높아지기 시작했다. 희뿌연 귀신의 그림자가 당장이라도 등 뒤에 붙어 목을 깨물 것만 같았다. 소름이 오싹 돋고 식은땀이 흘렀다.

확.

"으헉!"

갑자기 불쑥 일어선 검은 형체를 보고 놀란 장자경은 자기도 모르게 손을 뻗어 오화혈살지를 뿌려댔다.

"좀 보고 손을 써. 하마터면 내가 맞을 뻔했잖아! 이런, 찻!"

불쑥 솟구쳤던 짚단 인형에 신경 쓰고 있는 사이, 싸늘한 한기가 느껴지는 빛무리가 덮쳐 왔다. 나시찬이 격출해 낸 일격이 빛무리를 후려쳤다.

짜앙.

유리 부서지는 소리가 울렸다.

"앗!"

멸혼장과 부딪친 빛무리가 수많은 파편으로 부서져 사방으로 비산했다.

깜짝 놀란 장자경은 눈앞으로 쏟아져 오는 수많은 빛무리를 보고 그만 풀썩 주저앉았다. 작고 날카로운 파편들이 아슬아슬하게 머리 위를 스치고 지나갔다.

"대체 뭐냐? 뭔지 보고 쳐. 누굴 죽이려는 거냐!"

"뭐가 튀어나오는지 내가 어떻게 알아. 죽기는 싫어서 잘도 피하는구만!"

"망할 녀석. 곧 죽어도 잘못했다는 소리는 안 하네."

"꼴사납게 누워 있지 말고 그만 일어나시지?"

긴장을 푸는 데 있어 농담보다 좋은 것이 없다는 사실을 은연중에 깨달은 둘은 쉬지 않고 지껄였다. 물론 주위를 살피는 것을 잊지는 않았다.

"허상과 암기, 호곡 등은 사람이 조종하는 것이 분명해. 어딘가 숨어 있을 테니 조심하라고."

"알고 있어. 잔소리하지 마."

"잔소리 안 하면 당장 귀신의 호곡에 홀려 정신을 놓을 인간이 큰소리는."

"시끄러……! 으헉!"

"헉."

갑자기 발밑이 허전해지며 몸뚱이가 밑으로 푹 가라앉았다. 손발을 마구 허우적거려 보았지만 잡히는 것이 없다. 몸뚱이는 순식간에 밑으로 곤두박질쳤다.

촤라락.

쇠사슬 풀리는 소리와 함께 번개처럼 빠른 일륜이 곤두박질치는 두 사람을 휘감았다. 장자경은 나시찬을 붙들고 늘어졌으며, 나시찬은 쇠사슬을 움켜잡았다.

취릭.

쇠사슬이 빠르게 감기며 두 사람을 끌어 올렸다.

털썩.

함정 바깥으로 던져진 두 사람은 절로 안도의 한숨을 토해냈다.

"으흐, 젠장. 정말 죽을 뻔했다."

"정말 등골이 오싹하군."

나시찬은 혀를 내두르며 자신과 장자경을 한꺼번에 옭아맨 쇠사슬을 풀었다. 일륜은 즉시 철무극의 손으로 빨려갔다.

스윽.

겨우 식은땀을 훔치고 있을 때 다시 미약한 기척이 들이닥쳤다.

과악.

기척을 느끼고 흠칫했을 때 기다란 창이 맹렬한 기세로 찔러왔다.

"망할!"

장자경과 나시찬은 동시에 바닥을 굴러 몸을 피했다.

창은 한두 개가 아니었다. 마치 화살이 날아오듯 연속해서 날아들었다. 떼굴떼굴 구르는 두 사람을 아가리를 쩍 벌리고 있는 함정 속으로 밀어 넣으려는 것 같았다.

"저기다!"

장자경이 부르짖으며 양손을 번갈아 휘둘렀다. 예리한 비수가 번개처럼 쏘아져 나갔다.

특별한 비도술을 익힌 것은 아니지만, 장자경의 주특기는 바로 이 비도술이다. 창을 날리는 인기척을 느끼고 던져 내는 속도가 대단히 빨랐다.

쨍쨍.

비도는 병장기에 의해 튕겨 나갔다. 하지만 계속 날아들던 창들도 더 이상 날아오지 않았다.

나시찬이 벌떡 몸을 일으켜 창이 날아온 쪽을 향해 몸을 날렸다. 비마 모원형에게서 마도의 제일 경공술, 잠마비영을 전수받았는지라 그 속도가 대단히 빨랐다. 멸혼장의 강력한 장력이 격출되었다.

"커흑."

바위 뒤에 숨어 있던 자가 비명을 토하며 나뒹굴었다.

장자경이 비도를 날리고, 나시찬이 몸을 날려 멸혼장을 격출한 시간은 눈 깜짝할 사이에 불과했다. 그동안 한데 어우러져 격전을 벌여보았는지라 제삼자를 공격하는 데 있어서도 죽죽 딱딱 맞았다.

끼아아악.

귀신의 호곡이 갑자기 높아졌다.

아직 공력이 약한 장자경과 최화운, 나시찬은 그 높은 소리를 견디지 못하고 비틀거렸다. 천사교에는 과연 소리로써 상대를 타격하는 음공(音功)이 발달해 있었다.

훼앵.

문득 바람 가르는 소리가 맹렬하게 들려왔다. 철무극의 손에서 월륜이 발출된 것이다.

촤아악.

바닥에 낮게 깔려 허공을 가로지르던 월륜이 문득 위로 치고 오르며 무언가를 갈라 버렸다.

그토록 높게 울려 퍼지던 호곡이 뚝 멈추었다. 월륜이 호곡을 울리는 자를 갈라 버린 것이다.

휘웅.

안개 속에서 월륜이 불쑥 돌아왔다.

철무극은 월륜을 받아 챙기고 최화운과 함께 함정을 건너뛰었다.

"칠칠치 못한 것들. 아예 귓구멍을 막고 나서라."

나시찬과 장자경은 인상을 찡그리면서도 서둘러 귀를 막을 것을 찾았다. 준비된 것이 없어 속옷을 조금 찢어 침을 묻힌 후 귀를 틀어막았다.

극도로 높은 호곡은 들리지 않았지만 심장을 벌렁거리게 만드는 흐느낌은 계속되고 있었다. 옷깃으로 귀를 틀어막자 그 흐느낌 소리도 한층 미약해졌다.

"이제 시작인 것 같으니 잘들 해봐라."

"으으, 이제 시작이라고요?"

장자경은 엄살부터 부렸다.

하긴 방금 들었던 그 높은 호곡만으로도 그는 죽다 살아난 기분이었다. 골이 흔들리고 내장이 온통 뒤틀리는 것 같았다. 소리만으로 이토록 큰 충격을 줄 수 있다는 사실이 신기할 따름이었다.

나시찬은 심호흡을 하며 앞으로 나섰다.

그 역시 고통을 당했지만 당할수록 오기가 솟구치는 성격인지라 물러서고 싶지 않았다. 급박한 상황이 닥치면 철무극이 도와줄 것은 알지만 그전까지는 최선을 다해보리라 작정했다.

"가지."

장자경은 마구 인상을 쓰면서도 나시찬과 나란히 걸었다.

최화운이 재빨리 다가가 속삭였다.

"조심하세요. 뒤는 철 공자께서 받쳐 줄 것이니 너무 긴장하지 마세요."

"옳지, 그렇지!"

자신들이 감당하지 못할 정도면 철무극이 나선다는 사실을 이제야 깨닫다니 스스로가 한심스러웠다. 처음부터 워낙 마음을 졸였기 때문이다.

고생은 하겠지만 죽을 염려는 없다는 사실을 알게 되자 장자경은 대번에 용감해졌다.

"자, 나가자. 요사스런 짓만 골라 하는 천사교 놈들에게 본때를 보여 주자고!"

"하하, 이제야 정신을 차렸군. 흥, 이자들을 혼내주긴 혼내줘야지. 당하고만 있을 수는 없잖아!"

"당연하지. 어느 놈이든 나서봐라. 이 장자경이 상대해 주마!"

자신만만해진 둘은 마음을 단단히 먹고 다시 전진하기 시작했다.

진에 대해 아는 사람은 없었다. 나시찬만이 원론적인 지식 정도를 알 뿐, 변화와 함정 등의 위치를 알지는 못했다. 오감을 열고 담력을 믿으며 차근차근 전진할 뿐이다.

"귀령멸혼진의 특징은 오행구궁의 변화가 주를 이루지 않는다. 변화 속에 감추어진 귀기가 정신을 혼미케 하고, 여러 가지 사술이 주가 되는 것이다……."

"혼자 뭘 중얼거려?"

"주워들은 진의 특성을 생각하고 있어. 이 진은 오행과 구궁을 기본으로 펼쳐진 거야. 방위와 지형에 따라 생사의 문이 정해지며, 안개와 허깨비 같은 환영을 만들어내지. 이런 환영에 걸려들면 함정에 빠지지만 더 무서운 것은 환영 속에 감추어진 사람들이야. 이들은 진보다 변화막측해서 더 큰 위협이 된단 말야."

"맞아, 사람이 젤 무서워. 진도 사람이 만든 거잖아."

"음, 사람이 만든 거라……. 그래서 무식하게 때려 부수라고 하셨나?"

"본래 무식한 놈 눈에는 뵈는 게 없다잖아. 무서울 게 없으니 두려울 것도 없지. 그래서 무식한 놈이 무서운 거야. 그런데 넌 무기 안 쓰냐?"

"아직 병기를 배울 정도는 아냐. 장권을 다 배워야만 병기술을 배울 수 있어."

"젠장, 뭐 그리 복잡하냐. 그냥 아무거나 잡고 배우면 장땡이지!"

"조심!"

나시찬이 성큼 나서며 장력을 후려쳤다.

텅.

갑자기 튀어나온 검은 인영을 향해 격출된 장력은 마치 철기둥을 친 듯 강한 반탄력으로 튕겨 나왔다.

"죽어랏!"

장자경이 호통을 내지르며 오화혈살지를 뿌렸다.

따라랑.

오화혈살지 역시 바로 튕겨 나왔다.

장력과 지력을 맞고도 꼼짝 않던 인영이 양팔을 활짝 벌리며 뱅글 몸을 돌렸다. 그 기세가 강력하여 휘잉 파공음이 들렸다.

"이크!"

"철인형이야!"

둘은 인상을 마구 찡그리며 납작 엎드렸다.

차라락.

철인형의 움켜쥔 주먹이 갑자기 쑥 빠지며 길게 늘어났다. 철퇴처럼 쇠사슬에 연결되어 있었던 것이다.

횡횡횡횡.

빙글빙글 도는 철인형과 함께 길게 늘어난 주먹이 더욱 넓은 범위를 휩쓸기 시작했다.

그뿐만이 아니었다.

팔이 아래위로 오르내리며 주먹의 높낮이까지 조절했다. 땅에 엎드려도 소용없게 된 것이다. 쇠주먹이 미치는 범위 바깥은 바위로 둘러싸여 피할 곳도 없었다.

물러설 곳이라고는 뒤밖에 없는데, 철인형은 미끄러지듯 앞으로 전진해 왔다. 그야말로 진퇴양난이었다.

"쇳덩어리를 어떻게 때려 부수느냐고!"

장자경이 계속 뒤로 밀려나며 소리쳤다.

나시찬이 말했다.

"바닥이다. 아래쪽은 무방비야. 거길 때려 부수면 기계가 망가질 거야!"

"저렇게 빨리 휘두르는데 어떻게 접근하냐?"

"비도로 막아봐. 잠깐만 버텨주면 내가 들어간다."

"나보고 방패가 되란 말이냐? 저렇게 강한데 비도로 어떻게 막으라고?”

“그럼 어쩌자는 건데?”

“몰라!”

“일단 막아. 뒷일은 나중에 생각해도 된다!”

“망할. 좋다, 간다!”

장자경은 양손에 비도를 쥐고 곧바로 뛰어들었다. 무겁게 휘둘리는 쇠주먹을 향해 비도를 내밀었다.

쩡.

“윽.”

쇠주먹 하나를 막았을 뿐인데, 손목이 끊어지는 듯 아프다. 곧바로 왼손 쇠주먹이 날아들었다. 장자경은 이를 악물고 다른 손을 내밀었다.

다시 한 번 요란한 쇳소리가 울렸다. 장자경은 하마터면 힘에 밀려 그대로 나가떨어질 뻔했다.

나시찬이 번개처럼 뛰어들었다. 강력한 멸혼장이 연이어 격출되었다.

꽝꽝, 꽈앙.

철인형이 박혀 있는 아랫부분을 연속 후려치자 땅거죽이 들썩였다. 흙으로 살짝 가려진 기계의 밑부분이 드러났다.

“빨리 때려 부숴!”

장자경이 버티기 힘들어 마구 소리쳤다. 나시찬은 대꾸하지 않고 계속 장력을 내질렀다.

꽈드득, 꽈득.

쇳덩이가 일그러지기 시작했다.

까락, 까락.

잘 돌아가던 기계가 비명을 지르기 시작했다. 몇 번 후려치자 기계는 결국 멈추고 말았다.

장자경이 털썩 주저앉았다. 온몸에 땀이 흘러 겉옷까지 축축할 지경이다.

"아, 젠장. 쇳덩이한테 공격을 당하다니, 별꼴을 다 보는군. 이런 걸 대체 어떻게 만든 거야? 정말 무서운 놈들이다!"

"술법과 기계를 가장 잘 쓰는 자들이 바로 사파 놈들이야!"

나시찬도 한숨을 토하며 급한 숨을 가라앉혔다.

"헉헉."

"후아, 후아."

나시찬과 장자경은 완전히 지쳐 버렸다. 기진맥진하여 더 이상은 손가락 하나 까닥거릴 힘이 없다.

나시찬은 뒤를 돌아보며 혀를 내둘렀다.

넓지 않은 가산(假山)일 뿐이다. 폭이 이십 장도 되지 않는 가산을 무려 세 시간 만에 뚫고 나왔다. 결국 저 조그만 가산을 돌고 돌았다는 얘기다.

"제기랄, 진이라는 것이 이토록 무시무시할 줄이야! 어떻게 뚫고 나왔는지 모르겠다."

정말 기기묘묘한 것들 투성이였다. 몇 번이고 죽을 뻔한 위기를 맞았고, 철무극이 세 번이나 더 도와주었다. 그런데도 완전 파김치가 되었다.

거우 숨을 고른 나시찬은 주위를 돌아보다 갑자기 눈을 크게 떴다.

"어? 저 여자는……."

장자경도 고개를 돌렸다.

"어라, 설영로잖아! 언니인 설영령에게 끌려 갔던 애가 왜 저기에 있지?"

가산의 초입에 서 있는 설영로의 모습도 극도로 지쳐 보였다. 그녀 역시 무턱대고 진으로 뛰어들었다가 온갖 고생을 했던 것이다. 그 무섭고 살 떨리던 진의 환영과 공격을 홀로 버텨냈을 테니 더욱 힘들었을 것이다.

철무극도 설영로를 보았다.

"저 아이는 왜 따라와서 고생을 자처했을꼬?"

너무 지쳐 버린 설영로는 곧 쓰러질 것처럼 휘청거렸다. 철무극이 훌쩍 달려가 그녀를 부축했다.

"집에 가서 혼날 생각 하니 재미가 없든? 왔으면 불러야지 왜 혼자 뛰어들어?"

"헉헉. 목이 터져라 불렀단 말이에요. 하지만 누구도 대답하지 않았어요. 난 무서워 죽는 줄 알았다고요!"

"무서워 죽는 줄 알았다면서 아직도 기가 살아서 소리는 크구나."

"보자마자 핀잔부터 하기예요. 그대에게 할 말이 있어서 쫓아왔다고요."

"할 말이 있어? 뭔데?"

"학학, 우선 숨부터 쉬고요."

설영로가 숨을 몰아쉬는 동안 모두들 가까이 다가왔다.

장자경이 궁금증을 참지 못하고 먼저 물었다.

"무슨 중요한 말을 하려고 이런 험지로 뛰어들었을까?"

잠깐 인상을 찡그리던 설영로가 갑자기 심각한 표정이 되어 철무극을 바라보았다.

"백염공 권오중을 봤죠?"

"권오중?"

철무극이 고개를 갸웃거리자 장자경이 나섰다.

"아, 그 위선자……."

장자경은 문뜩 입을 다물고 철무극의 눈치를 보았다. 당시의 일은 설영로가 모르는 일로 넘어가기로 했었다.

설영로가 말을 계속했다.

"그가 독물을 써서 나를 기절시키고, 인질로 삼았다는 것을 짐작할 수 있어요. 그대는 나를 구하기 위해 그들을 모두… 죽였나요?"

철무극은 여전히 고개만 갸웃거렸다. 그때의 일이 생각나지 않는 것이다.

장자경이 대신 나섰다.

"그자가 무슨 소릴 했소? 한바탕 두들겨 패고 우두머리 놈들 팔 하나씩 자르긴 했지만 죽지는 않았을걸. 자기가 벌인 일을 나팔 불고 다니라고 했는데, 소자가 그 소문을 들은 모양이군?"

설영로가 고개를 저었다.

"그런 소문은 듣지 못했어요. 하지만 백염공 곽오중과 그 수하의 인물들이 몰살당했다는 말은 들었어요. 그대들이 죽였나요?"

"뭐라고? 그놈들이 다 죽었어? 우리, 지존보와 내가 그자들을 죽였다고? 어느 새끼가 그따위 모함을 하는 거야! 대체 어떤 놈이오?"

"그들을 죽이지 않았다는 말인가요?"

"죽이긴 누가 죽여! 그냥 몇 대 두들겨 패고, 우두머리 세 놈의 팔 하나씩 잘랐다니까! 대체 어디서 무슨 말을 들은 거요?"

"백염공 곽오중의 별장에서 혈사가 벌어졌어요. 끔찍한 모습으로 죽은 자만 이십칠 명이라더군요. 협사재인(俠士才人)으로 명성이 높은 견무겸, 견 대협(大俠)께서 사건 조사를 위해 출동했어요. 혐의자는 바로……"

"우리라고? 이런 우라질!"

장자경이 벌컥 화를 내면서 철무극을 바라보았다.

"생각 안 납니까? 그 위선자 놈이야 죽어 마땅하지만 지존보 손에 죽은 건 아니잖아요! 어느 놈이 수작을 부리고 있는 것이 분명합니다. 모함에 걸려 함정에 빠졌다고요."

"시끄럽게 굴지 마라. 모함을 한다고 함정에 빠진들 무에 대수라더냐. 하지만 귀찮은 일이 벌어질 것은 확실하구나. 스물일곱을 모조리 죽여 버린 놈이라면 꿍꿍이도 만만치 않을 것이고."

"그렇다니까요! 어느 놈인지 잡아서 아가리를 찢어놔야 합니다."

"귀찮은 일들이 줄줄이 꿰이는구나. 흐음."

철무극은 잔뜩 인상만 쓸 뿐 더 묻지는 않았다. 누가 모함을 했든 결국에는 자신에게 올 것이고, 오면 그때 혼내주면 된다. 하지만 그전까지 귀찮은 일들이 따라다닐 것은 분명했다.

설영로가 다짐하듯 다시 물었다.

"정말 그들을 죽이지 않았죠?"

장자경이 대답했다.

"당연하지. 우리는 사람을 함부로 죽이는 살인마는 아니란 말요!"

"다행이네요."

"그 말을 물어보려고 달려온 거요? 흐음, 정성이 대단하시구만. 하긴 지존보를 본 여자들은 대부분 홀딱 반하고 말지……. 커흠."

설영로가 째려보자 장자경은 재빨리 입을 다물었다.

"이슬아."

"네?"

"내 걱정을 해주었다니 기분 좋구나."

철무극의 표정이 음흉하게 변하는 것을 본 설영로가 재빨리 인상을 썼다.

"누가 그대를 걱정했다고 그래요! 나는 다만 옳지 않은 일을 보고 바로잡기 위해 달려왔단 말이에요. 물론 집에 돌아가 꾸중 듣고 외출금지 당하는 것도 싫었지만……."

"므흐흐흐, 안다, 알어. 너의 마음을 이 지존보가 왜 모르겠느냐. 사람이 사는 데 재미없으면 되겠느냐. 이제부터 신나게 놀아보자꾸나. 마침 저 앞에 좋은 것이 있구나."

모두들 철무극이 가리키는 저 앞쪽을 바라보았다.

장자경이 인상부터 찡그렸다.

"저건 또 뭔지 모르겠군. 연무장이 있어야 할 자리에 탑이라니!"

천사교의 지형과 건물은 상식에서 벗어난 배치를 이루고 있었다.

대문을 들어서자마자 가산이 있고, 그 너머에 우뚝 솟은 탑이 있을 거라고 예상이나 했겠는가.

본 건물은 으스스한 검은색의 탑 너머에 자리잡고 있었다. 주위는 빽빽한 숲이라 탑을 지나지 않고는 본당으로 접어들 수가 없게 만들어 놓았다.

"정말 기분 나쁜 탑이군요. 겉모습만 봐도 으스스하잖아요. 귀신의 집 같지 않습니까? 삼백 명이 넘는다는 교도들은 다 어디로 숨어버렸는지 모르겠군요.”

탑을 살피던 철무극도 인상을 찡그렸다.

“저게 그 무슨 칠품교라는 것인가 보다. 그런데 이놈들, 나를 아예 적으로 돌릴 셈이더냐? 손해 볼 짓을 왜 하려는지 모르겠단 말야.”

“마도고수의 출현을 보고 제풀에 놀란 거겠죠. 그래서 일단 강호에 나왔으면 명성부터 날려야 한다니까요! 명성이 없으면 아무 놈이나 마구 덤벼들 겁니다.”

철무극이 막강한 권력을 쥐게 되면 옆에서 호령 좀 해보려고 장자경은 계속 부추겼다.

“이놈 저놈 한번 해보자고 마구 달려들면 얼마나 귀찮겠습니까! 일단 본때를 보여주고 졸개들을 모아 강호를 평정하면 누가 감히 귀찮게 굴겠어요.”

“이놈이 물건 하나 잘리더니 이상한 쪽으로 욕심을 내는구나. 너, 그러다 변태 된다.”

“으, 켁, 어린 여자들도 많은데 말 좀 고상하게 하면 안 됩니까! 너무 노골적이잖아요.”

“창피한 건 알아가지고. 그나저나 뭐든 결단을 내려야겠다. 흐음.”

철무극은 신경질적으로 중얼거리며 잠시 생각에 잠겼다.

귀찮은 일들도 마다하지 않고 부딪치려고 하는 걸 보면 스스로가 그것을 은근히 즐기고 있다는 뜻이다.

“천마신군의 신위를 다시 한 번 펼쳐 보면 가슴이 시원해질까?”

“네? 뭘 혼자 중얼거리십니까?”

“아니다.”

“저기도 그냥 쳐들어가서 때려 부숩니까?”

"가자."

"네."

검은색의 칠층 탑은 보기만 해도 으스스했다.

흐릿한 안개가 귀기처럼 후물거리고, 짙은 살기가 어려 소름이 오싹 끼쳤다. 문은 지옥의 아가리처럼 쩍 벌어져 있었으며, 그 안쪽은 시커먼 어둠에 싸여 아무것도 보이지 않았다.

나시찬과 장자경이 조심스럽게 접근하여 시커먼 안쪽을 살폈다.

"아무것도 없는데? 텅 비었어."

"그렇군. 하지만 뭔가 있는 것이 분명해. 귀령멸혼진이 일차 관문이라면 여긴 이차 관문인 셈이잖아. 쉬울 리가 없지."

"일단 들어가 볼까?"

"철 대인이 돌아갈 생각이 없으니 계속 가야지. 다른 방법 있어?"

"아니."

나시찬은 심호흡을 하고 성큼 안으로 들어섰다. 장자경이 쭈뼛쭈뼛 눈치를 보며 슬그머니 따라 들어섰다.

철무극과 두 여인이 곧 안으로 들어섰다.

스르릉, 꾸웅.

모두 안으로 들어서자 문이 내려졌다. 두꺼운 석문이었다. 문까지 닫치자 사방은 금방 칠흑처럼 어두워졌다.

확.

횃불 하나가 밝혀졌다.

탑 중앙에 우뚝 선 기둥에 박힌 횃불은 일반 불빛과는 달라 보였다. 밝지 않고 침침했다. 주위를 붉게 비추는 이상한 빛이었다.

"크카카카캇!"

동시에 요상야릇한 웃음소리가 들렸다. 사람의 심장을 울렁거리게 만드는 기분 나쁜 웃음소리다.

"으, 저런 괴상한 웃음소리는 난생처음 듣는다. 일부러 내지른 것이겠지만 정말 더럽게 듣기 거북하네."

장자경의 말이 끝나기 무섭게 기둥 뒤에서 불쑥 사람이 나타났다. 세 명이었다.

"크카카카카캇, 칵……. 케엑."

요상하게 웃던 자도 도중에 사레가 들려 그만 헛기침을 마구 해댔다.

"푸하하핫!"

장자경과 나시찬이 참지 못하고 웃음을 터뜨렸다.

"웃지 마랏!"

탑 안을 쩌렁쩌렁 울리는 호통 소리가 터졌다. 좁은 공간에서 터진 그 호통의 위력은 대단했다.

"윽."

공력이 약한 장자경과 나시찬, 최화운은 그 호통 한 방에 그만 울컥 피를 토하고 말았다. 정신이 멍멍하고 다리가 후들거리게 만드는 강력한 호통이었다. 설영로만이 겨우 버텨냈다.

"험험."

호통을 내질렀던 자가 재빨리 목소리를 가다듬고 점잖게 말했다.

"교주가 칠품교까지 발동하여 긴장을 했더니만 호통 한 방에 정신을 못 차리는 놈들이구나. 대체 뭘 믿고 날뛰려는 게냐?"

붉은 눈빛을 지닌 땅딸막한 인물은 오십이 넘어 보이는 초로인이었다. 사악한 기운이 전신에서 스멀거렸으며, 키와는 다르게 양손이 무척이나 길었다.

나시찬이 인상을 마구 찡그리면서도 재빨리 입가의 피를 닦아냈다.

"그대는……?"

"시찬아."

"네?"

"아무 때나 나서지 말아라. 귓구멍 다시 틀어막고 얌전히 물러나 있어. 너희들 상대가 아니다."

"네."

철무극이 거드름을 피우며 앞으로 나섰다.

"땅딸보, 이름은 무엇인고?"

"요런 싸가지없는 새끼. 네놈이 요즘 껄떡대고 침 좀 뱉는다는 그 마도 놈인 모양이구나! 감히 태산 같으신 어르신에게 대놓고 입을 나불거려? 요놈, 그 주둥이부터 찢어주마! 나서라!"

옆에 따르는 남녀가 나란히 앞으로 나섰다.

짜앙.

딸랑딸랑.

양손을 흔드니 요란한 바라 소리와 방울 소리가 울렸다.

짜앙.

딸랑딸랑.

바라와 방울이 부딪치고 흔들리며 토하는 소리가 점점 높아지자 탑 안의 공간마저 웅웅 울기 시작했다. 천사교의 인물들은 모두 음공을 기초로 무공을 익히는 모양이다.

"절에서 춤추고 연주하던 애들이냐?"

철무극의 비웃음도 아랑곳 않고 남녀는 더욱 힘차게 바라를 치고 방울을 울렸다.

"으음."

옷깃으로 귀를 틀어막았는데도 불구하고 장자경 등이 낮게 신음을 토해냈다.

"에이, 칠칠치 못한 것들. 이 정도를 버티지 못하는구나."

철무극이 뒤를 돌아보며 혀를 찰 때였다.

"죽어랏!"

바라를 치던 남자가 갑자기 호통을 내지르며 양손의 바라를 날렸다.

쐐앙.

두 개의 바라가 마치 철무극이 지닌 일륜처럼 허공을 가르며 상체와 하체를 동시에 노렸다.

"요것 봐라."

철무극은 재미난 장난감을 발견한 아이처럼 눈을 동그랗게 뜨고 날아드는 바라를 바라보았다. 바라가 바로 앞까지 날아들었을 때에야 양손을 들어 오화혈살지를 뿌렸다.

지잉.

바라의 넓은 면을 때리자 직선으로 날아오던 것이 힘없이 방향을 틀었다. 일륜을 써보았는지라 이런 종류의 무기가 지닌 특성을 너무 잘 알고 있었던 것이다.

놀라운 것은 다음이었다. 바라의 중앙에는 손잡이용 끈이 달려 있고, 그것에 가늘고 질긴 실이 연결되어 있었다. 이것 역시 일륜과 똑같은 특성을 지녀 가는 실로 방향을 조종할 수 있었던 것이다.

휘앙.

방향을 틀었던 쌍바라가 커다란 원을 그리며 날아갔다가 즉시 철무극을 향해 되돌아왔다.

"거참, 용하구나."

용한 것은 그것만이 아니었다.

바라가 방향을 트는 순간 여인 역시 손을 휘둘렀다. 양손에 들고 흔들던 방울들을 던져 낸 것이다.

날아오는 소리는 들리지 않았다. 방울이 울리지 않을 정도로 빠른 속도를 지녔다는 뜻이다.

철무극은 그야말로 네 방향에서 암기의 공격을 받게 되었다.

"요것들, 재주가 제법이구나!"

철무극은 감탄을 터뜨리며 몸을 팽그르르 돌렸다.

팍팍팍팍.

강력한 장력이 터지며 몸 주위를 에워쌌다. 그것은 마치 강기의 막과 같았다.

까라락.

퉁퉁.

쌍바라는 쇠벽을 긁는 듯 미끄러졌고, 쌍방울은 즉각 튕겨 나갔다.

"요놈들아, 네놈들은 아직 멀었다."

철무극은 튕겨 나가는 쌍방울을 향해 손을 뻗었다.

"요건 구름이 만나면 줘야지. 그 애도 요런 예쁜 금방울 같은 것을 좋아라 하더만!"

튕겨 나가던 쌍방울이 즉각 철무극의 손으로 되돌아왔다.

"엇! 격공섭물. 보통 놈이 아니구나. 정말로 오행마류를 쓰고도 남을 놈이다!"

느긋하게 지켜보던 땅딸막한 초로인이 크게 놀라며 즉각 뛰어들었다.

"그렇다면 볼 것 없다. 한번에 대들어 죽여 버려라!"

그는 장난 삼아 놀 상대가 아니라면 기운 남을 때 일찍 죽여 버리는 것이 마음 편하다고 여기는 자다. 호통을 내지르며 즉각 일격을 내뻗었다.

취악.

번개처럼 빠른 몸놀림에 이어 날카로운 비수 하나가 소매 속에서 튀어나와 곧장 철무극의 심장을 노렸다.

쌍바라를 쓰는 자도 즉시 방향을 조종하여 재차 철무극을 향해 되날렸다. 쌍방울을 빼앗긴 여자만이 잠시 주춤하다가 이내 쌍장을 내지르며 달려들었다.

세 방향에서 한꺼번에 들이닥치는 기세는 그야말로 태산이 무너지듯 강렬했다.

"얘들이 작정을 하고 덤비네?"

철무극은 우뚝 멈추어 서서 양손을 가슴에 모았다가 한번에 뻗어냈다.

콰콰콰르르.

흑색의 기류가 폭풍처럼 쏟아져 나왔다.

"앗, 흑마류다! 조심!"

땅딸막한 자가 흑마류를 알아보고 기겁을 했다.

그자는 독 바른 비수를 챙기고 재빨리 장법으로 전환시켜 쌍장을 내질렀다. 남녀도 다급히 공력을 끌어올리며 대응했다. 세 가닥의 기력이 한데 모여 흑마류와 부딪쳤다.

꽈아웅!

강력한 폭음이 일었다.

꽈르르르르.

기파가 퍼져 나가며 탑을 진공 상태로 만드는 것 같았다.

우릉.

탑 전체가 지진이라도 만난 듯 삐거덕거렸다.

"크윽."

남녀가 충격을 받고 뒤로 날아가 벽에 부딪쳤다.

땅딸막한 초로인은 쓰러지지 않았다. 정신없이 뒷걸음질을 치다가 겨우 몸을 세웠다.

철무극도 충격을 받고 상체를 휘청거렸다.

"어, 이놈들. 제법 하는구나!"

여태껏 만나본 자들 중에서는 가장 강한 고수에 속하는 자들이다. 천마신군 당시 만나보았던 최고수들과 비교해도 손색이 없을 정도였다. 칠품교라 했으니 이런 자들이 여섯이나 더 있다는 뜻이다.

"사파에서 언제 이런 고수들을 길러냈을꼬? 정말 용하구나."

망한 지 사십 년 만에 이런 고수들을 길러냈다는 사실이 놀라웠다. 누군가 독하게 마음먹고 채찍질을 하지 않았으면 힘든 일이다.

더욱이 이런 고수들이 사파의 각 문파마다 있다는 말은 차라리 믿어지지 않을 지경이다.

"흠, 점점 흥미가 땡기는데? 애 하나 낳아서 알콩달콩 살아보려고 강호에 나왔더니만, 세상이 변해 버렸어. 이거참, 갈등 생기네."

이 정도 무공을 지닌 자들이 많다면 한번 제대로 무공을 펼쳐 볼 수 있을 것 같았다. 사마영문만 데려가려던 생각이 차츰 변하기 시작했다.

고개를 갸웃거리며 고민에 빠지려던 철무극이 겨우 몸을 추스른 땅딸막한 초로인을 바라보았다.

"너, 뭐 하나? 그냥 쓰러져라. 괜히 힘쓰게 하지 말고."

"저저, 죽일 놈이 감히! 에익, 이것도 받아봐라!"

땅딸막한 초로인은 이상한 말을 홀로 중얼거리며 품속을 뒤져 뭔가를 마구 끄집어내서 집어 던졌다.

팔랑팔랑.

잘게 찢은 종잇조각 같았다.

팍.

허공에 떠오른 그 종잇조각들이 한순간 불꽃을 일으켰다. 그 불꽃들이 허공을 가로지르며 변하기 시작했다.

"어라, 요놈이 요술을 부릴 줄도 아네."

불쑥 손을 내밀어 불꽃을 잡으려던 철무극이 갑자기 팍 인상을 찡그렸다. 재빨리 손을 움츠려 보니 손바닥에 한줄기 붉은 선이 그어져 있었다.

직후였다.

쒜액.

허공에 난무하던 불꽃들이 모조리 날카로운 칼날로 변하여 철무극을 향해 쏘아졌다. 겨우 종잇조각이던 것들이 요술로 인해 저마다 실체가 되어 공격하는 것 같았다.

철무극의 표정이 더욱 일그러졌다.

"몇 마디 칭찬해 줬더니만 잘도 기어오르는구나. 돌아가랏!"

호통을 내지르며 일장을 후려갈겼다.

콰르르.

이번에는 백색의 기류가 나선처럼 꼬여 격출되며 주위의 공기를 빨아 당겼다. 철무극을 노리고 쏘아져 오던 비수들이 한꺼번에 그 기류에 휩쓸렸다.

비수를 빨아들인 백색 기류는 곧장 땅딸막한 초로인을 향해 몰아쳐 갔다.

"앗!"

땅딸막한 초로인은 자신이 펼쳐 낸 요술 비수가 고스란히 돌아오는 것을 보고 기겁을 했다. 더욱이 흑마류도 아닌 백마류에 휩쓸렸으니 그 기세는 자신이 쏘아낸 것보다 월등히 강력하다.

팍.

땅을 박차고 몸을 날렸지만 백색 기류는 더 빨랐다.

"크억."

땅딸막한 초로인은 등짝이 통째 뜯겨 나가는 고통을 이기지 못하고 떼굴떼굴 바닥을 굴렀다.

촤악.

팍.

나가떨어졌던 남녀가 급히 몸을 날렸다. 쌍바라와 쌍장이 다급하게 쳐들어왔다. 철무극이 재차 땅딸막한 초로인을 노릴까 봐 미리 손을 쓴 것이다.

"니들은 얌전히 있어."

철무극이 오화혈살지를 튕겨내자 남녀는 즉시 손을 거두며 물러섰다.

땅딸막한 초로인은 간신히 몸을 일으켰다. 남녀가 재빨리 달려가 살펴보았다.

이십여 개의 비수에 할퀴어진 등은 걸레처럼 찢겨 있었다. 피가 솟구쳐 멈추질 않았다. 남녀가 재빨리 땅딸막한 초로인의 대혈을 눌러 피를 멈추게 했다.

"으으……."

살은 물론 근육과 뼈까지 다친 땅딸막한 초로인은 서 있기도 힘든 듯 연신 신음을 토해냈다.

철무극은 물론 전혀 동정하지 않았다. 오히려 눈을 부릅뜨고 세 사람을 위협했다.

"네놈들 말고 여섯이 더 있으렷다? 사람 귀찮게 만들지 말고 한꺼번에 다 나오라고 그래라."

"으으, 저 망할 귀신은 대체 어디서 튀어나온 거냐? 마도 놈들 중 누가 저런 놈을 키워냈어? 정말 한꺼번에 대들어서라도 반드시 죽여야 할 놈이다!"

"그러니까 다 불러라. 여자애 하나 보러 왔는데, 대접이 이토록 거창하니 오늘 몸 좀 풀어보자. 교주란 놈도 부르려무나."

"닥쳐라, 이놈! 교주님이 너 같은 놈을 보기 위해 일부러 행차하실 것 같더냐! 우리 칠형제를 모두 물리칠 수 있다면 아마도 교주님을 뵐 수 있을 것이다. 하지만 이 칠층 탑을 모조리 통과해야만 가능하다는 것도 알아둬라."

"이 탑을 지나야만 교주란 자를 볼 수 있다는 말이지?"

"오냐, 우리 칠품교의 가르침을 끝까지 받아야만 가능하다."

"칠품교, 칠층 탑이라? 그럼 한 층에 한 놈씩 있겠구만."

"흥, 한 층에 한 명씩 있는 것은 맞지만 너 같은 놈을 상대할 때는 방법이 달라진다. 한꺼번에 모조리 달려들면 네놈이 견디겠느냐?"

"그러니까 어서 불러라. 칠품교의 가르침이 어떤지 보자꾸나."

"미친놈, 네놈이 올라와라!"

땅딸막한 초로인이 눈짓을 보내자 남녀는 재빨리 초로인을 잡아채어 기둥 뒤쪽으로 사라졌다.

"어라, 저놈이 도망가네."

홀쩍 몸을 날려 쫓아보니 기둥 뒤쪽에 공간이 있었다. 기둥 안에 위층으로 통하는 계단이 있었던 것이다.

무작정 쫓아가려던 철무극이 문득 뒤를 돌아보았다.

장자경 등이 석문 쪽에 서서 멀뚱멀뚱 바라보고 있었다. 철무극은 잠깐 인상을 찡그리다가 석문 쪽으로 걸었다.

"비켜봐라."

석문에 손을 대고 일장을 격출시켰다.

쿠웅.

탑이 잠깐 흔들렸을 뿐, 석문은 꼼짝도 하지 않았다.

철무극은 고개를 갸웃거렸다.

"한 층에 한 놈씩, 탑을 거쳐야만 교주란 놈을 만날 수 있다고 했겠다? 흐음, 얘들아, 저쪽으로 비켜나라."

모두 멀찍이 물러서게 한 후 철무극은 허리에 매달린 일륜을 풀어쥐었다.

第八章

神威

神威

꽈앙.

우룽, 우르르.

장력으로는 끄떡도 않던 석문이 일류 한 방에 구멍이 뻥 뚫리며 우르르 무너졌다.

"오메, 무서운 거. 대체 무슨 쇠로 만든 무긴데 그렇게 셉니까? 돌덩이를 무신 종잇장 찢듯 부숴 버리네!"

나시찬이 의기양양하여 대신 말했다.

"그만한 위력을 지녔으니 천하에서 다섯 손가락 안에 드는 마병으로 명성을 날리지!"

"쳇, 자랑 하기는. 명성이 아니라 악명을 날리는 거겠지!"

모두들 무너진 석문을 통해 밖으로 나갔다.

철무극은 칠층 탑을 올려다보며 자세를 잡았다.

"멀리 물러서 있거라. 내가 오늘 이놈들한테 본때를 보여줄 테다."

쌍륜을 쥐고 공력을 모으는 철무극을 바라보며 모두들 다음엔 또 무슨 일이 벌어질까 궁금해했다.

"일곱 놈을 상대함에 있어 뭐 하러 한 층 한 층 올라가겠느냐. 그냥 밑으로 끌어내리면 되지."

장자경이 참지 못하고 물었다.

"뭘 하실려고요? 여기 서 있는다고 놈들이 내려오겠어요?"

"귀찮게 하지 말고 멀찍이 물러나 있어. 구경이나 해라."

"네."

"험."

헛기침을 한 번 한 철무극은 아랫배에 불쑥 힘을 넣으며 쌍륜을 움켜쥐었다. 하지만 한동안 기다려도 아무런 행동도 취하지 않았다.

장자경이 다시 다가와 물었다.

"뭐 하십니까? 운기 중인가요?"

철무극이 인상을 팍 찡그렸다.

"폭발적인 공력을 터뜨리려는데 운용 구결이 생각나지 않는다."

"으이그, 그놈의 건망중! 요 며칠 괜찮은 듯 보이더니만, 하필 또 이럴 땝니까?"

"커흠, 이놈아, 건망중이 때 정해놓고 찾아온다던? 가만있거라. 생각이 날랑 말랑 하는데 헷갈린다."

"네. 뭐, 저놈들, 당장 내려올 것 같지도 않은데 천천히 생각하세요."

장자경이 뒤로 물렀다.

"흠, 왜 평소에는 잘도 떠오르다가도 생각만 할라 치면 까무룩 잊어

버릴꼬?"

한동안 고개를 갸웃거리고 있을 때 부서진 석문 안에서 힐끗 사람 그림자가 나타났다. 철무극 일행을 염탐하러 내려온 자였다.

"야, 이놈아. 석탑에 깔려 죽고 싶지 않은 놈들은 어서 내려오라고 일러라!"

철무극이 호통을 내지르자 염탐하러 온 자는 제풀에 놀라 급히 안으로 사라졌다.

"옳지, 이제야 생각났다. 요놈들, 혼 좀 나봐라."

문득 역혈수라마공을 생각해 낸 철무극은 구결을 외우며 공력을 끌어올렸다.

공력이 솟구치자 철무극의 얼굴색이 붉게 달아오르기 시작했다. 술에 취한 사람처럼 불콰해지더니 이내 불타듯 시뻘겋게 타올랐다. 두 눈에서 불꽃이 터져 나올 것 같았다.

캥.

죽은 듯 어깨에 붙어 있던 백아가 그 서슬에 놀라 소리를 지르며 훌쩍 몸에서 뛰어내렸다. 그만큼 강렬한 공력이 솟구친 것이다.

취아악.

월륜이 먼저 발출되었다.

바닥에 낮게 깔리며 날아가던 월륜이 석탑 앞에 이르러 불쑥 솟구쳤다.

퍽.

월륜은 그대로 석탑의 벽을 관통했다.

퍼버버벅.

석탑 안의 기둥이 터져 나가는 소리가 연이어 들리며 위로 솟구쳤다.

마지막 소리에 이어 석탑의 삼층 반대편 벽을 관통해 버린 월륜이 저 멀리 날아갔다가 긴 포물선을 그리며 되돌아왔다.

촤라락.

그때 일륜이 날았다.

사 장가량 풀려 나간 쇠사슬 끝에 매달린 일륜은 크게 원을 그리며 석탑의 측면으로 날아갔다.

콰앙!

일륜은 그대로 석탑의 측면을 뚫고 들어갔다.

그 위력은 실로 거대했다. 날카롭게 관통해 버린 월륜과는 달리, 일륜은 가로막는 것들을 모조리 부숴 버렸다.

석탑의 벽이 일 장 넓이로 터져 나가며 그대로 반대편까지 관통해 버렸다. 석탑 아랫부분에 일장 넓이의 구멍이 뚫려 버렸고, 탑 중앙을 떠받들고 있던 아름드리 기둥마저도 그대로 박살나고 말았다.

쿠릉.

월륜과 일륜에 의해 열십자로 관통당한 칠층 석탑이 지진을 만난 듯 흔들렸다.

쿠릉쿠릉.

몇 번이고 괴물 같은 비명을 토하던 석탑이 어느 순간 풀썩 주저앉았다.

꽈르르르릉.

칠층 석탑이 주저앉는 시간은 눈 깜짝할 순간이었다.

옆으로 쓰러지지도 않았다. 열십자로 관통당하면서 일층의 기둥들이 거의 동시에 부서지고 박살났기에 옆으로 기울어질 것도 없었다. 그대로 풀썩 주저앉았다.

그 짧은 순간 일대 혼란이 벌어졌다.

"으악!"

"악!"

석탑이 무너지는 소리에 묻혀 비명조차 크게 들리지 않았다.

"어이쿠, 젠장. 굉장하다."

"뒤로 물러서!"

철무극 일행까지도 놀라 부르짖었다.

석탑이 무너지며 일으킨 폭풍은 굉장했다. 마치 화산이라도 터지듯 맹렬한 기파가 터졌으며, 솟구치는 먼지는 거대한 구름이 덮쳐 내리는 것 같았다.

철무극 일행은 분분히 뒤로 물러서 몸을 피했다.

그와 동시에 무너지는 석탑 안에서도 검은 인영들이 밖으로 튀어나왔다.

석탑 안에 얼마나 많은 인원이 있었는지는 모르지만 밖으로 튀어나온 사람은 많지 않았다. 본래 창문조차 없는 석탑이었기에 벽을 부술 정도의 무공을 지니지 못한 자는 탈출할 생각도 못했을 것이다.

우르르릉.

콰르르르르르르.

석탑이 완전히 주저앉고 흙먼지만이 주위를 자욱하게 뒤덮었다.

나시찬과 장자경 등은 할 말을 잃고 멀뚱멀뚱 철무극만 바라보았다. 괴물인 줄은 진작에 알아보았지만, 일월쌍륜만으로 칠층 석탑을 한순간에 무너뜨릴 줄은 생각지도 못했다.

"역혈수라마공이…… 이런 위력을 낼 수 있단 말입니까?"

역혈수라마공은 공력을 한순간에 끌어올려 폭발적인 힘을 사용할 수 있다.

하지만 나시찬은 겨우 이 단계를 지나고 있을 뿐이며, 한 번도 이와 같은 위력을 본 적이 없었다. 다만 폭발적 힘을 끌어올려 공력을 쌓는 데 주력하고 있었을 뿐이다.

철무극이 나시찬을 향해 말했다.

"역혈수라마공은 구 단계로 이루어져 있다. 그중 삼 단계까지는 스스로의 공력을 쌓는 데 사용하고, 사 단계에 이르러서야 공격적으로 쓸 수 있다."

"네, 들어보았습니다."

"지금 내가 사용한 공력은 육 단계에 지나지 않는다. 팔 단계에 이르면 전신의 기혈이 폭발하여 스스로 파멸하기 쉽다. 구 단계에 이르면 신인합일(神人合一)의 조화경에 이를 수 있다지만, 그걸 완성했다는 사람은 못 봤다."

장자경이 혀를 내두르며 말했다.

"겨우 육 단계에 불과한데도 이런 위력을 낼 수 있단 말입니까?"

"사 단계 이상의 공력을 사용하면 그때부터 커다란 위험에 직면하게 된다. 혈기의 운행을 역행하기 때문에 혈도가 망가지기 쉽고, 내장이 상하기 시작한다. 그런 폐단을 어루만져 주는 것이 바로 개천마령대법이다. 개천마령대법으로 바탕을 지켜주지 못하면 대성하지 못한다."

"네."

나시찬은 마도 무공에 대한 충만한 자부심을 느끼며 흥분을 감추지 못했다.

푸스스스.

주위를 뒤덮었던 흙먼지들이 가라앉았다.

방원 십 장가량이 완전히 초토화되어 부서진 석재와 흙먼지만 가득했다.

"이노옴!"

울분이 가득한 호통 소리와 함께 몇 개의 그림자가 번개처럼 달려들었다. 무너진 석탑을 겨우 탈출한 자들이 이성을 잃고 덤벼든 것이다.

콱.

파악.

권풍과 장력이 태산이 무너지듯 덮쳐들었다.

"이놈들이 아직도 정신 못 차렸네?"

철무극은 덮쳐 오는 기운을 향해 일륜을 날렸다.

허공으로 치솟았다가 벼락 치듯 떨어지는 일륜의 기세는 마치 도끼질을 하듯 거칠고 강력했다.

쾅!

일륜은 권풍과 장력을 한꺼번에 밀어내며 땅을 후려쳤다. 땅바닥이 움푹 파이며 흙먼지가 마구 흩날렸다.

빠른 몸놀림으로 피했던 세 개의 그림자가 방향을 달리하여 재차 덮쳐들었다.

훼앵훼앵.

일륜이 철무극의 손가락에 의해 허공을 돌며 목표물을 찾았다.

콰앙!

쿵.

목표물이 피하면 곧바로 따라붙어 마구 후려쳤다. 한 번 후려칠 때마다 땅거죽이 터지고 흙먼지가 날렸다. 세 방향에서 덮쳐들던 자들은 그 험악하고 강력한 일류의 위력에 놀라 오히려 피하기에 바빴다.

"칠품교라더니 둘은 그나마 탈출하지도 못했구나. 이놈들아, 도망만 다니지 말고 그럴듯한 무공을 보여봐라."

무공을 보이라고 하면서도 철무극은 일류 날리는 재미에 빠져 기회를 주지도 않았다. 이리저리 마구 일류를 날리며 세 명을 몰아붙였다.

쾅쾅, 꽈드득.

일류가 후려칠 때마다 땅거죽이 들썩이고 바위들이 부서져 나갔다.

세 명의 노인은 일류에 쫓겨 피하기에 바쁠 때 다른 두 명은 각기 따로 움직였다.

한 명은 나시찬 등을 덮쳤다. 어린것들을 잡아 인질로 잡으려는 수작이었다. 그 첫 번째 목표가 재수없게도 설영로였다.

설영로의 무공은 이들 중 가장 강했다.

그녀는 본래부터 깊은 공력을 지니고 있었으며, 두 번에 걸친 철무극의 도움으로 인해 공력은 더욱 깊어졌다. 몸놀림과 단검을 쓰는 속도부터 달랐다.

쩡.

은밀하게 덮쳐든 장력을 향해 단검을 찌르자 강한 쇳소리가 울렸다.

설영로는 충격을 느끼며 비틀비틀 밀려났지만 이내 평정을 찾았다. 그녀는 숨을 고르며 매서운 눈빛으로 습격한 자를 노려보았다.

빼빼 마르고 눈빛이 독사처럼 날카로운 초로인이었다.

"좋다, 해보자!"

상대의 무공은 최소한 일층에서 보았던 땅딸막한 초로인만큼 높다는 것을 알면서도 설영로는 용감하게 덤벼들었다. 자신의 무공을 시험해 보고 싶었던 것이다.

츠츠츠츠.

단검 끝에서 검기가 일렁이며 적을 향해 찔러갔다.

빼빼 마른 초로인은 설영로가 검기까지 뿜어내는 것을 보고 다소 의외라는 듯 눈을 크게 떴다. 하지만 이내 눈빛을 사납게 일그러뜨리며 맹렬하게 장력을 휘갈겼다.

짜락.

날카로운 검기는 강력한 장력을 꿰뚫지 못하고 즉각 튕겨 나왔다.

설영로는 재빨리 뒤로 물러서며 환검을 펼쳐 냈다. 수많은 검기들이 소나기처럼 작렬하며 남은 장력을 갈가리 찢어발겼다. 하지만 재차 덮쳐 오는 장력은 감당하지 못하고 다시 몸을 날려 피해야 했다.

"도와야겠다!"

나시찬이 급히 나서며 일장을 내질렀다. 강한 장력이 빼빼 마른 초로인의 장력을 옆에서 갈겨 밀어냈다.

빼빼 마른 초로인은 인상을 찡그리면서도 슬쩍 나시찬의 장력을 튕겨내고 계속 설영로를 노렸다.

"늙은이, 여기도 있어!"

장자경마저 덤벼들어 오화혈살지를 쏘아냈다.

빼빼 마른 초로인은 설영로를 포기할 수밖에 없었다. 훌쩍 한 발 물러서며 쌍장을 양쪽으로 격출시켰다. 나시찬과 장자경이 화들짝 놀라며 급급히 몸을 피했다.

"찻!"

설영로가 기회를 놓치지 않고 몸을 날리며 일검을 찔렀다.

츠츳.

검기가 더욱 짙어지며 곧장 빼빼 마른 초로인의 심장을 노렸다.

빼빼 마른 초로인은 더욱 인상을 찡그리며 물러섰다. 아직은 어린 나이인데도 불구하고 세 명의 무공은 각기 특성과 자질이 다르다. 함부로 상대했다가는 큰코다칠 것 같았다.

빼빼 마른 초로인은 좀 더 신중히 행동하며 강한 장력을 이용해 세 사람을 위협했다.

마지막 한 명은 욕심이 지나쳤다.

호호백발의 팍삭 늙어버린 그자는 모든 것을 제쳐 두고 오직 철무극에게서 떨어진 백아를 노렸다. 영물인 백아를 잡아 내단을 빼먹으려는 속셈이다.

캬웅.

검기가 들이닥치자 백아는 날카로운 울음을 토하며 신경질적으로 늙은이를 노려보았다. 불타는 듯한 강렬한 눈빛이 단번에 늙은이의 눈을 파고들었다.

"엇?!"

천사교의 교도들은 주로 술법을 익히고 온갖 기묘한 재주를 연마한다.

늙은이 또한 진작부터 술법을 익혀왔으며, 제대로 발휘되는 위력에 대해 잘 알고 있다. 백아의 붉은 눈빛을 본 순간 그것이 요술임을 단번에 알아채고 급히 눈을 감으며 몸을 틀었다.

캥.

백아가 기회를 놓치지 않고 몸을 날렸다.

섬전처럼 빠른 몸놀림으로 늙은이의 옆구리로 달라붙은 백아는 그 날카로운 발톱으로 살을 후벼 팠다.

늙은이가 기겁을 하며 자신의 허리를 향해 왼손 장력을 후려갈겼다.

백아는 다람쥐처럼 늙은이의 등 쪽으로 돌았다.

늙은이는 마구 인상을 쓰며 어깨 위에서 등을 향해 검을 찔렀다.

백아는 밑으로 뚝 떨어져 내리며 늙은이의 허벅지에 붙었다. 입을 쩍 벌린 백아는 그대로 한입 물어뜯었다.

"으헉!"

송곳처럼 날카로운 이빨이 살을 물어뜯는 고통은 극심하기 짝이 없었다. 늙은이는 비명을 내지르며 눈물까지 찔끔 흘렸다.

백아는 물론 한입 물고 그만두지 않았다. 늙은이가 비명을 지르며 찔러낸 검을 피하며 또 한 번 등 쪽으로 타고 올랐다. 늙은이는 미리부터 비명을 내지르며 등을 향해 마구 검을 찔렀다.

"커윽."

이번에는 옆 목을 발톱에 할퀴었다. 동맥을 잘렀는지 피가 화살처럼 뿜어져 나왔다.

"으아악!"

늙은이는 목을 움켜쥔 채 공포에 질려 마구 울부짖었다.

크왕.

백아가 호랑이처럼 울부짖으며 늙은이의 가슴을 덥석 깨물었다.

"크으으……"

갈비뼈까지 물어뜯긴 고통은 순식간에 심장에 충격을 가하여 늙은이의 정신을 흩어놓았다. 정신없이 비틀거리느라 목을 움켜쥔 손까지 놓고 허우적거렸다. 피가 분수처럼 솟구쳤다.

철무극 같은 절정고수가 아니고서는 백아의 상대가 되지 못했다.

캥.

백아는 더 볼 것도 없다는 듯 늙은이의 몸에서 뛰어내려 철무극 쪽으로 걸었다.

불길을 토하는 눈빛과 기다란 털이 바짝 곤두선 모습은 소름이 끼칠 정도로 으스스했다.

"커흐⋯⋯."

늙은이는 그제야 맥을 놓고 쿵 쓰러졌다.

철무극은 어깨에 올라앉아 털을 고르는 백아를 쓰다듬으며 죽어 넘어진 늙은이를 바라보았다.

"쯧쯧, 늙은 것이 욕심은 많아가지고. 나한테 덤볐으면 죽지는 않잖아?"

철무극에게 덤벼들었던 세 명은 저만치 처박혀 있었다.

아이고, 데이고!

비명을 내지르고 있지만 죽은 자는 없었다. 내상을 당했거나 다리 하나 부러진 정도다.

혀를 내두르던 철무극은 이내 고개를 돌렸다.

설영로와 나시찬, 장자경은 아직도 빼빼 마른 초로인과 어울려 악전고투를 치르고 있었다.

설영로의 천엽검에는 힘이 넘쳤으며, 나시찬의 멸혼장은 안정되고 무거웠다. 장자경은 이리저리 마구 날뛰며 정신없이 오화혈살지를 뿌렸다.

하지만 그들 셋으로도 빼빼 마른 초로인을 물리치지 못했다. 한참 밀어붙이다가도 간혹 한 사람에게 집중된 공격을 받으면 놀란 토끼처럼 피하기에 바빴다.

"므흐흐, 이슬이 좀 봐라. 날렵한 몸매와 훌쩍한 키가 정말 예쁘지? 공력도 많이 늘었어. 고것 참, 가끔 사람 맘을 싱숭생숭하게 만든단 말이야."

물찬 제비처럼 움직이는 설영로의 모습은 과연 아름답고 활기가 넘쳐 보였다. 한창 피어나는 꽃처럼 밝은 빛이 뿜어져 나온다. 아름답고 어여뻐서 당장 한입 깨물어주고 싶을 지경이다.

"에, 커흠. 구름이를 만나기 전까지는 이런 생각 안 하기로 했건만!"

철무극은 재빨리 입가의 침을 훔치며 시선을 돌렸다.

"저놈, 왜 피하기만 하는 거야! 한 번만 잘 버티면 이슬이의 검이 끝장을 내겠구만. 그저 여우처럼 지 살길만 찾느라 바쁘구나."

악착같긴 해도 겁이 많은 장자경은 빼빼 마른 초로인의 공격이 자신을 노리는 기미만 보여도 몸을 날려 피하기에 바빴다.

캥.

털을 고르고 있던 백아가 신경질을 부렸다.

"아니, 여우가 다 그렇다는 것은 아니고. 그저 비유일 뿐이야. 너 좀 과민한 것 같다? 아직도 성질 안 풀렸냐?"

갸릉.

"이 정도 가지고 뭐가 귀찮다고 난리냐? 난 더 하잖아!"

갸르릉.

"알았다, 알았어. 넌 거기 붙어 잠이나 자라."

철무극은 백아를 달래놓고서야 다시 격전을 살폈다.

장자경이 겁을 내고 피하는 덕분에 나시찬이 더 많은 힘을 써야 했다. 초로인의 공격을 대신 막아야 했기 때문이다.

"저놈은 제법 뚝심이 있단 말야. 크게 될 놈이야. 이번 위기만 잘 넘기면 마도는 또 삼십 년 영화를 누릴 수 있겠다."

철무극이 홀로 중얼거리며 격전을 즐기는 동안, 빼빼 마른 초로인은 슬금슬금 눈치만 봤다.

동료들이 모두 당한 상태로 혼자 버텨봐야 이득될 것이 없다고 판단하여 몸을 빼 도망치려는 속셈이다. 하지만 찰거머리처럼 붙잡고 늘어지는 어린것들의 무공이 만만치 않아 몸을 빼기도 쉽지 않았다.

그중 가장 쉬운 상대는 역시 장자경이었다. 무공은 차치하고라도 겁이 많기 때문에 위협만 해도 일찌감치 몸을 사린다.

빼빼 마른 초로인은 장자경이 물러나는 틈을 타고 재빨리 몸을 뺐다. 나시찬이 급히 일격을 날렸지만 상관하지 않고 더욱 빨리 도주했다.

"요놈, 어디로 달아나려고! 남아서 몇 마디 불어봐라."

불쑥 나타난 철무극의 그림자만 보고도 빼빼 마른 초로인은 기겁을 하고 말았다.

멈추면 죽는다.

그렇게 생각한 빼빼 마른 초로인은 앞을 향해 최후의 일장을 후려갈겼다.

콰욱.

폭풍처럼 뻗어나간 장력은 빼빼 마른 초로인이 펼쳤던 장력 중 가장 강력했다. 그 위력에 놀라 스스로도 흐뭇한 마음까지 들었다.

하지만 그것뿐이었다.

강력한 장력은 허무하게 허공만 후려갈겼고, 갑작스레 조여오는 고통은 숨통을 막아버렸다.

"커윽."

겨우 숨통이 트였을 때는 의지와 상관없이 바닥을 뒹굴고 있었다.

"억억……."

아무리 용을 써도 막힌 숨통이 트이질 않았다. 정신이 아득해지고 감각이 아스라이 멀어졌다.

퍽.

시원한 통증이 등줄기를 파고들었다.

"쯧쯧, 그러게 왜 죽을 동 살 동 모르게 험악한 살수를 써? 나도 모르게 손에 힘이 들어가잖아. 죽지는 않을 테니 인상은 펴고."

"으으으……."

가물거리던 정신과 멀어지던 감각이 돌아오면서 창자가 찢기는 고통이 몰려왔다. 오장육부가 모조리 뒤집힌 것 같았다.

"이, 이 죽일 놈이……."

"어라, 늙지도 않은 것이 아직 정신 못 차리네. 더 맞고 싶어?"

"으으으, 날 죽여라! 네놈 무공을 제대로 판단하지 못했지만, 네놈도 무사하진 못할 것이다!"

"이놈들, 정말 정신 못 차리는군. 또 어떤 놈들이 기다리고 있다는 게냐?"

"천사교의 교도들이 다 죽는 한이 있어도 네놈만은 기필코 죽여 없앨 것이다!"

"어라, 얘들 정말 심하네. 내가 네놈들 부모라도 죽였냐? 왜 날 못 잡아먹어서 난리야?"

"네놈이 천마신군 철무극……."

철무극이 깜짝 놀라 소리쳤다.

"뭐라고? 내가 누군지 안단 말이냐?"

"물론 알고말고! 네놈은 바로 천마신군의 절기를 이어받지 않았느냐. 천마신군과 연관된 놈은 천년만년이 지나도 천사교의 철천지원

수다!"

철무극은 속으로 안도의 한숨을 내쉬었다.

자신의 정체를 알고 있는 것이 아니라, 오행마류 등의 무공을 보고 지레짐작하고 있는 것이 분명했다.

하지만 이건 확실히 문제다.

이자들이 일단 천마신군의 후예라고 믿어버리면 어느 한쪽이 죽기 전에는 싸움이 계속될 것이다. 오행마류와 같은 독특하고 강력한 마도 무공을 함부로 써낸 것이 문제였다.

"흠, 이거 정말 문제로구만. 기다리는 놈이 교주란 말이지?"

"흐흐, 누가 기다리고 있는지는 스스로 알아보아라. 하지만 네놈이 바라는 것은 결코 얻을 수 없을 것이다."

"내가 뭘 바라는지 니가 알어?"

"무엇이든! 넌 아무것도 얻을 수 없어."

"정말 짜증나게 만드네. 에익, 그냥 다 때려 부수고 말 테다!"

벌떡 몸을 일으킨 철무극은 무너진 석탑 뒤편을 바라보았다.

천사교의 건물 배치는 과연 이상했다.

대문 안에 가산부터 놓여 있는 것도 이상했지만, 언덕 높은 곳에 위치해 있는 본당이 석탑과 구름다리로 연결되어 있는 것도 정상은 아니다.

석탑이 무너지며 구름다리도 끊어졌으니 울창한 숲을 헤치고 나가야만 본당에 당도할 수 있을 것이다.

"구름이가 저기에 있단 말이지. 흐음, 구름이 얘하고는 영 이상하게 꼬여 있구나. 만날 때마다 쌈박질을 해야 하다니!"

처음 만날 때 그토록 겁을 준 것도 영 미안해서 마음에 걸리는데, 또 그 짓을 해야 할 것 같다.

철무극은 고개를 내두르며 본당을 향해 걸었다.

장자경 등이 뒤를 좇았다.

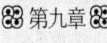

第九章

再會

再會

사마영문은 난처하고 답답하여 고개를 들지 못했다.

악연으로 시작된 철무극과의 인연은 그녀를 깊은 갈등으로 몰아넣었다.

공포로부터 시작된 철무극에 대한 감정은 그 후 조금씩 변하여 은밀한 그리움으로 변해갔고, 급기야는 마음이 아플 정도로 발전하고 말았다.

철무극이 진실을 얘기해 주었을 때 느낀 참혹한 배신감은 그만큼 정이 깊어졌음을 웅변하는 것과 무엇이 달랐으랴.

차갑고 이기적인 사고를 지니도록 교육받은 그녀에게 들이닥친 갑작스런 애정 관계는 그만큼 당황스럽고 낯선 경험이었다.

철무극에 대한 감정만으로 혼란스러운데, 사형들과 스승의 추궁 또한 만만치 않았다.

둘째 사형 사마진충은 철무극과의 관계를 노골적으로 비웃거나 이용하려 들었다.

철무극을 유혹하여 영물을 가로채자는 제의는 날카롭게 노려보는 것으로 물리칠 수 있었지만, 교주인 스승에게 자신의 마음을 일러바친 일은 절대 그냥 넘어갈 수 없는 야비한 짓이었다. 언젠가는 기필코 대가를 치러주리라 다짐했다.

첫째 사형 사마정교는 둘째보다 은밀하고 끈질겼다.

"우리 같은 인간이 남녀의 애정에 매달리는 것은 차라리 우스운 일이다. 목적에 맞도록 길러진 인간들이 바로 우리야. 필요한 것을 차지할 수 있다면 무슨 짓이든 못하겠느냐? 네가 원하는 것도 결국 천사교를 차지하여 강호를 질타해 보고픈 야망 아니겠어? 그자를 이용할 수 있는 조건을 네가 지니고 있다는 사실을 깊이 생각해 보기 바란다."

그것이 사마정교의 유혹이었다. 철무극을 이용하여 천사교를 장악하고 함께 야망을 펼쳐 보자는 것이다.

무엇보다도 괴로운 것은 교주요, 스승인 사마광의 날카로운 시선이었다.

배신한 제자를 보는 듯한 눈빛이 그녀를 무엇보다 슬프게 만들었다.

교주요, 스승이라는 위치를 떠나 사마광이란 인간이 어떤가는 알고 있지만, 그래도 십오 년 이상 가르쳐 주고 먹여준 은혜를 잊어본 적은 없다. 그런 사람에게 배신자 취급받는 것이 너무 마음 아팠다.

더욱이 사마광 역시 그녀를 추궁하며 철무극을 함정에 몰아넣을 것을 명했다. 이를 악물고 고개를 저었지만 결국에는 배신자로 낙인 찍힐 것 같았다.

"나의 지위가 그 한 사람으로 인해 뒤흔들릴 정도로 약한 것이었을까?"

철무극을 만남으로써 그녀의 위치는 흔들리기 시작했다. 부러움과 질투의 눈빛도 있었지만 대부분은 배신자를 향한 조소였다.

천사교의 사자를 상징하는 영롱교도 더 이상 부릴 수 없게 되었다. 그동안 누리던 막강한 지위까지도 박탈당한 상태였다. 아무것도 하지 못하고 스승의 명만 기다리는 입장이다.

그녀는 고개를 내저었다.

이와 같은 일들은 철무극 때문에 벌어졌다고는 할 수 없다. 천사교라는 조직과 스승, 사형들과의 인간 관계가 그만큼 위태로운 것이었고, 튼튼하지 못했기 때문이라고 해야 옳다.

철무극과의 만남은 단지 그런 관계를 표출시킨 작은 자극에 지나지 않는다.

일반 교도들은 교주와 제자들의 한마디에 영혼을 팔고 목숨을 걸지만, 가장 상층부의 권력자들은 다르다. 그들은 저마다의 야망이 있으며, 그것을 실현시키기 위해서는 무슨 짓이든 할 수 있다.

그것이 바로 천사교다.

깊이 간직한 뿌리가 없으며, 인간관계도 돈독하지 못하다. 그런 약점을 지니고 있기에 모든 것이 한순간에 무너질 수 있다.

"결국 너는 너이고 나는 나인가?"

모두들 교주라는 가장 높은 자리를 원한다. 서로를 믿지 못하고 경계한다. 약점이 보이면 무참하게 찌른다. 결국 공존할 수 있는 관계가 아니다.

"나는 어디로 가야 할까?"

이미 눈 밖에 났으니 천사교에는 더 이상 머물 자리가 없다. 어쩌면 배교자로 몰려 참혹한 죽음을 당할지도 모른다.

"그리고 그는 왜 오는 걸까?"

그녀의 상식으로는 철무극이 자신 때문에 온다는 생각은 할 수 없었다. 이해관계도 없는 사람을 위해 무서운 함정을 무릅쓰는 사람을 그녀는 보지 못했다.

더욱이 자신과의 관계는 단지 잠깐 즐기기 위해 장난에 지나지 않았다. 미안한 마음이 있었을 뿐이다. 철무극의 마음이 자신과 같았다면 소주에 머물 때 찾아왔을 것이다. 이제 와서 소란 피울 이유가 없다.

"들리는 말처럼 군마맹의 멸망에 대한 복수를 하기 위해서 오는 것뿐이라고!"

마음속으로는 자신을 보러 와주기를 바라고 있지만, 그것이 아니라고 여겨지는 생각이 슬플 뿐이었다.

"교주님, 칠품교가 무너졌습니다! 힘도 써보지 못하고 당했습니다."

허겁지겁 달려온 사마진충의 표정에 두려움이 가득했다.

교주 사마광의 표정도 절로 일그러졌다.

"뭣이, 그자가 이토록 빨리 칠품교를 돌파했단 말이냐?"

"돌파한 것이 아니라, 아예 부숴 무너뜨렸습니다. 직접 대면한 사람은 칠교두뿐이었습니다."

사마진충은 혀를 내두르며 칠층 석탑, 칠품교가 무너진 과정을 이야기했다.

"허, 위층으로 오를 생각도 않고 그냥 건물을 통째 무너뜨렸단 말이냐?"

"네, 정말 황당한 놈입니다. 다섯 교두가 간신히 탈출하여 놈을 막았지만 역부족이었습니다. 그자의 손에 들린 일월상륜은 정말 무시무시했습니다."

교두들이 당하는 모습을 떠올린 사마진충은 부르르 몸을 떨었다. 괴물인 줄은 진작에 알았지만, 일월쌍륜을 휘두르는 모습은 진정 공포스러웠다.

교주 사마광은 밖을 내다보며 창가를 오락가락했다.

"칠품교가 그토록 어이없게 당했단 말이지. 그자가 정말 예전의 천마신군의 절기를 이은 모양이구나!"

칠품교 정도라면 충분할 줄 알았다. 완전히 제압하지 못해도 어느 정도 힘을 빼준다면 다음 단계에서 제압할 수 있다고 믿었다.

그런데 대뜸 칠품교를 무너뜨리는 어처구니없는 짓을 벌일 줄 누가 생각이나 했겠는가.

"결국 만고혈(萬苦穴)에 처넣어야 한단 말인가?"

천사교의 최대 비처(秘處)인 만고혈에 처넣기만 하면 모든 것은 쉽게 끝장날 것이다.

그리되면 최대의 적을 죽여 없앨 수는 있지만, 결국 영물마저 포기해야 한다. 만고혈이 영물까지 집어삼킬 것이 분명하기 때문이다.

"영물을 포기하는 것은 너무 아쉬운데……."

영물의 내단을 복용할 수 있다면 연합의 경쟁자들을 모두 굴복시키고 한 손에 장악할 수 있다. 연합만 장악할 수 있다면 천사교의 세상이 열릴 것이다. 그것을 포기하기가 너무 아까웠다.

"어이쿠, 저것 보십시오! 저놈이 아예 숲을 짓뭉개며 올라오고 있습니다!"

사마진충의 놀람에 교주 사마광은 생각을 접고 창밖으로 고개를 내밀어 아래를 내려다보았다.

우두둑, 후두둑.

숲이 갈라지고 있었다.

마치 거대한 돌덩이가 구르며 짓뭉개듯 숲이 갈라지며 길을 만들고 있었다.

칠품교와 연결된 구름다리가 아니면 본당에 접근하지 못하도록 만들기 위해 촘촘히 심어놓은 크고 우람한 나무들이 젓가락 부러지듯 맥없이 무너지고 있었다.

촤촤촤촤촤.

숲을 가르는 것은 철무극의 일륜이었다. 한 번 뻗어나갈 때마다 앞을 가로막은 숲이 초토화되고 말았다.

"정말 무식하고 황당한 인간입니다. 마치 제 공력이 얼마나 되는지 보란 듯 저런 짓을 일삼고 있군요!"

교주 사마광도 혀를 내둘렀다.

"칠교두들이 맥없이 무너진 이유가 있구나. 첫째야."

조용히 바라보고만 있던 사마정교가 즉시 나섰다.

"네, 교주님."

"진멸대진(盡滅大陣)을 발동시켜라. 저자를 만고혈에 밀어 넣는다!"

칠품교가 당했다는 말을 듣고 걱정하던 표정이 아니었다. 만고혈에 대한 자신감이 너무도 만만하여 철무극의 무위쯤은 안중에도 없다는 말투였다.

"그대로 시행하겠습니다."

사마정교가 즉시 밖으로 달려나갔다.

교주 사마광은 힐끗 사마영문을 바라보았다.

"너희들은 옆에 따르거라."

"네."

사마영문은 고개를 푹 숙인 채 뒤를 따랐다. 사마진충의 비웃음도 모른 척했다.

본당을 나와 뒤편으로 돌아가면 넓은 연무장이 나온다. 그곳을 지나 절벽 밑에 이르면 시커먼 동혈이 하나 아가리를 벌리고 있는데, 그곳이 바로 만 가지 고통을 느끼게 만든다는 만고혈이다.

천사교는 이 만고혈을 바탕으로 세워졌다.

인간이 느낄 수 있는 모든 고통을 만고혈에서 비롯되었다고 가르치며, 그 고통을 벗어나기 위해 천사교에 의지하라고 포교한다. 배교자들 역시 그 무시무시하다는 만고혈을 들이대며 위협한다.

만고혈은 그만큼 신비롭고 무서운 동혈이었다.

누구도 동혈의 실체를 알지 못한다. 다만 그 속에 떨어진 자들이 지르는 처절한 비명만을 들었을 뿐이다.

만고혈을 본 사마영문은 자신도 모르게 부르르 몸을 떨었다.

철무극이 저 무서운 동혈로 빨려 들어가 질러대는 비명이 벌써부터 들리는 것 같았다. 그리고 자신도 배교자로 확정되면 그 고통을 당할 것이다.

차라리 철무극에게 동혈의 무서움을 알리고 자신을 구해 도망쳐 달라고 소리치고 싶었다.

"흐흐."

사마진충이 슬그머니 다가와 음흉한 웃음을 흘렸다.

"그놈의 무공이 제아무리 강해도 만고혈에 떨어지면 그것으로 끝이야. 그놈은 널 구해줄 백마 탄 왕자님이 아니란 말이지."

사마영문은 마음을 들키기라도 한 듯 흠칫 몸을 떨었다.

사마진충의 음흉한 미소가 한층 짙어졌다.

"배교자로 찍혀 만고혈에 던져질 것이 두렵지 않아? 그러니 진작에 마음을 바꾸라고. 나에게 오면 교주님께 잘 말해 줄 수 있다니까. 으흐흐."

그 음흉한 얼굴에 침이라도 뱉어주고 싶지만, 사마영문은 두려움에 겨워 대꾸조차 하지 못했다.

꽈드득.

그때 숲이 부서지는 소리가 들려왔다.

직후, 최고급 옷차림을 한 철무극이 마구 인상을 쓰며 숲을 뛰쳐나왔다.

"괴상망측한 놈들이 또 무엇을 준비해 둔 게냐?"

우렁우렁한 호통 소리가 갑자기 반갑게 느껴졌다.

사마진충이 히죽 웃었다.

"저놈, 죽을 자리인 것도 모르고 빨리도 달려오는군. 사매, 시간이 별로 없어. 알지?"

사마영문은 흠칫 놀라며 재빨리 고개를 숙였다. 철무극에 대한 반가운 마음을 들키고 싶지 않았던 것이다.

마음을 가라앉히자 이제는 걱정이 앞섰다.

철무극의 무공이 어느 정도인지 짐작도 할 수 없을 지경이지만, 진멸대진은 동귀어진의 필살진이다. 진에 밀려 만고혈에 떨어지기만 하면 그것으로 끝이다.

"쓸데없는 생각은 버려. 입을 열기도 전에 교주님 손에 맞아죽을 걸? 그놈을 생각하는 마음 자체가 벌써 교를 배신하는 짓이란 걸 알아야지."

사마영문의 마음을 훤히 들여다보고 있다는 듯 사마진충의 비웃음은 갈수록 노골적으로 변했다.

사마영문은 입도 뻥긋하지 못하고 애만 태웠다.

사마영문의 걱정과는 상관없이, 철무극은 벌써 연무장에 당도했다.

연무장에는 아홉 명씩 짝을 이룬 아홉 개의 무리가 대기하고 있었다. 그들은 본당을 등지고 만고혈을 바라보는 형태로 진을 쳤다. 진멸대진이다.

팔십일 명이나 되는 많은 인원이 자기 키만한 철방패를 들고 도열해 있는 모습을 본 철무극은 더욱 인상을 찡그렸다.

"이놈들이 이젠 괴상한 몰골을 하고 떼거지로 나서네. 뭐야, 약에 취한 놈들이냐?"

진을 형성한 채 도열한 자들의 눈빛이 약에 취한 듯 몽롱하게 풀려 있었다.

"뭔가 으스스한데요? 사교를 믿는 놈들이라 그런지 정말 괴이하네요! 저 시커먼 구멍도 이상합니다."

장자경도 예사롭지 않은 불길함을 느끼고 한마디 거들었다.

절벽 밑에 뻥 뚫린 시커먼 동혈은 약에 취한 듯한 자들보다 더 으스스했다.

뭔지 알 수는 없지만 불길한 것들이 가득 들어 있는 것만 같은 느낌이었다. 겉모양은 단지 절벽 아래 뚫린 동혈일 뿐인데도 칠흑 같은 검은 기운이 스멀스멀 흘러나오고 있었다.

철무극도 고개를 갸웃거렸다.

"저런 기운은 나도 처음 보는 것이로구나. 대체 뭐가 들어 있는지 모르겠는걸. 종교를 믿는 놈들은 아무튼 요상한 것들뿐이다. 함부로 나서지 말고 저만치 물러서 있거라."

본능적으로 거부감이 드는 괴이한 동혈인지라 장자경은 즉시 멀찍이 물러섰다.

그때였다.

삐이이익.

고막을 자극하는 날카로운 호각 소리가 들렸다.

그와 함께 후진에 머물러 있던 사마정교가 호통을 내질렀다.

"발진(發陣)!"

척!

커다란 철방패로 몸을 가린 자들이 대열에 맞춰 앞으로 전진했다. 아홉 사람이 똘똘 뭉쳐 방패로 몸을 가리니 칼 한 자루 들어갈 틈이 없었다. 그런 기세로 곧장 철무극을 향해 진격했다.

척척, 척척척.

기계처럼 움직이는 자들의 묵직한 발소리만이 연무장에 메아리쳤다.

철무극이 고개를 갸웃거렸다.

"특이한 공격법이로군. 압사라도 시킬 생각이냐?"

철방패를 들고 전진하는 기세가 꼭 그와 같았다. 사방에서 찍어눌러 죽이기라도 할 것처럼 빈틈없이 조여왔다.

"그래 봐야 종이벽이겠지."

철무극은 장난처럼 일륜을 날렸다.

물론 일륜이 날아가는 기세는 결코 장난이 아니었다. 맹렬한 공력을 실은 일류이 그대로 전진하는 철방패를 후려갈겼다.

콰앙!

철방패가 와자작 깨져 버렸다. 뒤에 숨은 사람까지도 뭉개지며 뒤로 날아갔다.

"크악!"

비명이 함께 울렸다.

꽈당탕.

그자가 다른 자들과 부딪쳤다. 도열해 있던 자 중 반수가 함께 나뒹굴었다.

"으으으."

나뒹군 자들이 낮은 신음을 토해냈다. 다른 자들이 동요되었는지 문득 몸을 떨었다.

뒤에서 지켜보던 사마정교가 호통을 내질렀다.

"폭렬(爆烈)!"

부르르.

동요하던 자들이 문득 몸을 떨었다. 호통 한마디가 취한 정신을 일깨웠는지, 동요는 씻은 듯 사라졌다. 대신 순간적으로 거센 기운이 일기 시작했다. 주춤하던 기세가 격렬하게 증폭되었다.

척척척.

남은 대열들이 더욱 강한 발소리를 울리며 전진을 계속했다.

"이놈들 보게. 약을 처먹고 잠력(潛力)까지 끌어올리네!"

단순한 압사형 진법이 아니었다. 잠력까지 촉발시켜 거대한 힘으로 밀어붙이는 철벽형 진법이었던 것이다.

"철벽이라고 견뎌낼 수 있겠느냐!"

철무극은 코웃음을 치며 일륜을 휘둘렀다.

콰앙, 꽝.

횡으로 날아간 일륜이 한꺼번에 두 개의 대열을 휩쓸었다.

꽈드득, 퍼벅.

철방패와 사람이 한꺼번에 깨져 나갔다. 대열이 한꺼번에 흩어져 나뒹굴었다.

"질풍(疾風)!"

사마정교의 호통이 다시 들려왔다.

무겁게 걷던 대열이 갑자기 속도를 냈다.

여기저기 날아가 뒹구는 동료들을 짓밟으며 그대로 진격했다. 거대한 철벽이 삼면에서 조여들었다. 그 속도가 대단히 빨라서 마치 폭풍이 몰아치는 것 같았다.

"에익, 귀찮은 것들!"

철무극은 잔뜩 인상을 찡그리며 공력을 한층 끌어올렸다. 일륜이 또 한 번 허공을 가르며 도끼처럼 내리찍었다.

쿠아앙!

한 개의 대열이 그대로 뭉개졌다. 거대한 기운이 충돌하면서 생긴 폭풍 같은 힘이 옆 대열까지 휩쓸어 튕겨 버렸다.

가랑잎처럼 날아간 몇 명이 절벽 밑에 뚫린 시커먼 동혈로 떨어졌다.

"크아아악!"

모골이 송연한 처절한 비명 소리가 울려 퍼졌다.

철무극까지 흠칫 놀라며 시커먼 동혈을 바라보았다.

비명이 들린 것은 한순간에 불과했다. 고개를 돌렸을 때는 어느새 아무 소리도 들리지 않았다. 비명이 들렸다는 사실이 환청이었나 싶을 정도로 짧은 순간이다.

철무극은 고개를 갸웃거렸다.

동혈 안에 무엇이 있는지 짐작할 수 없었다. 대체 어떤 것이 저토록 짧은 시간에 사람의 목숨을 끊어버렸는지 전혀 알 수가 없었다. 사람을 한입에 꿀꺽 삼켜 버리는 괴물이라도 들어 있는 모양이다.

그 비명 소리가 얼마나 처절했는지, 약에 취해 정신이 몽롱한 상태인 자들까지 두려움을 느끼고 몸을 떨었다.

"이놈들, 이제 보니 나를 압사시킬 생각이 아니라 저 구멍으로 밀어 넣으려는 수작이었구나!"

상대의 의도를 깨달은 철무극은 오싹한 한기를 느꼈다.

저 안에 대체 무엇이 숨어 있는지 알 수 없지만, 생각지도 못한 무시무시한 그 무엇이 있는 것은 분명하다.

고개를 갸웃거리던 철무극은 슬쩍 일륜을 날려 나뒹구는 자 한 명을 휘감았다.

"네가 들어가 봐라."

쇠사슬을 당기자 휘감긴 자가 그대로 시커먼 동혈을 향해 날아갔다.

"으악!"

약에 취해 이지를 잃은 자임에도 불구하고 동혈로 날아가는 것을 느끼고 비명부터 내질렀다. 공포가 오히려 정신을 일깨운 모양이다.

시커먼 동혈은 순식간에 그자를 집어삼켰다.

철무극은 일륜을 통해 어떤 감각을 느낄 수 있었다. 그건 정말 이상한 감촉이었다.

일륜의 사슬에 감긴 자가 동혈로 던져진 순간 무엇인지 알 수 없는 괴이한 물체가 소리없이 날아들어 그자의 몸에 달라붙었다. 몸에 달라붙은 순간 엄청난 힘으로 끌어당기는데, 철무극까지 딸려갔다.

주르륵.

철무극은 재빨리 발끝에 힘을 가해 땅을 찍어눌렀다. 쇠사슬을 잡은 손에 힘을 불어넣자 몸이 멈추었다. 공력까지 증폭시키며 힘을 쓰고서야 겨우 멈출 수 있었다.

"크아아악!"

참담한 비명이 울려 퍼졌다.

양쪽에서 당기는 강력한 힘을 이기지 못하고 그자의 허리가 끊겨 버린 것이다.

"으어어……."

고통의 비명과는 다른 억눌린 신음을 끝으로 동혈 안은 이내 조용해졌다. 벌써 죽어버린 것이다.

일륜을 회수한 철무극은 당혹감을 감추지 못했다.

자신의 손에 놓여 있던 사람을 이토록 허무하게 빼앗기리라고는 생각지도 못했다. 더욱이 상대가 사람인지 괴물인지 확인조차 하지 못했다.

철무극이 당혹감을 드러내자 사마정교는 기회를 놓치지 않고 호통을 내질렀다.

"노도(怒濤)!"

호통과 함께 남은 세 개의 대열이 말 그대로 노도처럼 달려들었다. 커다란 철방패가 철벽처럼 덮쳐들어 철무극을 동혈로 밀어붙였다.

잠깐 당황했던 철무극은 해일처럼 덮쳐드는 철방패를 보고 눈썹을 곤두세웠다. 왼손을 들어 장력을 후려갈기고 오른손의 일륜을 날렸다.

콰르르르.

쿠앙!

흑마류의 강력한 기운이 터지고, 일류의 맹렬한 힘이 덮쳐드는 해일과 충돌했다.

뿌카카카칵.

빠드득, 까드득.

철방패가 짓뭉개지고 사람이 찢겨 나갔다. 그야말로 한바탕의 처참지경이 연무장에 펼쳐지고 말았다.

쿵쿵.

부딪치는 기세가 워낙 강력해서 철무극 또한 뒤로 몇 발자국이나 밀렸다.

불쑥.

누군가 빠른 속도로 다가왔다.

철무극은 눈썹을 곤두세우며 재차 일장을 내지르려 했다.

"엇? 구름아!"

갑자기 나타난 사람은 다름 아닌 사마영문, 그녀였다.

누군가에게 떠밀리기라도 한 듯 힘없이 날아온 사마영문을 철무극은 덥석 끌어안았다.

왼팔에 안긴 사마영문이 다급하게 소리쳤다.

"위험해요!"

다급한 부르짖음이 끝나기도 전에 섬전처럼 다가온 일격이 그대로 철무극의 가슴을 노렸다.

"어떤 놈이 감히!"

철무극이 호통을 내지르며 오른손을 들어올렸다. 장력을 쓸 수 없는

지라 일류을 들어 일격을 날린 것이다.

꽝.

강하고 날카로운 장력과 일류이 정통으로 충돌했다.

"크흠."

습격했던 교주 사마광이 오히려 충격을 견디지 못하고 신음을 토했다. 철무극은 다만 뒤로 한 발 밀렸을 뿐이다.

"흐흐."

음흉하고 잔인한 웃음소리가 바로 옆에서 들렸다.

날카로운 칼날이 사마영문을 안은 팔뚝을 찔러왔다. 철무극은 인상을 꽉 찡그리며 팔뚝에 공력을 집중시켰다.

쩡.

호신강기에 막힌 칼날이 튕겨 나갔다. 하지만 부딪친 충격이 적지 않아 철무극의 팔에서도 힘이 빠졌다.

"악!"

그 순간 사마영문이 비명을 지르며 철무극의 팔에서 떨어져 나갔다. 힐끗 바라보니 바로 사마진충이란 자가 일장을 내지른 후 도망치고 있었다.

"이놈!"

철무극이 호통을 내지르며 오른손을 휘둘렀다. 일류이 도망치는 사마진충을 쫓았다.

약삭빠른 사마진충은 진을 형성했던 졸개 하나를 잡아끌어 일류 앞에 내밀었다.

쾅.

철방패와 사람이 한꺼번에 뭉개졌다. 사마진충 역시 상당한 충격을 받았지만 그대로 몸을 날려 바닥을 굴러 도망쳤다.

스윽.

또 한 번 교주 사마광의 습격이 들이닥쳤다.

"망할 놈들, 다 죽여 버리고 말겠다!"

분노가 솟구친 철무극이 일륜을 갈무리한 후 쌍장을 들어올렸다. 살기와 공력이 한꺼번에 증폭되면서 들이닥치는 교주 사마광의 일장을 후려갈겼다.

콰광!

강렬한 폭음이 일었다.

교주 사마광은 충격을 견디지 못하고 뒤로 날아가 처박혔다. 철무극은 또 한 발 물러섰다.

손을 내밀어 비틀거리는 사마영문을 잡으려는 순간, 이번에는 사마정교가 들이닥쳤다.

와락.

사마정교는 사마영문을 공격하는 대신 와락 밀어버렸다. 바로 뒤에는 시커먼 동혈이다.

"악, 지존보……!"

힘없이 밀려 버린 사마영문이 놀라 부르짖었다. 놀란 철무극이 고개를 돌렸다.

사마영문이 시커먼 동혈로 빨려들고 있었다. 정체조차 알 수 없는 무시무시한 괴물이 도사리고 있는 곳으로 사마영문이 빨려들고 있었다.

"안 돼!"

철무극이 놀라 부르짖으며 일륜을 날렸다.

좌락.

번개처럼 날아간 일류의 쇠사슬이 사마영문의 허리를 감았다.

그때, 저만치 날아가 처박혔던 교주 사마광이 벌떡 몸을 일으켜 땅을 박차고 달려들었다. 맹렬하고 거친 최후의 일격이 그대로 철무극을 노렸다.

철무극은 왼손을 들어 장력을 격출시켰다.

쿵.

다시 한 번 공력이 충돌했다.

교주 사마광은 더 이상 버티지 못하고 입으로 피를 뿜어내며 날아가 처박혔다.

쿵쿵.

철무극이 두어 발짝 밀렸다.

그 바람에 사마영문의 몸이 기어코 시커먼 동혈로 빨려들었다.

슈우…….

바람을 타고 나는 듯한 미약한 기척이 어둠 속에서 솟구쳐 사마영문을 휘감았다. 크게 놀란 철무극이 순간적으로 사슬을 당겼다.

"아악!"

사마영문이 양쪽에서 당기는 힘을 견디지 못하고 비명을 질렀다. 잘못하면 조금 전 그자처럼 몸이 동강나고 말 것이다.

한순간에 지나지 않았지만, 철무극의 머리 속으로 수많은 생각들이 스쳐 갔다.

"망할!"

피도 눈물도 없는 마두로 악명을 날렸던 천마신군 철무극이었건만, 그 자신도 이런 결정을 내리게 될 줄은 상상조차 해본 적이 없었다. 잠간 놀려주려고 했던 미안한 행동이 설마 목숨을 걸도록 강요할 줄도 예상치 못했다.

철무극은 그렇게 보름 남짓한 인연을 따라 동혈을 향해 몸을 날렸다.

캥.

백아가 본능적으로 위험을 느끼고 철무극의 어깨에서 뛰어올랐다.

철무극은 백아의 행동을 탓하지 않았다.

목숨이 걸려 있는 일이다. 사람이든 짐승이든 본능에 따라 행동해야 할 때다.

철무극은 동혈을 향해 뛰어들며 쇠사슬을 당겼다. 사마영문이 딸려오는 대신 철무극의 몸이 더욱 빠른 속도로 동혈로 빨려들었다.

덥석.

사마영문의 몸이 잡혔다.

어떤 끈적끈적한 물체가 손바닥에 느껴졌다. 그것이 무엇인지 확인할 겨를도 없이 철무극은 사마영문을 바짝 끌어당겨 품에 안았다.

〈2권 끝〉

한칼에 세상이 갈라지고,
한걸음에 무림이 격동친다!

『좌검우도전』
(左劍右刀傳)

좌검우도전(左劍右刀傳) / 이령 지음

강한 자(強漢者)가 뿜어내는 거대한 힘과
강인한 매력에 빠져든다!

"너는 반드시 힘을 가져야 한다. 네 의지로… 세상을 뒤엎어 버려라."

"강자를 약자로 만들고, 명예를 뭉칠하고, 돈을 빼앗아라.
협의도(俠義道)가, 마도(魔道)가 얼마나 더러운 것인지 알려주어라."

"오냐, 아무것에도 얽매이지 말고 네 마음대로 세상을 휘저어라.
너의 이름은 수강호(讐江湖)가 아니더냐? 강호를 향해 마음껏 복수하거라!
유오독존(唯吾獨尊)! 그것이 나의 소원이다."

청 어 람 신 무 협 판 타 지 소 설

신비로운 세계관 속에 동방의 영물과
독창적인 무공의 절묘한 만남!

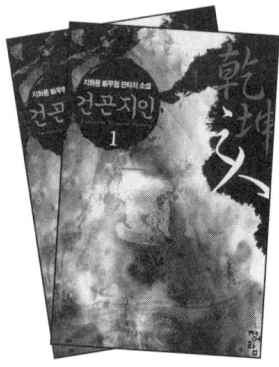

건곤지인(乾坤之人) / 지화풍 지음

우리가 바라고 운명이 내린
소년 영웅의 가슴 벅찬 이야기!

『건곤지인』
(乾坤之人)

신비로운 세계관 속에 동방의 영물과
독창적인 무공의 절묘한 만남!

정말… 미치게 하죠!!
요즘은… 정말 건곤지인 보는 맛으로 컴퓨터를 한답니다! ^_^
—검무혼

도가에서는 신선, 불가에서는 부처!
하지만 무인들은 건곤지인(乾坤之人)이라 부른다.

절대를 꿈꾸는 무인들의 위대한 도전기!!